“神话学文库”编委会

“神话学文库”学术支持

上海交通大学文学人类学研究中心

上海交通大学神话学研究院

中国社会科学院比较文学研究中心

陕西师范大学人文社会科学高等研究院

上海市社会科学创新研究基地——中华创世神话研究

“十二五”“十三五”国家重点图书出版规划项目
第五届、第八届中华优秀出版物奖获奖作品

神话学文库
叶舒宪主编

神话学引论

AN INTRODUCTION TO MYTHOLOGY

萧兵◎著

陕西师范大学出版总社

图书代号 SK23N1148

图书在版编目(CIP)数据

神话学引论/萧兵著. —西安：陕西师范大学出版总社有限公司，2023.10
(神话学文库/叶舒宪主编)
ISBN 978-7-5695-3659-1

Ⅰ.①神… Ⅱ.①萧… Ⅲ.①神话—文学研究—世界 Ⅳ.①I106.7

中国国家版本馆 CIP 数据核字(2023)第 110723 号

神话学引论
SHENHUAXUE YINLUN
萧 兵 著

出版人	刘东风
责任编辑	张旭升
责任校对	王红凯
出版发行	陕西师范大学出版总社 (西安市长安南路 199 号 邮编 710062)
网址	http://www.snupg.com
印刷	中煤地西安地图制印有限公司
开本	720 mm×1020 mm 1/16
印张	15
插页	4
字数	224 千
版次	2023 年 10 月第 1 版
印次	2023 年 10 月第 1 次印刷
书号	ISBN 978-7-5695-3659-1
定价	88.00 元

读者购书、书店添货或发现印刷装订问题，影响阅读，请与营销部联系、调换。
电话：(029)85307864 85303635 传真：(029)85303879

“神话学文库”总序

叶舒宪

神话是文学和文化的源头，也是人类群体的梦。

神话学是研究神话的新兴边缘学科，近一个世纪以来，获得了长足发展，并与哲学、文学、美学、民俗学、文化人类学、宗教学、心理学、精神分析、文化创意产业等领域形成了密切的互动关系。当代思想家中精研神话学知识的学者，如詹姆斯·乔治·弗雷泽、爱德华·泰勒、西格蒙德·弗洛伊德、卡尔·古斯塔夫·荣格、恩斯特·卡西尔、克劳德·列维－斯特劳斯、罗兰·巴特、约瑟夫·坎贝尔等，都对20世纪以来的世界人文学术产生了巨大影响，其研究著述给现代读者带来了深刻的启迪。

进入21世纪，自然资源逐渐枯竭，环境危机日益加剧，人类生活和思想正面临前所未有的大转型。在全球知识精英寻求转变发展方式的探索中，对文化资本的认识和开发正在形成一种国际新潮流。作为文化资本的神话思维和神话题材，成为当今的学术研究和文化产业共同关注的热点。经过《指环王》《哈利·波特》《达·芬奇密码》《纳尼亚传奇》《阿凡达》等一系列新神话作品的“洗礼”，越来越多的当代作家、编剧和导演意识到神话原型的巨大文化号召力和影响力。我们从学术上给这一方兴未艾的创作潮流起名叫“新神话主义”，将其思想背景概括为全球“文化寻根运动”。目前，“新神话主义”和“文化寻根运动”已经成为当代生活中不可缺少的内容，影响到文学艺术、影视、动漫、网络游戏、主题公园、品牌策划、物语营销等各个方面。现代人终于重新发现：在前现代乃至原始时代所产生的神话，原来就是人类生存不可或缺的文化之根和精神本源，是人之所以为人的独特遗产。

可以预期的是，神话在未来社会中还将发挥日益明显的积极作用。大体上讲，在学术价值之外，神话有两大方面的社会作用：

一是让精神紧张、心灵困顿的现代人重新体验灵性的召唤和幻想飞扬的奇妙乐趣；二是为符号经济时代的到来提供深层的文化资本矿藏。

前一方面的作用，可由约瑟夫·坎贝尔一部书的名字精辟概括——“我们赖以生存的神话”（Myths to live by）；后一方面的作用，可以套用布迪厄的一个书名，称为“文化炼金术”。

在21世纪迎接神话复兴大潮，首先需要了解世界范围神话学的发展及优秀成果，参悟神话资源在新的知识经济浪潮中所起到的重要符号催化剂作用。在这方面，现行的教育体制和教学内容并没有提供及时的系统知识。本着建设和发展中国神话学的初衷，以及引进神话学著述，拓展中国神话研究视野和领域，传承学术精品，积累丰富的文化成果之目标，上海交通大学文学人类学研究中心、中国社会科学院比较文学研究中心、中国民间文艺家协会神话学专业委员会（简称“中国神话学会”）、中国比较文学学会，与陕西师范大学出版总社达成合作意向，共同编辑出版“神话学文库”。

本文库内容包括：译介国际著名神话学研究成果（包括修订再版者）；推出中国神话学研究的新成果。尤其注重具有跨学科视角的前沿性神话学探索，希望给过去一个世纪中大体局限在民间文学范畴的中国神话研究带来变革和拓展，鼓励将神话作为思想资源和文化的原型编码，促进研究格局的转变，即从寻找和界定“中国神话”，到重新认识和解读“神话中国”的学术范式转变。同时让文献记载之外的材料，如考古文物的图像叙事和民间活态神话传承等，发挥重要作用。

本文库的编辑出版得到编委会同人的鼎力协助，也得到上述机构的大力支持，谨在此鸣谢。

是为序。

前言

2001年由台北文津出版社印行的《神话学引论》，是应台湾大专院校"通识丛书"之约而写的，带点儿"教程"的意思。作者原意之一，是将大陆近年主流意识形态对神话的看法，以及有关神话和神话学的讨论要点介绍给海峡对岸的学人、同好者和朋友。现在重新出版，除了改订个别字词之外，尽力保持原貌。本学科及其相关涉者的新进展，则请参看我们新发表的关于艺术、艺术考古和中国上古美学思想的著作。

《神话学引论》也是供神话与文学爱好者阅读玩赏，或者说，是请他们与作者一起学习揣摩的。这门古老的科学，发展到现在，不但蔚为大国，而且牵涉并渗透众多的学科，著作已汗牛充栋：贺学君与樱井龙彦合编的《中日学者中国神话研究论著目录总汇》(1999年印)，大16开本，358页，收入的专著数百种，论文十几万篇（含外文有中译者），还不包括中日以外的论著，以及近20年采集的"活态"神话（计60余万篇，逾10亿字）。任何人穷其毕生精力都很难过目一遍，连编个电脑检索都困难（最近中国社会科学院民族文学研究所有人做了这项巨大的工程）。加上近年来欧美对神话学理论的探索，可谓日新月异，登峰造极，高深、艰奥、晦涩，先锋、前卫、尖端，有些简直就是成心让人看不懂。除了极少数专业人士，一般人只能望洋兴叹。

有鉴于此,这本小册子努力做到:(1)易懂,尽可能具有趣味性;(2)以神话为主,介绍一些不能不涉及,又确实有助于理解神话的哲学、美学、史学和语言学等的常识;(3)只讲最重要的见解,对于被认为过时的学说,则有意讲一讲如今还有什么用;(4)别的类似书籍(特别是大陆版神话书)讲得很多的东西,尽量少讲;(5)结合自己的经验心得,又力求与我们的已刊著作有所不同;(6)不求理论上有所突破或建树(本书也只是在"巫术言语链的审美自增殖"和"建构主义猜想"几点上略有新意),只希望能把自己的看法交代清楚。

至于具体内容,我们有意把小节的要点写得琐细一些,让它起到提示和索引的作用(据本书可充作教程的要求,书内每章章末附有讨论题;脚注即引用书目)。

本书共分五章。第一章"神话的界说",主要说明神话是"原始性幻想故事","象征讲述"是其主要美学特征;许多神话对于初民是"真实"、神圣,乃至有实用价值的活体。第二章"神话的发生",讲神话源起的语言与心理机制,强调语言的"命名"与"创世"功能,证明神话作为"巫术言语链",联系着人类的"讲故事"能力和"解释冲动",并且与梦、迷幻等生理-心理现象相关。第三章"神话的分类",讲神话的自然/人为和结构/功能的划分,略及原生、次生、再生、新生诸态神话的特点。第四章"神话的功用",简述神话作为"上古史源头""原始思维标本""诗性哲学"和"民族灵魂"的学术-艺术价值,解析神话沟通过去—现在—未来,表达民族命运和诉求的功能。第五章"神话的研究",略说神话学史上的各种学派或"方法",它们至今还存在的意义和价值,最好的方法是追求"近似值"、多元化和开放性的方法,并且在神话功能、构造和原型解析的基础上,提出"元语言"和模式推绎的"建构主义猜想"。

目 录

第三章　神话的分类

第四章　神话的功用

第五章　神话的研究

第一章　神话的界说

神话就是神的故事

什么是神话?

最简单的说法,就是"神的故事"。

神话,西文作 myth,或 mythos,有人很形象地"音义两译"为"迷思"。它源出希腊文 μûθos(转写为 mythos),原意就是关于神、关于神奇事物的故事。中国人从日本人那里"转译"过来,就是"神话";所谓"话",就是"说话""话说""话本""评话"的话,还是"故事"的意思。myth 的希腊语根为 υμ(mu),意为"用嘴发出声音"[①];那么,对于西方正统宗教信徒而言,"神话"简直就是"上帝的语言"[②]。而据哈里森《忒米斯》一书介绍,希腊语里,神话是神或神巫"在仪式行为中所说的东西"(ta legomena epi tois

---

① [美]大卫·利明:《神话的意义》,阎云翔译,见袁珂主编:《中国神话》(第一集),中国民间文艺出版社 1987 年版,第 354 页。

② [美]大卫·利明:《神话的意义》,阎云翔译,见袁珂主编:《中国神话》(第一集),中国民间文艺出版社 1987 年版,第 354 页。

dromenois)。

人类学派的朗格(Adrew Lang,或译为"兰")强调,神话是一种"故事",是与历史相关的,述及宇宙(万物)起源以及祖灵英雄的"故事"(参见"神话的研究·历史学派"一节)。芬兰的劳里·杭柯的"描述性定义",大抵也是这个意思。

> 神话,是个关于神祇们的故事,是种宗教性的叙述,它涉及宇宙起源、创世,重大的事件,以及神祇们典型性的行为,其结果则是那些至今仍在的宇宙、自然、文化及一切由此而来的东西被创造出来并被赋予了秩序。[①]

主要的意思是有关神圣事物的故事,这"故事"为宇宙和宇宙万物设想出了"原因"或"秩序"。但他更重视神话与仪式不可分割的关系(参见"神话的研究·神话与仪式的关系"一节),强调:"神话传达并认定社会的宗教价值规范,它提供应遵循的行为模式,确认宗教仪式及其实际结果的功效,树立神圣物的崇拜。"[②]

现代一般的说法,"神话"是古老的神奇事件的"象征讲述";或者,"神话"是有关人与自然古老关系的"幻想故事"。作为原始性、民间性的一种文学样式,它仍然重在"讲"和"述",重在"话"或"故事"。但它与一般的民间故事、民间传说又不一样,因为它是"象征"讲述,是"幻想"故事,是"神"的"话"。

所以,霍普金斯和罗威说,神话是"关于自然界的历程或宇宙起源、宗教、风俗等的史谈"[③],强调它是关于过程、关于事件的一种有趣讲谈。林

① [芬]劳里·杭柯:《神话界定问题》,见[美]阿兰·邓迪斯编:《西方神话学论文选》,朝戈金、尹伊、金泽等译,上海文艺出版社1994年版,第66页。

② [芬]劳里·杭柯:《神话界定问题》,见[美]阿兰·邓迪斯编:《西方神话学论文选》,朝戈金、尹伊、金泽等译,上海文艺出版社1994年版,第66页。

③ H. Hopkins, R. H. Lowie, *An Indroduction to Mythology* (《神话学引论》), London, 1921, pp. 11-12;见林惠祥:《林惠祥人类学论著》,福建人民出版社1981年版,第81页。

惠祥《神话论》则更明白地说，神话首先应该是“叙述的”（narrative），“神话像历史或故事一样叙述一件事情的始末”[①]。

杜而未为《社会科学大辞典》撰写的词条“神话”，其定义也是：

> 神话是叙述神录或超自然物的事迹，所有叙述，往往是用原始的思想方式，讲述人类与大自然的关系，其主要内容，有一种宗教的价值。[②]

有关“神话”的主要方面都点到了，但其重心仍在象征讲述神奇事迹。卡西尔（Ernst Cassirer）说：“神话像诗和艺术一样，是一种‘［象征］符号形式’（symbolic form），而‘符号形式’的共同特征就是可以适用于任何客体。”任何“对象”——事物或客体，无论是现实的还是超现实的，是存有的还是虚拟的，是经验的还是假想的，神话都要加以“象征讲述”，亦即“幻想（式）反映”。像爱德华·泰勒（E. B. Tylor）很早就说的那样，“神话是人类智慧的有趣的产物。这是想象的历史，是关于任何时候也没发生过的事件的虚构故事”[③]。

什么是“象征讲述”

神话是“象征”讲述，那什么是“象征”呢？象征是一种合理化、系统化、制度化的隐喻。索绪尔指出，一般语言符号（包括“音响形象/能指”和“概念/所指”两方面）基本是任意的、约定俗成的，象征则要求特定的“合理性”。

---

① 林惠祥：《林惠祥人类学论著》，福建人民出版社 1981 年版，第 81 页。

② 芮逸夫主编：《云五社会科学大辞典：人类学》（第 10 册），台湾商务印书馆 1971 年版，第 189 页。

③ ［英］爱德华·泰勒：《人类学——人及其文化研究》，连树声译，上海文艺出版社 1993 年版，第 361 页。

> 象征的特点是：它永远不是完全任意的；它不是空洞的；它在能指和所指之间有一点自然联系的根基。象征法律的天平就不能随便用什么东西，例如一辆车，来代替。[①]

就像比喻那样，两件事物在本质上完全不同，却在（现象）的某一点上极其相似，例如“花”和“女人”就可以互拟，其“能指”（音响形象）和“所指”（概念）之间有“自然联系”，她们都是娇媚的、柔弱的、可爱的。“桃之夭夭，灼灼其华”，以花比女人；“只恐夜深花睡去，故烧高烛照红妆”，是以女人比花，都合情合理。这些通过文化的长期传播和积淀，已为公众承认和熟悉，就是说，“女人是花”业已成为一种系统化的社会性“制度”，业已成为“象征”，妙合无间，约定俗成（如果是“故事化”的原始性象征讲述，例如“水仙花变成仙子”，或“仙子变成水仙花”，那就是神话）。如果说“这个男人像一朵花”，那就是一种“不怀好意”的嘲弄了。因此，象征相对稳定，历史性和社会性都较强，“象征讲述”更有“共时结构”可寻，因为与语言一样，它在时间上“可逆”，可从其“历时结构”里追问出“语法规则”“修辞手段”，即“共时结构”来（请参看“神话的研究·结构主义”一节）。一般的譬喻则要求多变、更新、独创（所以第二个拿花比女人的诗人，乃是笨蛋），越新奇越好。例如，把女人比作“带毒刺的仙人掌”就有些个性，“所指”独特（例如女人只能观赏不可接触等），但还不能成为带“普遍性”的象征。“女人是带刺的玫瑰花”，才是象征。如果说“女人是一张板凳”，那就更加别有用心，绝不是社会创作的“原型意象”或“集体无意识”里的象征，原生态神话极难发现这种“恶毒的个性”。

所以，象征较比喻多一层集体的、公认的性质，特别是神话里或集体无意识中那种原型性的象征，情况要复杂得多。它们更加模糊、多重与游动。像卡尔·荣格（Carl G. Jung）所说：“这些原型是真正的、真实的象征，无论用符号还是用比喻都不可能把它们彻底地翻译出来。正因为它们是含糊

---

① ［瑞士］费尔迪南·德·索绪尔：《普通语言学教程》，高名凯译，商务印书馆1980年版，第104页。

暧昧的，充满了半露半隐的意义，最后还是不可穷尽的，所以它们才是真正的象征。”①

在荣格之前，弗洛伊德（S. Frued）也指出，象征是很复杂的，其内涵和外延都不易确定。特别是作为梦的元素的象征。“象征容易同代替物、表象等混淆起来，甚至近似于暗喻。有些象征的比拟基础不难看出，有些象征则须细求其比拟中的共同因素或公比（the tertium comparationis）。”②他也承认，后者包含着公众和习俗的“约定性”。比如，梦里的许多“象征的表示，就从来不是个体所习得的，而可视为种族（包括民族等群体）发展的遗物”③。象征非常广泛，不限于梦，“也见于神话和神仙故事，也见于俗语，民歌，散文和诗歌之内”④，多是共通的。

这是“象征”；“讲述”呢，就是一种“言语”活动，一种连续性“言语系统”（罗兰·巴特），一种“故事（性）”的话语“操练”或“游戏”，一种巫术和神圣的“言语链”。这也就是“神之话”的“话”。

其实，所谓“象征讲述”，不过是“幻想故事”的另一种表达，这个概念是假定而模糊的。所谓“象征”，在这里不过是“虚拟的”、非现实的、超经验的意思，并不单指这种特殊“讲述”的修辞手段；就“技法”而言，更不是所有神话都用“象征”。这个说法实在还不如“幻想故事”准确。

神话的“话”或“言语”，也是很广义的，带着“泛诗歌”和诗性故事的意思。有如埃里克·达戴尔诗意的描述：

> “言语”，也是人从世界得到回答所凭借的东西，是山脉、森林、月亮反射、大海波涛、树叶沙沙声响所要告诉他的东西……这正是当我们站在世界面前所感受到的那种原始神话的意象：万物都有灵，动植物都会“说话”，处处都能听到世界的声音，种种呼

① [瑞士]荣格：《心理学与文学》，冯川、苏克译，生活·读书·新知三联书店 1987 年版，第90 页。

② [奥]弗洛伊德：《精神分析引论》，高觉敷译，商务印书馆 1986 年版，第 114 页。

③ [奥]弗洛伊德：《精神分析引论》，高觉敷译，商务印书馆 1986 年版，第 153 页。

④ [奥]弗洛伊德：《精神分析引论》，高觉敷译，商务印书馆 1986 年版，第 126 页。

唤在人的心中回响，从各个地方的精灵那里传来信号、命令和禁令。[1]

这是一种充满生命回响的“活体语言”，超越一切的时空和个人的经验，不怕遥远，可以“翻译”，能够播散，自我增殖，无尽延扩；“它把人们召唤在一起，冲破黑暗。它既不是寓言，也不是小说，而是外形和声音、模式和俗谚，是呼唤，是幻象，是真谛，一言以蔽之，是言语”[2]。

神话的审美特性

在“故事性”或“讲述性”这一点上，神话与宗教故事是很接近的，它们讲的都主要是“神的故事”或“神奇事迹”，既有“神”又是“话”，在它们发生的早期，更加难解难分，有时简直就不可能也不必要去区别它们。神话和宗教相互渗透，相互倚赖，相互补充，相互作用（参见“神话的界说 · 神话是神圣的”一节）。

然而，今天所见的大量“神话”却更着重于人的“选择”，尤其是近代、现代人的“选择”。因为宗教故事明里暗里要为宗教服务，多半是为解说、演绎或宣扬“教义”而讲述、编制的，意义不免要“消极”一些，不很看重艺术技巧，审美的价值和趣味要逊色一些。多数流传的神话则不然：它是“优选”的成果。人们把自己最喜欢听、意义相对积极、情节特别有趣、技巧比较高明的“神奇故事”优选和评价为“神话”，有的还做了“艺术加工”，让它进入文学的神圣殿堂。所以，多数的神话与一般宗教故事的主要区别，是审美价值的高低，包含意义的积极与否，技巧的高低，趣味的大小，甚至包括民众喜闻乐见的情况如何，传播的范围大小、时间长短，等等。我们对各种神话的审美选择、审美评价，也与这些因素关系很大（换言之，

---

① ［美］埃里克 · 达戴尔：《神话》，见［美］阿兰 · 邓迪斯编：《西方神话学论文选》，朝戈金、尹伊、金泽等译，上海文艺出版社 1994 年版，第 309 页。

② ［美］埃里克 · 达戴尔：《神话》，见［美］阿兰 · 邓迪斯编：《西方神话学论文选》，朝戈金、尹伊、金泽等译，上海文艺出版社 1994 年版，第 309 页。

作为研究对象或欣赏对象，神话是有差别的）。

所以，从总体看，神话的重要特征就是它的美的特质，它的"趣味性"或"艺术性"；而它的审美特性，它作为文学作品的特征，也主要体现在它的"故事性"之上，体现在它的"象征讲述性"之上。没有故事，就不是神话；故事讲得不好听，"幻想"不精彩，"象征"没味道，也很难称为"神话"（至少，所谓的"文明人"是这样看待神话的）。

神话是人类早就有的文学创造，是"自娱"而又"娱人"的"讲述"游戏，是人类想象能力、表达能力的优异选择。

瓦茨曾经在《基督教的神话与仪式》里说：

> 神话的界说是这样的：它是许多故事混杂而成，有的是本于千真万确的事实，有的是出自幻想。基于种种理由，人类素以神话为宇宙与人类生命内在意义的表现。①

他依然着重于神话的"故事性"（大概强调其"故事丛"性质吧，因为神话多是众口相传的故事丛集，"链化"或"裂聚变"的情形相当突出，参看下文）；这些"故事"也许有现实之根据，或历史的背景，但主要是"幻想"或"幻想性"的；这种"幻想"或"象征"，往往极富趣味，具有"深度"，一般都涉及自然与人、宇宙与人生的大问题，根本问题。所以，常见的神话，特别是优秀神话，其审美价值、文学价值，乃至哲学价值、历史价值，都是较高或很高的。当然，我们马上就会看到，在学术研究上，更重要的也许是那些因为怪诞、粗野、丑陋，因而更真实、更原生的神话，对这种神话我们绝不能弃之不顾。

原始或原始性时代的产物

当然，神话的幻想，或神话"本身"，都是原始和原始性的。它，主要的

① Alan W. Watts, *Myth and Ritual in Christianity*（《基督教的神话与仪式》）；见［美］李达三：《比较文学研究之新方向》，联经出版事业公司 1984 年版，第 218 页。

或大量的，产生在所谓的"原始时代"。这种"原始时代"有不同的界定或表述，一般指无文字、无阶级，非城市、非国家，或前"历史"、前"文明"时期（当代学者认为这种传统的表述，"低估"并且"歧视"了原始社会与后进群团，我们只是为了说明的方便姑且使用旧说，并且尽力不介入非本题的情绪化争执）。神话不是"成文的历史"，也不是"书面的文学"，一般是口耳相传，在"原始群团"里发生、成长、存活，并且"直接"介入他们的生产、行为和精神生活。所以，它是集体性的口头创作和"无意识的意识形态"，是不断生长、演进和衰亡的"活体"。我们今天所读到的，多是狭义的神话"文本"（text），多是后人记录、优选乃至篡改的"非原生态"故事，"复原"起来十分困难，甚至不可能。要想"阅读"或"解读"原生神话或"活神话"，只有深入"蛮荒"，与"原始（性）群团"实行"三同"（同吃同住同劳动），"参与"或"融入"他们的社会行为和精神生活，和他们一起"创作"、体验、感受，才有一点点的可能。神话是"孩子的诗"和"少女的梦"，自以为理性十足、"文明"非常的书呆子或"成年人"，是绝不可能越俎代庖、感同身受的。当然，所谓"次生神话""新生神话"，也可能孕育在原始性（乃至近代性）社会结构和"迷信"观念的胎盘之上，但那已不是原生的、标准形态的神话，而且数量、质量都远远比不上"原始神话""活态神话"。

古典派人类学家泰勒早就揭示，神话主要是"原始时期""野蛮人"的集体创造。

> 野蛮人已有无数年（并且还是）停留在人类心理的创造神话的时代。[①]

在他那个时代，人类学家和文化史家多不否认"神话乃起源于最古老时代全人类的'野蛮'状态中"；现存的后进群团，"他们的生活与思想，实离原始状态不远"，他们的神话也多半原汁原味，形态和结构更相对稳定，变化较少，可以让我们窥见"原生（态）神话"的本来面目。更为可贵的是，

---

① ［英］爱德华·泰勒：《原始文化》，连树声译，上海文艺出版社 1992 年版，第 274 页。

泰勒已认识到，所谓“成文历史时期”的次生（态）、再生（态）神话，也保存着相当多的原生质：“一则因［其］神话中尚含有真理的原理，再则因遗传的爱恋古旧传说的心理，故亦敬谨地保留他们的神话。”[①]

葛雷（C. M. Gayley）也强调神话是“幼稚时代”公众的群体性的口头创作。他说：

> 神话是孕育成的，不是制作的。它们是从一个民族的幼稚时代产生出来的。神话的人物，非由某一个人所编造，乃由几个世代的说故事者的想像力构成的。[②]

这个人类幼稚时期，或原始时期，有的学者干脆称作“神话时代”（Mythopoeic Age），世代相传，永垂不朽，万古长青，以致我们把它的“来源”和“代属”都遗忘，都丢失了。杰罗尔德·拉姆齐（Jarold Ramsey）把印第安神话传说分为三个“松散而又重叠”的阶段[③]：

> 神话时代——远古，世界最早阶段；可怕的动物统治。
>
> 变态时代——动物“变化”，人类即将诞生。
>
> “历史”时代——人类和动物共居，带着“过渡性”。

“神话”主要发生或“讲述”前两个时代，第三个时代的“口述内容几乎全部是传说故事，没有什么神话色彩”。可见初民心目中某些“神话/传说/历史”是有区别的。[④]

马克思《摩尔根〈古代社会〉一书摘要》中说，神话“想像”和“未记载

---

① ［英］爱德华·泰勒：《原始文化》，连树声译，上海文艺出版社 1992 年版，第 274 页。

② 黄石：《神话研究》，开明书店 1931 年版，第 5 页。

③ ［美］杰罗尔德·拉姆齐：《美国俄勒冈州印第安神话传说》，史昆、李务生译，中国民间文艺出版社 1983 年版，前言第 19 页。

④ ［美］理查德·蔡斯：《神话研究概说》，见［美］约翰·维克雷编：《神话与文学》，潘国庆、杨小洪、方永德等译，上海文艺出版社 1995 年版，第 19 页。

的文学”，产生于“野蛮低级阶段”①。马克思还说：“虽然希腊人是从神话中引申出其氏族来的，但这些氏族比他们自己所创造的神话及其神祇和半神祇要古老些。”②氏族（gens 或 clan）当然比“氏族神话”要古老；即令是所谓“次生态”的希腊神话之大宗，也主要产生在跨进“文明”门槛之前的氏族制度后期。所以，马克思主义经典作家认为：神话，是原始时期，是氏族时代的产物。恩格斯还就“处在野蛮时代低级阶段的印第安人宗教观念（神话）和崇拜仪式”指出，这时的宗教“是一种正向多神教发展的对大自然和自然力的崇拜”③，正是伴生大量神话故事的大好时期；过了神话这个“黄金时代”，神话就常常被“文明”“强暴”并且“谋杀”。

从上文可以看出，作为“故事”的神话，就其创作者而言，是群体性质；就其“载体”或“介质”而言，是口头的；就其“接受”或“审鉴”而言，主要是用“耳朵”辅之以“眼睛”（例如在仪式上的神话唱诵、神话表演），是“听看”而不是“阅读”；就其“流播”而言，是“传承的”（traditional）而不是“复制的”，是不断演化而不是一成不变的。所谓“文本”的广义性，在神话里表现得最为典型。

这些都是神话的“原始性”的具体表现，也是作为古老文学品种、文学样式的神话或“神话文本”的固有特征。

神话幻想的美善

如上所说，神话与一般民间故事不一样的地方，最主要的是它的“超凡入圣”的原始性想象力，是它基于现实又超脱现实的“幻想”；“思接千载，精骛八极”，摆脱几乎所有的时空限制，纵情随意，酣畅淋漓，奇思巧设，妙想天成，听之读之，如入山阴道上，目不暇接，耳不胜闻，让你如痴如醉，欲梦欲仙，不知道它如何变化，怎样结束。比如普普通通的一座高山，

① ［德］马克思：《摩尔根〈古代社会〉一书摘要》，人民出版社 1965 年版，第 55 页。

② ［德］马克思：《摩尔根〈古代社会〉一书摘要》，人民出版社 1965 年版，第 51 页。

③ ［德］恩格斯：《家庭、私有制和国家的起源》，见中共中央马克思恩格斯列宁斯大林著作编译局编：《马克思恩格斯选集》（第 4 卷），人民出版社 1972 年版，第 21、88 页。

可以被说成是个巨大的亚腰葫芦，其中包孕着混混沌沌的元气，万物与人类都由它喷发、飞旋、撞击、分裂、聚合而成。这座山就是世界的“中心”，所谓“宇宙轴”(Cosmic-axie)——不管是叫作“须弥”(Sumeru)、“昆仑”(Kara 或 Kən lun)抑或“奥林匹斯”(Olimpus)，在这里倒不十分重要——整个世界都围绕着它旋转。它那云雾缭绕的绝顶峰上住着快乐的大神(例如大梵天、黄帝或者宙斯)。有时，大神还用它做“搅棒”，以一条大蛇(比如说“宇宙蟒”Vasuki)做“牵引带”，插进巨大无比的“牛奶海”(“宇宙”性大瀛海的一种)，搅啊搅啊，就好像做奶酪、做乳酒一样，搅出喝了就长生不老的“仙液”(Soma 酒或者 Amita，就是我们常念的“阿弥陀佛”之“阿弥陀”，就是“无量寿”)；或者从乳液里“化合”出芸芸众生来。有的说，这座“世界大山”(the Mountain of World)是由伏羲女娲兄妹，躲避大洪水的“葫芦”(舟)变成的；或者，羲娲兄妹就由这“大地的子宫”一般的“昆仑/葫芦”里“再生”出来，在这喷涌“洪水”(就是“羊水”)的“母亲山”前，他们滚磨“成亲”，生下一个“肉葫芦”，剁碎撒在“宇宙海”里，变成许多小人儿，大哥是识文断字的汉人，二哥是跋山涉水的苗族，三哥是种田砍柴的畲族，四哥是舞刀弄棒的瑶族……五十六个兄弟民族。不，全世界所有的民族兄弟，都是从这“神山/葫芦/母腹”里诞生出来的。你看，是多么有趣，多么天真；又是何等博大的胸襟，何等仁爱的情怀！有人说“神话是成年(人)的童话”，真是一点不错。它与诗歌、一般艺术作品一样，是精神的净化器，矛盾的平衡木，灾苦的宣泄道。

> 神话和其他文学种类一样，具有一种宣泄作用，它使生活中的冲突与协调，在社会与大自然环境中戏剧化。但是神话也可被看作审美的触媒，它能使原始文化中相互冲突的巫术与宗教观所引起的深刻精神纷乱得以治愈。[①]

① [美]理查德·蔡斯：《神话研究概说》，见[美]约翰·维克雷编：《神话与文学》，潘国庆、杨小洪、方永德等译，上海文艺出版社 1995 年版，第 19 页。

这也因为神话以其丰富的想象使灾难与冲突疏解，使观照和"展演"起到某种间离和游戏的作用，精神从而得到"升华"。

费尔巴哈在一次讲演里明确地揭出"幻想"在缔造神和神话方面的作用：

究竟有什么力量使得一种自然对象转变为人性的东西呢？是幻想力！幻想力使得一件东西在我们面前表现出来与本来面目不同的样子；幻想力使得人在一种令理智昏迷和眼睛炫惑的光辉中去看自然界，人的语言就称这光辉为神性，为神；可见，幻想力给人类造成了神……①

接着，他强调说："一个对象，唯有在它成为幻想力的一个本质，一个对象[的]时候它才被人拿来做宗教的现象。"神话的主角，何尝不是如此呢？神便是"幻想力的一个产物"②。

所以，"超现实"的想象或"幻想"，是神话的一大特色、一大财富。十分严肃的马克思主义者，也非常重视"想象"或"幻想"在神话生成以及文明发生发展中的伟大作用。马克思在《〈政治经济学批判〉导言》中指出，想象是神话的首要美学特征。他说："任何神话都是用想象和借助想象以征服自然力，支配自然力，把自然力加以形象化。"③他又在《摩尔根〈古代社会〉一书摘要》里揭示"想象（力）"在人类文明史上的重要作用，说：

想象，这一作用于人类发展如此之大的功能，开始于此时（指所谓"野蛮"低级阶段），产生神话、传奇和传说等未记载的文学，而业已给人以强有力的影响。④

---

① ［德］费尔巴哈：《宗教本质讲演录》，林伊文译，商务印书馆1946年版，第199页。

② ［德］费尔巴哈：《宗教本质讲演录》，林伊文译，商务印书馆1946年版，第202页。

③ ［德］马克思：《〈政治经济学批判〉导言》，见中共中央马克思恩格斯列宁斯大林著作编译局编：《马克思恩格斯选集》（第2卷），人民出版社1972年版，第114页。

④ ［德］马克思：《摩尔根〈古代社会〉一书摘要》，人民出版社1980年版，第55、51、169页。

这里的"想象",德语和英语都是 imagination,大体指幻想式的悬想,与"理想""臆想"(或胡思乱想)都不一样,倒是和中文积极意义上的幻想差不多。在前引的《〈政治经济学批判〉导言》里,马克思就说,神话是"通过人民的幻想用一种不自觉的艺术方式加工过的自然和社会形态本身"①。

恩格斯《反杜林论》也说:

> 一切宗教都不过是支配着人们日常生活的外部力量在人们头脑中幻想的反映,在这种反映中,人间的力量采取了超人间的力量的形式。②

这里,"宗教"包括了原始性的自然宗教,以及表现、演释它的"活动"的宗教故事和神话。而且,它也点出了神话式幻想的要义:它是"超人间"或"超现实"的想象,但又有"人间的力量"的内涵或社会-现实的基础。当然,作为神话幻想,它必须是美的、有趣的或"有意味"的(如一位美学家所说,美是一种"有意味的形式")。这也就是马克思所说的最好的神话具有"永久的魅力"的意思。费尔巴哈在前引书里揭示:

> 一个神就是一个想象的东西,就是幻想力的一个产物;因为幻想力是诗的主要形式或机关,所以人们也可以说:宗教就是诗,神也就是诗的产物。③

他这里所提到的"宗教"是广义的,包含着神话;但如果宗教变成枯燥无味的"散文"的话,那他就深恶而痛绝它了。因为宗教利用想象而又憎恶想象("想象"是艺术创造的根本);而神话是诗,如加缪所说,神话是凭

① [德]马克思:《〈政治经济学批判〉导言》,见中共中央马克思恩格斯列宁斯大林著作编译局编:《马克思恩格斯选集》(第2卷),人民出版社1972年版,第114页。

② [德]恩格斯:《反杜林论》,见中共中央马克思恩格斯列宁斯大林著作编译局编:《马克思恩格斯选集》(第3卷),人民出版社1972年版,第354页。

③ [德]费尔巴哈:《宗教本质讲演录》,林伊文译,商务印书馆1946年版,第202页。

借想象赋予自己以生命的。

鲁迅就非常喜欢神话那俶诡迷离、腾挪跌宕的幻想。他说：

> 夫神话之作，本于古民，睹天物之奇觚，则逞神思而施以人化，想出古异，俶诡可观，虽信之失当，而嘲之则大惑也。[①]

他指出，这种神奇的想象对后世文学有巨大的影响。

> 太古之民，神思如是，为后人者，当若何惊异瑰大之；矧（甚至）欧西艺文，多蒙其泽，思想文术，赖是而庄严美妙者，不知几何。倘欲究西国人文，治此则其首事，盖不知神话，即莫由解其艺文，暗艺文者，于内部文明何获焉。[②]

正因为神话是人类“想象力”的产物，即便是现代人也是用“想象”去感受它、玩赏它，所以不能仅仅用“真实/虚假”“理性/感性”这样的“正统美学”标准去审鉴它，评定它。埃里克·达戴尔曾经热情洋溢地赞美过神话这种真纯的诗性：

> 如果这神话是人的语言，而这个人觉得自己与这个世界完全一致，是这个世界的一部分，是宇宙各种形体的一种，那么，这也是他存在的第一次破裂、第一次飞跃。它使真实变得不真实（引案：粗浅地说，就是世人想象或超验的世界），使人和他的环境分离开来，因此，也是诗歌和文化的一个源泉。[③]

---

① 鲁迅：《破恶声论》，见鲁迅：《鲁迅全集·集外集拾遗补编》（第 8 卷），人民文学出版社 1981 年版，第 30 页。

② 鲁迅：《破恶声论》，见鲁迅：《鲁迅全集·集外集拾遗补编》（第 8 卷），人民文学出版社 1981 年版，第 30 页。

③ [美]埃里克·达戴尔：《神话》，见[美]阿兰·邓迪斯编：《西方神话学论文选》，朝戈金、尹伊、金泽等译，上海文艺出版社 1994 年版，第 303 页。

而为什么"想象",包括"神话幻想",在人类心灵史上是这般重要呢?原来,"想象/幻想"是"创造性"的审美形式,是人类"能动性"本质力量的一种"愉快的表现"。一天到晚埋着脑袋砸石头做"刀片",割断野兽的咽喉,切碎兽肉,刮净兽皮,吃了睡,睡了吃,不去幻想怎样把这个小"刀片"做成矢镞,插上竹枝,还"饰"上尾羽(它可以使箭飞行稳定、射杀更精准),然后弯起一根两头扎上兽筋作为"弦"的树枝,再把那石镞竹箭"射"出去,射死更凶猛更漂亮的大兽……那我们的祖先和我们到今天肯定还在森林里转悠,吃腐肉里面的蛆,怎样也不会想象出一种办法,让喷着火的"金箭"替我们把一块会动的"铁"带到月亮或火星上去。如果我们的"老爸"想象不出把一块"修整"得更漂亮的狐狸皮披到我们那半推半就的"老妈"肩上去,那今天也肯定不会有巴黎冬季时装发布会。如果不是某一位特别疯狂的战士,在他的弓弦上又拨又敲,并且像崔健那样直着嗓子把他射死三只老虎的赫赫战功"嚎叫"出来,弄得他的"女歌迷"们如梦如幻,欲仙欲死,那我们能有贝多芬和维也纳秋季音乐会吗?……所以,弓弦就是琴弦,竖琴或七弦琴(lyre)至今还做成弓的样子,而抒情诗被欧洲人称为"lyric",就是由我们的"老爸""老妈"拨着弓弦"唱"出来,由"bow"(弓)而"lyre"而"lyric"的。所以,神话里那些年轻力壮,见了姑娘眼睛就发直,"百发百中"的射神和太阳神们,往往兼着乐神和诗神;"低眉信手续续弹,说尽心中无限事",阿波罗(Apollo)的"弓弦/琴弦"颤动着无穷无尽的恋爱故事、战斗功勋和英雄业绩,连登月火箭还要用"阿波罗"为名,那里面凝聚着多少"人/神"的创造性和想象力啊。就是我们的射手英雄后羿,不但能够射封豨、射修蛇、射金乌,而且苦苦地用甜言蜜语拌着"乌鸦炸酱面",讨好他的漂亮老婆;只有那装模作样的嫦娥,才会偷吃灵药、飞进月宫,弄得只有猪八戒来追求。而《楚辞·九歌》里的青年太阳神东君,更不但"青云衣兮白霓裳,举长矢兮射天狼",用他的太阳"光箭"射杀代表黑暗和邪恶的"天狼",而且也能歌善舞,贪杯好色,"生命力"和"想象力"都过于丰富:

《九歌·东君》	今　译
緪瑟兮交鼓，	急拨琴弦啊对敲鼓，
箫钟兮瑶簴，	箫钟交奏啊震兽虡。
鸣篪兮吹竽，	边奏篪来边吹竽，
思灵保兮贤姱。	神巫啊个个漂亮又齐楚。
翾飞兮翠曾，	翡翠般盘旋复轻举啊，
展诗兮会舞。	齐声唱诗又合舞。
应律兮合节，	应旋律啊合节拍，
灵之来兮蔽日！	群神遮天啊乐胡涂！

从上文可以看出，“想象”和“超凡的想象”即“幻想”，不但在创造神话和一切文学艺术的过程中具有不可替代的作用，就连哲学、科学也离不开想象和神话式幻想——“科学幻想”就导源于而又超越着“神话幻想”。波普尔曾经就此说过一句言简意赅的话：“科学起源于神话和神话的批判。”意思就是，没有神话就没有科学，但如果不“批判”神话也没有科学的发展。

甚至连政治家都不排除“幻想”在营造社会远景时的作用。俄罗斯作家皮萨列夫说：“只要幻想和生活有联系，那幻想决没有什么不好的地方。”①那是很长的一段话，为列宁所激赏，曾引用来和逐渐古板起来的普列汉诺夫展开辩论。

早在波普尔之前，列宁就在《哲学笔记》里推绎黑格尔的辩证法观念时说，原始巫术、原始意识或原始思维，从来都是“科学思维的萌芽同宗教、神话之类的幻想的一种联系”②；换言之，神话往往是原始思维向科学思维过渡的桥梁或媒介，往往把原始思维引导到科学幻想乃至科学上去，正如关于射落太阳的飞箭的“神话幻想”是飞出太阳系的“火箭”或“太空

① 中共中央马克思恩格斯列宁斯大林著作编译局编：《列宁全集》（第 5 卷），人民出版社 1972 年版，第 481 页。

② ［苏］列宁：《哲学笔记》，人民出版社 1974 年版，第 275 页。

船”的先导一样。当然,列宁也常常揭示“幻想”与科学“预言”的区别:“神奇的预言是神话。科学的预言却是事实。”①

列维-斯特劳斯认为,神话是“前科学”。前科学包孕着“潜科学”,正如“神话的预言”包孕着“科学的预言”。虽然现在有很多理论家不同意神话里有科学思维嫩芽的说法,但是,只要不夸大所谓“原始科学(性)”的作用,那还是符合实情的。

原始人对神话“谎言”深信不疑

神话是原初的文学。文学艺术本来就是“假定性”的东西,是对“现实”的审美把握、摹写和“改造”——所谓“源于现实”又“高于现实”;一句话,是“虚构”,是“镜像”。而神话文学更加是“虚构”,是最大程度的幻想“假定”,是对事件的“象征讲述”,是“美丽的谎言”。就好像最古老的神话学家赫西俄德(Hesiod)在《神谱》里说的那样:

> 我们会把许多谎言说得好似真理,然而,如果愿意,也会把真理宣告。②

另一种平实的译法是:

> 我们知道如何把许多虚构的故事说得像真的,但是如果我们愿意,我们也知道如何述说真事。③

---

① 中共中央马克思恩格斯列宁斯大林著作编译局编:《列宁全集》(第26卷),人民出版社1990年版,第462页。

② [古西腊]赫西俄德:《神谱》,陈洪文译,见中国社会科学院外国文学研究所外国文学研究资料丛刊编辑委员会编:《欧美古典作家论现实主义和浪漫主义》(一),中国社会科学出版社1980年版,第5页。

③ [古希腊]赫西俄德:《工作与时日 神谱》,张竹明、蒋平译,商务印书馆1991年版,第27页。

“把许多谎言说得好似真理”,好似真相,就是神话讲述的重要特征(这与一般的浪漫主义不一样,有人特称为“神话浪漫主义”,而把神话性极强的现实描写叫作“魔幻现实主义”)。

然而在民众中口口相传的神话,传者听者,当然更有“创作者”,却极少把它当作谎言。对于原始期或“准原始期”的民众而言,神话完全是活生生的存在,不但是美、是善,而且是“真”,对于他们,神话就是历史,就是现在。这就是“神话幻想”与一般文学想象的基本不同点。对于作家而言,想象不过是一种手段、技巧或方法,想象也许能更加精彩地表现作家心目中的世界或想法;对于初民而言,幻想却是真实的,神话便是信史,不然神话就不会在他们生活中起太大作用。有如功能主义者马林诺夫斯基(B. Malinowski)所说:

> 存在野蛮社会里的神话,以原始的活的形式出现的神话,不只是说一说的故事,乃是要活下去的实体。[①]

这绝不是近世小说所谓“虚构”,“乃是认为在荒古的时候发生的实事,而在那时以后便继续影响世界,影响人类命运的”[②]。

所以,极而言之,“对于初民无幻想”。幻想,在他们那里,绝不是什么技巧、手段、方法;甚至不仅是兴之所至的“游戏”,也不仅是茶余酒后的“消遣”。幻想,对于他们就是严肃的科学,真实的历史,神圣的哲学(在这个前提下当然可以同时是“优美的文学”)。这也正如费尔巴哈所说,艺术知道自己不过是“制造品”,不过是艺术家再造或幻想的产物;而原始宗教和神话则不同,它们自以为“它[们]幻想出来的东西乃是实实在在的东

---

① B. Malinowski, *Myh in Primitive Psychology*(《原始心理学里的神话》), London, 1926;[英]马林诺夫斯基:《巫术、科学、宗教与神话》,李安宅译,商务印书馆 1936 年版,第 121—122 页。

② B. Malinowski, *Myh in Primitive Psychology*(《原始心理学里的神话》), London, 1926;[英]马林诺夫斯基:《巫术、科学、宗教与神话》,李安宅译,商务印书馆 1936 年版,第 121—122 页。

西”(列宁《哲学笔记》非常注意这段话)。“真实”的神话与“胡闹”的故事在初民往往是有严格区别的,神话的这种“真实性”保证了它的“神圣性”(参见下节)。

这一点“区别”,中外神话学家都不断加以强调。例如,茅盾说:“神话,乃指一种流行于上古民间的故事,所叙述者,是超乎人类能力以上的神们的行事,虽然荒唐无稽,但是古代人民互相传述,却信以为真。”[①]换言之,神话就是被初民深信不疑的却超出现实可能的神的故事,“在我们文明人看来,诚然是怪诞荒唐,不合理性的”;但是,在初民那里,却完全是真人实事,“绝不觉得有半点虚妄”[②]。神话就是初民的新闻报道或报告文学、传记文学。就此而言,如林惠祥所指出的,神话是“实在的”(substantially true),“在民众中神话是被信为确实的纪事,不像寓言或小说的属于假托”[③];亦如杜而未所点明的,“至少是在起始传诵神话的人们,以为神话是真实的,所以神话与譬喻或虚构的小说不同”[④]。

现代田野作业也证明,初民心目中的“神话”或“神话幻想”,都是“真实”无疑的。罗伊·巴顿(Roy F. Barton)报告,菲律宾伊富高人那些按照“仪式”讲述的神话,“深入于文化的结构、制度以及人们的世界观之中,它们被严肃对待,从来没有被作为消遣而讲述过”。因为人们深信它是“纯粹真实”的叙述,称之为“乌瓦”(Uwa)或“埃布瓦博”(Abuwab)[⑤],带着神圣的意味。西非人居然也“区别”传说与神话:前者不过是讲讲“来源”或“禁忌”的带虚构性的故事,神话和编年史则是神圣而又“真实”的“关于诸

① 茅盾:《神话研究;神话杂论》,百花文艺出版社 1981 年版,第 3 页。

② 黄石:《神话研究》,开明书店 1931 年版,第 4 页。

③ 林惠祥:《林惠祥人类学论著》,福建人民出版社 1981 年版,第 81 页。

④ 芮逸夫:《人类学》,见王云五总编:《云五社会科学大辞典》(第 10 册),台湾商务印书馆 1971 年版,第 189—190、191 页。

⑤ [美]R. F. 巴顿:《伊富高人的神话》,见《美国民俗学会论文集》,1955 年版,第 3—4 页;转引自阎云翔:《神话的真实性和神圣性》,见刘魁立、马昌仪、程蔷编:《神话新论》,上海文艺出版社 1987 年版,第83 页。

神和自然现象、[部落重大经历]的故事”①。一般说来，各地区的原始(性)群团，“他们都把关于诸神行为、万物起源、人类出现、祖先功绩等故事当作是真实的存在，至少在远古时代是真实的存在”②。

现在我们往往把文学作品分作两种：虚构和非虚构。对于初民却只有一种：一切故事都非虚构。声明为“虚构”者将为他们所拒绝。我们以为“最虚构”的神话，他们却以为“最真实”，而且神圣无比(当然他们也听传言，听故事来“消遣”，但对于自己或本族的神话，一般是坚信不疑的)。

这种神话的幻想或超强形式的幻想，显然是一种“非自觉幻想”(或称“非创作幻想”)，是所谓“集体无意识”的重要存在形式。

所以，神话或“神话幻想”，与一般“文学想象”不同的是：

> 它是原始或原始性的，却被认为是“真实”或“实有”；因而，具有无比的神圣性。

这也是神话的一个重要特征。这就与目前的一种时兴理论——“神话-历史”暗合：最古老的历史是神话，最离奇的神话却往往是最真实的历史。

神话是神圣的

因为“神话”是“神的故事”，神话在非审美方面、社会方面的一个特征，就是因其“真实”和“神秘”而神圣。③

---

① [英]J. 贝里：《西非的口头艺术》，伦敦1961年版，第6、7页；转引自阎云翔：《神话的真实性和神圣性》，见刘魁立、马昌仪、程蔷编：《神话新论》，上海文艺出版社1987年版，第83页。

② 阎云翔：《神话的真实性和神圣性》，见刘魁立、马昌仪、程蔷编：《神话新论》，上海文艺出版社1987年版，第83、89页。

③ 张福三、傅光宇：《试论神话中的灵性、神性和人性》，载《思想战线》1982年第3期，第90—92页；参见阎云翔：《神话的真实性和神圣性》，见刘魁立、马昌仪、程蔷编：《神话新论》，上海文艺出版社1987年版。

“神”是人类自己创造的“超人”。我们都熟悉这句名言:不是神创造了人,而是人创造了神。但神一旦被创造出来,人就很难摆脱自己的“卑下”地位,转而去崇拜自己的创造物。神话,或“神的故事”,甚至被看作神谕、神示(包括希腊人最为敬畏的“神的预言”,那简直是“命运”的同义语)。所以,在某些表述里,神话就是“上帝的语言”。“神话”也由于讲的是“神”的故事、“神”的话语而神圣起来。维柯说:

> 自然界就是天帝的语言。各异教民族普遍相信这种语言的学问就是占卜,希腊人把它称为神学,意思也就是神的语言的学问。[①]

社会学派宗教学家涂尔干(Eimile Durkheim)说,人类的宗教信仰把世间的一切分为两类:圣和俗。其中,“信仰、神话、教义和传说,或者作为各种表现,或者作为各种表现体系,不仅表达了神圣事物的性质,也表达了赋予神圣事物的品性和力量,表达了神圣事物之间或神圣事物与凡俗事物之间的关系”。[②] 信仰赋予神话以“神圣”,神话则讲述并证明“信仰”何以具有不同凡俗的“神圣”:两者是互动的。而宗教的“行为”方面,仪式或“祭祀”,则“创造了诸神,而不仅仅是用来博取诸神欢心的手段”[③]。所以,个人或集团的“祭祀权”是很重要的,常常为“专祭权”而引起种种(包括流血)的冲突;而能不能记忆、讲述、表演、诠释某种神话,往往是夺取“专祭权”和“支配权”的关键——它涉及现实的“领土”、财产和政治的“权力”(因为与“知识就是力量”一致,神话也是一种“权力”)。

梵·巴仁就此指出,许多神话是可塑的,不断增删、修改与生灭的,有时为了政治需要而“重建”新神话。他引证凡西纳《口头传说:历史方法论

---

① [意]维柯:《新科学》(上册),朱光潜译,商务印书馆1989年版,第185页。

② [法]爱弥尔·涂尔干:《宗教生活的基本形式》(第1卷),渠东、汲喆译,上海人民出版社1999年版,第43页。

③ [法]爱弥尔·涂尔干:《宗教生活的基本形式》(第1卷),渠东、汲喆译,上海人民出版社1999年版,第43页。

研究》说:“许多神话都完全是对现存世界和社会做出解释。它们的作用就是为了证明现存政治结构的合理性。可以对此提供雄辩证明的事实是:非洲许多地区的神话都对欧洲人政权的建立做了解释。”[①]这也是所谓“新生态”或竟“次生态”神话不断滋长的原因之一。

逐渐兴起的所谓“精英集团”或“领导集团”,一开始懂得掌握神话、讲述神话、利用神话是一种“特权”,便可以借它来“教育”、控制、驱遣部众。一种很“古老”的神话定义[出自乔治·索雷尔(G. Sorel)]是,它指“遥远的目标、道德的心情,以及启示成功的一种情结(complex),一种价值体系和世界构想”;后者能够“激发并引导统治者或怀抱大志者去掌握主权”[②]。这个说法就很从(次生态)神话的“政治性”和“神圣性”着眼。神话和“知识”一样,都是“权力”——有人称之为原始“话语霸权”。

最明显的就是“始祖诞生”故事——很多人称“感生神话”,也有认定为“祖先传说”的。夏代祖先的半神性可不说它(后起的也有禹母吞薏苡而生禹,或者大禹由鲧腹中化为黄龙跃出,以及禹妻涂山氏化石、石破北方而生启等“始祖神奇诞生”神话)。“天命玄鸟,降而生商,宅殷土茫茫。”(《诗·商颂·玄鸟》)商先之“契”,是其母简狄吞吃玄鸟卵而孕生的。周祖“弃”(后稷)是姜嫄践履龙足印孕生,并经“三弃三收”的“图腾考验仪式”而得以“快速长成”,并掌握农耕技术。诸如此类的“天与神授”的神秘诞生,都陆续地被增殖或“改造”成为“奉天承运”的“权力话语”。而掌握“话语霸权”的统治者,自然非常善于利用神话的“神圣性”来证明自己“君临天下”的政治合法性和天生权威性(这在后世愈演愈烈)。这样就使得某些神话“政治化”和“宗教化”,或者说与宗教在新的历史条件下进行“互动”。如梵·巴仁所说,这种情况在神话史上并非绝无仅有:

① [荷]梵·巴仁:《神话的灵活性》,见[美]阿兰·邓迪斯编:《西方神话学论文选》,朝戈金、尹伊、金泽等译,上海文艺出版社1994年版,第291页。

② [美]M. 贝克威恩:《曼丹人和希达察人的神话与仪式》,纽约1932年版,第2页;阎云翔:《神话的真实性和神圣性》,见刘魁立、马昌仪、程蔷编:《神话新论》,上海文艺出版社1987年版,第89页。

1. 神话是对某一事物来龙去脉的解释。

2. 这种解释以神话的形式做出，使它具有超出凡人的权威。

3. 凭借这种权威，神话就可以作为宗教信仰体系的一部分，而整个价值和行为观念则是从这个信仰体系中产生的……①

初民最重视“宇宙创生”神话或“世界起源”神话。一切从头开始，追本溯源，才能体现并保证他们的“神圣历史”（因而也是“真实”历史）的完整性和延续性。“神话不仅构成（可以这样说）部落的‘神圣历史’，不仅解释了它的整体真实性，并为其矛盾辩护，而且在一系列它所讲述的虚构事件中同样展示一种等级制度（引者案：以‘宇宙创生’为至高无上）。”②埃利亚德（Mirce Eliade）以南婆罗洲达雅克人的宇宙神话为例指出，只有了解它在原始生活和心灵里的神圣性和“真实性”，“才会了解万物是如何在古代民族中形成自己的牢固地位，才会了解神话是如何代代相传，又如何相互联结而构成一部神圣的历史，并在公社生活和个人存在中持续不断地得到更新”③。所以，马林诺夫斯基说：“严肃（‘真实’）神话是原始现实在叙述中的复活。”神话是真实历史的开端，又是合法历史的证明。

在某些群团里，“神话”是不能随便“讲述”或“表演”的。某些神话——特别是开辟神话、创世神话——只能在特定仪式上讲述或演唱（这与剑桥学派的“仪式神话”理论暗合，参见“神话的研究·剑桥学派：神话与仪式的关系”一节）。他们也许不大区别“神话”与“宗教故事”，却把“神话”与“传说”分得很清楚：前者在祭神仪式上讲，后者在祭祖仪式上说（参看阿南等的作业报告）。

---

① ［荷］梵·巴仁：《神话的灵活性》，见［美］阿兰·邓迪斯编：《西方神话学论文选》，朝戈金、尹伊、金泽等译，上海文艺出版社 1994 年版，第 295 页。

② ［美］米尔西·伊利亚德：《宇宙创生神话和“神圣的历史”》，见［美］阿兰·邓迪斯编：《西方神话学论文选》，朝戈金、尹伊、金泽等译，上海文艺出版社 1994 年版，第 188 页。

③ ［美］米尔西·伊利亚德：《宇宙创生神话和“神圣的历史”》，见［美］阿兰·邓迪斯编：《西方神话学论文选》，朝戈金、尹伊、金泽等译，上海文艺出版社 1994 年版，第 191 页。

这些故事和歌曲都具有神圣性，不可随便演唱，除非为了正当目的。[①]

神话讲述的时间、地点、对象多有规定，与一般故事，尤其“荒唐”故事不同。与荒谬故事相对立的真正故事（神话），不是人人都可以讲的。在舍罗基人当中，创世的故事、天体的故事等，是在举行小型聚会时在夜晚讲述的。在皮玛人中，有妇女在场时是不能讲神话的。[②]

当人类学者向阿昌族巫师“调查”创世史诗之时，巫师特别提起瓦罐上山，打来清泉净手，更衣，在神桌前点上“长明灯”，进入“出神”状态，据说是向遥远的创世大神兼远祖遮帕麻和遮米麻请示，能不能“破例”把这首只在丧礼仪式里向族人演唱的史诗，唱给“信得过的外族远客”听。“遮帕麻和遮米麻同意了。”他们睁开眼睛说，然后才是抑扬顿挫、铿锵有力的庄严诵唱。[③]

这就与荷马史诗许多节段开头都要呼唤“神助”一样。

德摩多科，所有的人中我最尊重你：
或是缪斯，或是阿波罗教会你歌唱……

（《奥德赛》，陈洪文汉译）

《遮帕麻和遮米麻》一类的史诗多是“由原始宗教巫师在葬礼和有全体族人参加的大型祭祀活动中，作为原始宗教的教义来念诵的”[④]。

柏拉图在《伊安篇》里说：

……优美的诗歌本质上不是人的而是神的，不是人的制作而

① 兰克、杨智辉：《〈遮帕麻与遮米麻〉后记》，云南人民出版社1983年版，第76页。

② [意]拉斐尔·贝塔佐尼：《神话的真实性》，见[美]阿兰·邓迪斯编：《西方神话学论文选》，朝戈金、尹伊、金泽等译，上海文艺出版社1994年版，第136页。

③ 兰克、杨智辉：《〈遮帕麻与遮米麻〉后记》，云南人民出版社1983年版，第76页。

④ 阿南：《关于阿昌族神话史诗的报告》，载《民间文学论坛》1985年第5期。

是神的诏语；诗人只是神的代言人，由神凭附着。[①]

神话演唱者、史诗艺人，往往被看作“神巫”，甚至“巫神”。赫拉克利特便说，女巫的“声音”能够动人心魄，“响彻千年”，就是“神附了她的体”[②]。法国的石泰安研究了西藏史诗艺人“代神立言”的职能以后说：

> 演唱艺人的本质是纯粹属于宗教性质的，他处于鬼神附身的状态中……这是一个通神者，一个神灵赖以“下降”到他身上的演讲“工具”。他学习这些歌曲不用口讲笔授。他通常是神选或神授的一个普通牧人，在他的“天国”的旅程中为英雄所选定，或是由于一次没有任何预示的幻觉所指使的。[③]

傣族歌手“赞哈”，在赛歌之前，必须求神赐予智慧、“灵感”和意象，必须唱诵《请神歌》：

> 请神来在我的嗓子上，帮我的歌声嘹亮；
> 请神来在我的心里，帮我的歌情不断；
> 请神来在我的左边，让我唱赢对方；
> 请神来在我的右边，帮我的歌能唱到天亮。

埃利亚德巨著《萨满教》指出，萨满巫（Shaman）作为说唱艺人和口头“英雄文学”的卫道士，他的“通神”和“神通”，是由神在他们耳边低语来“证实”的。甚至于，“他们不仅是通神的人，更重要的是他们本身就是人

① ［古希腊］柏拉图：《文艺对话集》，朱光潜译，人民文学出版社 1980 年版，第 9 页。

② 北京大学哲学系外国哲学史教研室：《古希腊罗马哲学》，生活·读书·新知三联书店 1957 年版，第 28 页。

③ ［法］石泰安：《〈藏族格萨尔王传与演唱艺人研究〉结论》，李砼流、陈宗祥译，见中国社会科学院少数民族文学研究所编印：《民族文学译丛》（一），1983 年版，第 73 页。

间的神”[1]。没有神示和神佑,他们不仅不会演唱英雄史诗,连“转述”神话的资格都没有。萨满或格萨尔歌者“在兴奋狂舞中说唱史诗,就叫作‘史诗之神下界’(降临到它附身的说唱艺人——通灵人身上)。……Lha-'bad(一种说唱艺人)本意为‘一尊神下界’,实指‘被一种神灵附身’”[2]。神话讲唱者有时不仅是神人“中介”,而且就是神的化身。神圣的神话就是他作为“神”“神巫”“神使”的 charter,“护照”或“法律证明”。

神话的这种“神圣性”,有时并不因为它内容的改变而变更。后期的神话出现了“人”的自觉,出现人与神的疏离、分裂直到“反叛”,就好像普罗米修斯、后稷、后羿那样的“人之神”或“反抗神的神”,挑战神的无上权威那样,这也许是神话“衰变”之伊始,但仍然无损于神话的神圣性。这已凝固为一种习惯,一种“程序”,一种传统。许多田野报告表明,初民看待神话,有如基督教对待《圣经》,那是不证自明的“权威”,不言而喻的“神圣”。

神话的这种信仰上的“神圣性”,是与它在“运作”上的“神秘性”,在“体现”上的“神奇性”联系在一起,并且互为因果、相为发明的。所以有人以此标识神话文学的三个特征:

神圣性:信仰——本体的
神秘性:运作——应用的
神奇性:表现——创作的

神话与原始的“多神论”

神话的主要讲述“对象”是神。那么,神是什么呢?

神是多种多样的:从“属性”看,有自然神、祖灵神、英雄神等;从宗教

---

① 乌丙安:《神秘的萨满世界——中国原始文化根基》,生活·读书·新知三联书店 1989 年版,第 212 页。

② [法]石泰安:《格萨尔史诗和说唱艺人的研究》,耿昇译,西藏人民出版社 1993 年版,第 487 页。

分类看,有“唯一神”“多神”“杂神”;从“发展”看,又有“原始神”“古代神”“新生神”等。一般说来,神话讲述的是原始(性)的“多神”或“杂神”的故事,而且主要是有关自然的神的神奇故事。

“一神教”(montheism)的“中心”是唯一神。一般说,信奉唯一神者多是比较成熟的人为宗教、系统宗教,像世界三大宗教(佛教、基督教、伊斯兰教)都是高级宗教。严格的神话学,往往只把它们有关“创造”,有关神、人、教主的“起源”等相对古老的故事列为“创世神话”“起源神话”,等等(有的神话学把它们归属为“广义神话”或“宗教性神话”),其他多数只看作“宗教故事”“传说故事”而不承认其为“神话”。神话本质上是“多神教”(polytheism)的、“泛神论”(pantheism)的和“异教”的(当然,“多神教”及其故事,许多都不是“神话”,道教信奉“杂神”,所讲的便多数不算“神话”)。因为神话主要是“象征(地)讲述”原始(性)的“神的故事”,而且侧重于自然神,或与自然相关的神奇故事,它和自然宗教、原始宗教的许多故事难解难分,甚至是诞育于同一母体的孪生姊妹;但是,晚起的非自然宗教,尤其高级“一神教”的故事,最好不要混淆于神话。有人说,“矮黑人种”(Pgymy)信奉的是“一神教”,“多神教”是从类似的“一神教”发展出来的,这至少是以偏概全。

我们看,古代希腊,山有山精,水有水神,所谓“Nymphe”(宁芙或尼姆菲,山林小女神),原意是“新娘子”,像《楚辞·九歌》中那亦笑亦嗔、忽隐忽现的山鬼一样,出没于水泉山林;Najade(娜雅德,小水仙)在清泉畔濯洗她的美发;Oraede(阿蕾德,小山神)又在山间像孩子般欢跃,像丹纳所说,“你一提到她[们]的名字,自会发觉静寂的森林的庄严神秘,或者飞涌的泉水的清新无比的气息”[①];无怪乎马克思常常盛赞“希腊是泛神论的[快乐]国土”。也只有这多神的、“异教”的希腊,才能有这样众多华美的神话,从而成为希腊艺术的宝库,欧洲文学的土壤。这种情形非常像中国南方的荆楚(《楚文化与美学》《楚辞与美学》二书里有详细的论述)。正如以色列那绝顶聪明的所罗门王所说:“异教徒们一味赞赏世界之美而没有

① [法]丹纳:《艺术哲学》,傅雷译,人民文学出版社1963年版,第323—324页。

把自己提升到‘创造者’之概念。”创造者就是唯一神——耶和华（Jahova）。他们沉醉于山光水色里的男欢女爱，怎么会去排斥“尼姆菲”们，去提炼什么唯一神呢？

而高级“一神教”本质上是和神话、(造型)艺术相对立的。《旧约·申命记》第5章第7—10节说：

> 除了我（引案：耶和华/上帝），你不可有别的神。不可为自己雕刻偶像，也不可作什么形象，仿佛上天、下地和地底下、水中的百物，不可跪拜那些像，也不可事奉他，因为我耶和华你的上帝，是忌邪的上帝。

这就与山间林隅、水滨泉畔，到处都是山鬼水仙在欢天喜地、谈情说爱的希腊根本对立，也就无法孕育多少移人心性、荡人心魄的神话。因为“异教的神就是感性资料所构成的”，而“基督教和犹太教的神不能产生任何艺术”，也很难创造神话，因为“一切艺术都是感性的”[①]。所以，我们说，神话里总是众多而热闹、美丽而多姿的神，而且主要是“自然神”。

“自然力的形象化”

正如山有山鬼，河有河伯，水有湘君，天上还有东君、二司命和云中君，自然神是自然力或自然现象的形象化，是“已经通过人民的幻想用一种不自觉的艺术方式加工过”的“人化的自然”，而“任何神话都是用想象和借助想象以征服自然力，支配自然力，把自然力形象化”[②]。这样强调神话借助想象来征服或支配“自然力”，是因为神话首先是或主要是“人”与“自然”的关系（人/天关系）的象征讲述。说斗争，说“征服”自然，也许会引起

① ［德］费尔巴哈：《宗教本质讲演录》，林伊文译，商务印书馆1946年版，第209页。

② ［德］马克思：《〈政治经济学批判〉导言》，见中共中央马克思恩格斯列宁斯大林著作编译局编：《马克思恩格斯选集》（第2卷），人民出版社1972年版，第113页。

误解:无限制地“改造”与“开发”自然,容易造成环境恶化,生态失衡;西方那“天人相分”或“人天对立”,亦即“人类自我中心主义”的传统观念已经让人类尝够了苦果。但是,说神话是“虚拟”的人与自然的“能量交换”,是天人关系的“幻想”表述,还是有点道理的;至少比我们过去常说的“神话是人类与自然斗争的原始性幻想故事”[①],要周密一些。

突出神话里形象化的“自然力”,强调其“天人关系”性,还为了使神话与传说(legend)在对象或内涵上严格区分开来。像鲁迅所说:“迨神话演进,则为中枢者渐近人性,凡所叙述,今谓之传说。”[②]“传说”也是幻想性的“传奇”,但它主要讲的是“超人”的英雄或祖先的神奇故事,神话则主要讲自然和自然神伟力以及人类与它们的冲突、和解、斗争和融合。“后羿射日”是“神话”,尧舜禹启的传承递代则主要是“传说”,虽然它们都不是传统意义上的信史,不同程度地迷离惝恍。讲求实际、历史感特强的中国,神话与传说极难区分,例如“大禹治水”就既是传说又是神话,弄得纷纭不辨,有人称之为“神话-历史”(mythistory),我们只好根据其内容、讲述方式的“侧重点”略作“区别”。这也只是为了澄清或重构文史之前史的需要。最初,“神话/传说/历史”是不易区分,甚至是不必区分的。

费尔巴哈说:“显示于自然之中的神圣实体(神),并不是什么别的东西,就是自然本身,自然本身以一种神圣实体的姿态显示于人,呈现于人,强加于人。”[③]以他为代表的唯物主义宗教—神话学派认为,人类最老的或最初的宗教乃是自然宗教。那么,最早的文学,最早的“宗教故事”就是神话,神话象征地讲述人与自然半虚拟、半真实的“关系”或“故事”。因为“神的真实内容只是自然”[④]。在神话里,自然性、“天人性”的内容压倒了社会性、人文性的内容(反之,就是“传说”)。

“起源”(origin)或“开始”(beginning)最有利于揭露事物的“本质”

① 萧兵:《神话是人类与自然斗争的原始性幻想故事》,载《民间文学论坛》1985 年第2 期。
② 鲁迅:《中国小说史略》,人民文学出版社 1973 年版,第 8 页。
③ [德]费尔巴哈:《宗教的本质》,王太庆译,人民出版社 1953 年版,第 7 页。
④ [德]恩格斯:《恩格斯致马克思》,见中共中央马克思恩格斯列宁斯大林著作编译局编,《马克思恩格斯全集》(第 27 卷),人民出版社 1972 年版,第 64、63 页。

(参看“神话的发生”一章),虽然那具体的“起点”是“游移”而不确定的。

古罗马的卢克莱修在他的《物性论》里说:

> ……人们看见
> 天象和一年的季节的变化
> 如何按一定的次序循环发生,
> 但是却不能知道其中的道理。
> 因此他们就把一切归之于神灵,
> 认为一切皆听从神灵的支配。[①]

以“能动性”为“本质”的“万物之灵”的人,自居世界中心,“自大心”和求知欲极强,他依赖自然却又想支配自然,不理解自然却又要释读自然,“解释冲动”使它以幻想的形式活灵活现地“虚构”出人与自然的冲突、“关系”或斗争,或“能量交换”,于是乎我们就有了神话或“自然神话”。

自然神话或自然宗教(故事)就这样被许多学者和思想家认为是“最早的”文学或“美学性的信仰”。但其核心却是将自然事件“人间化”,就像弗兰兹·博厄斯(Franz Boas)所说,自然神话就是“把有关宇宙的现象想象为完全是人世间发生的事情”[②]——那情节简直像“小说”[③]。

继承并发展了费尔巴哈思想的恩格斯认为:

> 最初的宗教表现(引案:包括宗教仪式、故事和神话)是反映自然现象、季节变换等等的庆祝活动。一个部落或民族生活于其

① [古罗马]卢克莱修:《物性论》,方书春译,生活·读书·新知三联书店1958年版,第334—335页。

② [美]弗兰兹·博厄斯:《原始人的心智》,项龙、王星译,国际文化出版公司1989年版,第125页。

③ [美]弗兰兹·博厄斯:《原始人的心智》,项龙、王星译,国际文化出版公司1989年版,第125页。

中的特定自然条件和自然产物，都被搬进了它的宗教里。[①]

他还认为，自然神是最早的神："由于自然力被人格化，最初的神产生了。"[②]这些看法，也往往被所谓"自然（主义）学派"所援引，但只要不推绎到抹杀其他神话的"极端"，防止"过犹不及"，它们是基本合于事实的。把自然"人化"或看成"人的自然"并且将其极端化，这当然是原始的"人类中心主义"，与"人为万物之灵"的傲慢差不多，但是，"自然"一旦进入神话，就是一种"人为"或"人化"。尽管原始人比"文明人"谦逊，他们把自然和万物看作自己的"平辈"、朋友或"尊长"，但是，神话的对象确实是不同程度地"人化"的自然。

神话主要是"虚拟"自然，是"幻说"人/天关系，是"迷思"（myth/神话）人与自然的能量交换。这样说，绝不等于抹杀神话里的社会性内容，漠视神话里的人文精神。人与自然的斗争—融合—再斗争，或者说天人关系的动态平衡、积极平衡，就是神话里最大的"人文"，最高的"人文关怀"。前引马克思就说神话是"不自觉地幻想"加工过的"自然和社会形态本身"；神话的"自然性"与"社会性"是很难截然分开的，所谓 legend，所谓 tradition（传奇），有时也无法和"迷思"像楚河汉界那样界限分明。而且，"神话美学"上的"自然"，往往是哲学意义上的，早已不是独立自足、纯然异己的自然，而是一种审美性质很强的"人化的自然""文化的自然"或"对象化的自然"。马克思的《〈政治经济学批判〉导言》就说，神话所"不自觉地艺术加工"的自然，本质上"指一切对象，包括社会在内"。

青年马克思很早就指出，作为"人的对象"的自然，绝不是自然科学意义上的自然。

① ［德］恩格斯：《路德维希·费尔巴哈与德国古典哲学的终结》，见中共中央马克思恩格斯列宁斯大林著作编译局编：《马克思恩格斯选集》（第 4 卷），人民出版社 1972 年版，第 21、88 页。

② ［德］恩格斯：《路德维希·费尔巴哈与德国古典哲学的终结》，见中共中央马克思恩格斯列宁斯大林著作编译局编：《马克思恩格斯选集》（第 4 卷），人民出版社 1972 年版，第21 页。

从理论方面来说，植物、动物、石头、空气、光等等，部分地作为科学的对象，部分地作为艺术的对象，都是人的意识的一部分，都是人的精神的无机自然界。①

为什么人的对象的自然会成为“人的意识的一部分”呢？关键就在那些自然物，不但已经成为“科学的对象”，而且早就成为包括“神话/象征讲述”在内的“艺术的对象”，审美、创美的对象，亦即成为“人的精神食粮”，或竟成为神话意象、艺术形象；所以它们不再是“物理性”的无机物质，而已成为“人的生命活动的材料、对象、工具”②，是人的肉体的“延伸”，人的“思维”的内容。在此意义上，我们可以说，神话的幻想性审美反映的对象是人化的自然和人的社会行为（或者说，着重于与自然交换能量的行为）。

而且，神话里还有“英雄”（hero/半人半神）和“英雄神话”，还有“祖灵神”和“祖先神话”（包括传统人类学所谓的“图腾神话”），这些虽然因其侧重于体现“天/人相分”或人与自然的斗争、“关系”，英雄或祖先已被充分神化，讲述的内容与方式都是“超强幻想”，光怪陆离，诡谲神奇，我们将其归属于“神话”。但是它们的社会性、人间性颇强，有些还含有某种“历史真相”，这些神话仅仅用“自然性”已很难周延地概括。还只能如前所说，神话不过是在“质”与“量”上自然性“压倒”了、超过了社会性，而绝不能说神话里只有虚拟人天关系、“能量交换”而没有社会斗争、没有人文关怀。

本章讨论题

（1）神话最重要的文学特征是什么？

（2）神话幻想和一般幻想有什么不同？

---

① ［德］马克思：《1844年经济学—哲学手稿》，刘丕坤译，人民出版社1982年版，第49页。

② ［德］马克思：《1844年经济学—哲学手稿》，刘丕坤译，人民出版社1982年版，第49页。

(3)神话是不是“美丽的谎言”?

(4)为什么说神话具有神圣性、神秘性和神奇性?

(5)神话与宗教故事和传说有什么异同点?

第二章　神话的发生

人的“能动性”

神话是怎样发生的呢？这首先要看人类及其文化是怎样“起源”的。处在特定环境里的类人猿，由于“基因”的突变，以及基因与（广义）环境的互动，逐渐地被自然“选择”为“人”（所谓“猿人”）。“人”的特征在它的自由能动性（通俗地表达，便是“创造性”）。就是说，它不像其他动物那样，一般只是被动地适应自然，“等待”自然的选择与再选择，相对缓慢地“改变”或“进化”。人一旦诞生，就要能动地、主动地“改变”自然，从而也“改变”自我。这种“主动改变”的明确标志就是“工具”（也许因为只有“工具”才能被证实——躯体和头部的形状、脑量等指标则游移较大，争论更多）。黑猩猩（还有海狸、啄木鸟等较为低等的动物）能够“使用”树枝、石块等，偶尔还能做些“加工”（例如捋掉“白蚁钓竿”上的无用枝叶），但目前发现，“直立人”不但能够“使用”而且还能“制造”石器，用人类学行话来说，就是能够使用“加工器”制作“传达器”。经过加工和再加工的，并且能够改变其他自然物性状的，才是“工具”。工具是人的专利品和第一个标志。这种对工具的加工和再加工,亦即通过“加工器”使“传达器”更好地把人类的“力”或“能量”转移到自然物上的能动行为,才是“劳动”(labour)。“劳动”是和“人”一起诞生的。“劳动”创造着人,人也创造着“劳动”。其标志,就是与人类一起出现的“工具”,可证实,也可证伪的“工具”(目前,我们还只能由此开始“想象”、描摹、推测人类起源的“踪迹”,实在谈不上论断)。大概随着工具的制作,意义相对分明的音节语言也出现了。人类脑部特有的“勃鲁卡(Broca)区”以及“赫胥尔(Heschl)区”、“温尼克(Wernicke)区”都迅速地发育起来。“理性思维”与语言、语言中枢一起出现并发展。所以有人用这三大指标来标识人的有异于其他动物的“特征”(这些至今还是描写性的、近似的,不足以成为“人类中心主义”的依据)。

能动性
- 制造工具的能力(劳动)
- (意义分明的)音节语言
- 理性思维

人的特征还有好几种,但最主要的是这三样。有了“真正的工具”,就能改变自然物的形态。用一个“石槌”从一块“石核”上砸下一片“石刀”——恩格斯说,还没有一只猿的爪子曾经制造出一把最粗糙的“石刀”——“石刀”能够割断野兽的咽喉,割开兽皮,刮净残肉……劳作的顺序与逐渐发达起来的大脑里的“事件的次序”几乎同步建立,随着社会生活和生产的趋向繁复或进步,思维能力大为提高,“潜逻辑”或“原逻辑”渐次形成,观念或“意识”的框架也已建构。而此前,当人们能用“音节语言”,哪怕是跳跃式地把原始生产“过程”与“次序”标识出来,“打……杀……割……刮!……”,那么表情达意的潜能就已显现,“叙述”或“编制”某种故事的本领也就大体具备了(这绝不仅仅是“感觉”,也是理性能力的一种,以上请参看《艺术的起源与发生》中有关“人类特性”的部分)。

特别是,此时的万物(自然)都以感官可及的生动“形象”(figure,似犹未进至image)出现在人们的“感觉”和头脑里。一切都是“形象”,都是可看可听可触可嗅的"形象"。而且都是有生命、有活力的形象(山不动,但它睡了,它活着,生长着……)。自然是形象,人也是形象。自然和人是相同的形象,只有外形有别,但都是生命,都有力量,但是,自然的力量比人大多了。

保罗·拉法格说:"原始人朴素地把自己的特性加在他周围的一切事物之上;他不能把自己和它们做出任何的区别;它们的生活,感觉,思想和行动完全同他一样。"[①]最初的时候,人只是觉得万物都是活体,都是生命;但那生命是多样化的,当然也是"平等"的,其"形式"或"形态"并不一定和人一样。自然人性化、人格化、人形化等原始"人类中心"思维和行动的出现,是后来陆续发生的事。"物活论"和"宇宙生命一体观"才是较早期的"原初思想"的内核。然而,这种所谓"原哲学"或"史前史的哲学",和"神话的发生"一样,都还是德里达们所说的那样,是"源初踪迹","踪迹既不是基础,也不是根本,更不是起源,它在任何情况下都不会提供一种清晰的或虚假的本体—神学"[②];我们上面所说的,人类的"起源"、神话的"起源",都只是为了讨论方便的"假设",它们的"界限"或"定点"都是极其模糊、极其"混乱"的,到现在都无法"证伪"或"证实"。

马克思、恩格斯的《德意志意识形态》揭示:

> 自然界起初是作为一种完全异己的、有无限威力的和不可制服的力量与人们相对立的,人们同它的关系完全像动物同它的关系一样,人们就像牲畜一样服从它的权威,因而,这是对自然界的一种纯粹动物式的意识(自然宗教)。[③]

---

① [法]拉法格:《宗教与资本》,王子野译,生活·读书·新知三联书店 1963 年版,第 16 页。

② [法]德里达:《立场:与让-路易斯·豪德宾、盖伊·斯卡培塔的会谈》,余碧平译,见俞吾金、吴晓明总编,黄颂杰主编:《二十世纪哲学经典文本:欧洲大陆哲学卷》,复旦大学出版社 1999 年版,第 856 页。

③ [德]马克思、[德]恩格斯:《德意志意识形态》,见中共中央马克思恩格斯列宁斯大林著作编译局编:《马克思恩格斯选集》(第 1 卷),人民出版社 1972 年版,第 35 页。

在人类出现的最早期，它的力量实在太弱了。但它还在挣扎，还要“创作”，还要抗争（不然就不是具有能动性的“人”）。但此时确实是敬畏、依赖、膜拜居多（这也是一种扭曲的抗争，不论是最原始的自然宗教抑或萌芽状态的“神话”，都是人类对自然抗争的产物，都是“文化”）；西文“文化”（culture）的词根 cult 就有“崇拜”和“种植”两层意思。“文化”当然也是“人类中心主义”垄断的武器或“特权”。

然而这个“最早时期”的人，确实还没有把“自己”和“自然”区别开来（用黑格尔的话说，这里是“到处都有牢固纽结”的“自然之网”）。这种原始性的“天人同一”，正是形成“宇宙生命一体化”观念的基础。这个时期已有片断的类神话观念或神话的“质料”（matter）。例如，“啊，太阳，太阳妈妈”，就是神话的萌芽。有人称之为“万物有灵论”之前的“神话”，或所谓“先泛灵论的宗教”（卡西尔），或所谓“物活论”。有人则认为必须进至“万物有灵论”或“自然人格化”，神话的“质料”逐渐成形，逐渐有了形制（form），神话性的“言语”链化为一个个有头有尾的“故事”（story）的时候，才真正有了神话。这里不能介入这种争论，我们着重探索神话发生的心理和语言机制。因为“神话”是“神的话语”，是“神的故事”，是以语言为介质的。语言是个“制度”，神话无非是它的一种运作机制罢了。

“语言创造世界”

洪堡德说过：“语言就是世界观。”因为世界是在被人类所“言说”的时候才真正成为人的对象。“人拥有世界。”伽达默尔说。然而，世界对于人的“此在性”或实在性，是由语言来表达和实现的：“能被理解的存在就是语言。”这也是罗兰·巴特所说“语言即人类的视野”的意思。马克思、恩格斯也说过：“语言是一种实践的、既为别人存在并仅仅因此也为我自己存在的、现实的意识。”①

① ［德］马克思、［德］恩格斯：《德意志意识形态》，见中共中央马克思恩格斯列宁斯大林著作编译局编：《马克思恩格斯选集》（第1卷），人民出版社1972年版，第35页。

但语言的“本质”功能，决不仅仅是表情达意、交际传递（许多动物都能使用某种目前还无法破译的声音来表达情意，传递“信息”）。人类语言的最大功能是“命名”（naming），也就是用“符号”（sign/symbol）来标识并且区分“实体”，识别“对象”，让“实体”和“符号”能够结合也能分离。这样，“对象”不在场，不在（视听）感觉范围之内的时候，对于人类，依然是“存在”，依然是“客体”。这种超越感觉、高出感官的能力，就是“理性”（或理性思维能力），就是创作神话和一切高级符号系统的“语言”背景。其他动物却无法用“符号”来命名“实体”，让对象与概念可合可分，所以停留于“感性”，停留于感官可及的现象，更没有判断、分析、归纳、演绎的理性能力、创作能力。因此，恩斯特·卡西尔说：

人是符号的动物。

从而，对于人类而言，是“语言创造世界”（后现代主义更极端的表述，是“话语先于世界”），因为，只有事物具有了名字或符号，世界才是人的对象，自然才会对象化和人化，万物才有“意义”，才有“结构”，才有“功能”。有如卡西尔所说：“命名是事物概念化的首要条件，客观经验实体观念化的首要条件。”他就此具体论述道：

命名（naming）的工作必定是先于心智构想关于现象的概念并理解现象这一智性工作的（引案：这就是说，用语音为事物命名，在掌握事物概念之前），并且必定在此之前业已达到了一定的精确度。因为正是命名过程改变了甚至连动物也都具有的感官印象世界，使其变成了一个心理的世界、一个观念和意义的世界。①

---

① ［德］恩斯特·卡西尔：《语言与神话》，于晓译，生活·读书·新知三联书店 1988 年版，第55 页。

“命名”,包括用特定的声音去称呼某一事物,当然是偶然,乃至“任意”的。斯宾格勒早就貌似武断地说:“言语和真理是相互排斥的。”[①]索绪尔更加明确地揭示,语言符号的“能指”(音响形象)与“所指”(概念)的联系是偶然的——中国人说“鸭”之所以被称为“鸭”,是因为它发出“嘎嘎”的叫声(象声说,所谓“声训”);但是,英语却称之为 duck(母鸭)或 drake(公鸭),并不因为洋鸭子这样鸣叫。各民族对同一事物(或“概念”)一般称呼都不同。所以,“语言符号是任意的”[②]。然而,“一个社会所接受的任何表达手段,原则上,都是以集体习惯……为基础的”[③]。这就是我们常说的“约定俗成”;一旦公认、通行、理解,“音响形象”就被“粘贴”在事物之上成为“标签”(符号)。名称,它被人感到是一种存在,并通过定名的行动成为一种神力[④]。这样,我们只要言说那个“名称”而不一定要耳闻目睹那事物,客观世界就立即“在场”,成为如在眼前的“对象”。

“符号”或“名字”,隔断了客体与人类感性那种原始的幼稚的“粘连”,从而使人类有可能独立地理性地审视、解析、认知、想象那纷纭万状的世界。[⑤]“言语引入一切真理,解明一切秘密,使不可见的东西直观化——事物因为有了特指的符号而不必在眼底才能被考察——[从而]使过去和遥远的东西显示于眼前”,就好像我们在神话和传说里阅读史前时代那样,言语既“使无限的东西有限化”,又“使暂时的东西永恒化”[⑥]。对于“记忆”的语言复现、形象追述,就是“无文字的历史”或神话传说,使得人类积累下越来越多的“有组织的经验”(文化)。

---

① [德]奥斯瓦尔德·斯宾格勒:《西方的没落:世界历史的透视》,齐世荣、田农、林佳鼎等译,商务印书馆 1991 年版,第 262 页。

② [瑞士]索绪尔:《普通语言学教程》,高名凯译,商务印书馆 1980 年版,第 102 页。

③ [瑞士]索绪尔:《普通语言学教程》,高名凯译,商务印书馆 1980 年版,第 103 页。

④ [德]恩斯特·卡西尔:《语言与神话》,于晓译,生活·读书·新知三联书店 1988 年版,第 55、72 页。

⑤ 萧兵:《语言创造世界——比较文化视角下的神话语言》,见何寅主编:《中国文化与世界》(第 6 辑),上海外语教育出版社 1998 年版,第 247—267 页。

⑥ [德]费尔巴哈:《基督教的本质》,荣震华译,商务印书馆 1984 年版,第 121 页。

“命名”的这种“创世”作用,在神话和“神话(式)思维”里表述得很清楚。[①] 例如《老子》说:“无名,万物之始;有名,万物之母。”世界开始的时候,还没有人类,当然没有意义分明的音节语言,当然“无名”;人类初生,万物对于他们既不是对象也不是“存在”,只有加以“命名”之后,人类才逐渐“认知”并把握世界。所以,名字或“符号”,才是万物的母亲(所谓“话语先于世界”也可以从这个角度理解)。巴比伦创世史诗《恩努玛·艾利希》(*Enuma Elish*)描述了这种从“无名”到“有名”的世界创造过程:

当初天地还未命名,
当初上面没有天的名,
下面没有地的名,
…………
那时所有的神皆没有出世,
既无名号称呼他们,
他们的命运亦未固定。[②]

这是混沌,无名也无序。后来由“水体混沌”里创造出诸神和万物,并且“获得了名称”。于是,才有世界。

印度的《吠陀》(*Veda*),所谓《明论》,也说,诸神创立祭礼,“行祭时,众神遍呼万物和众生灵之名,宇宙万有应声而现”[③]——这真是“有名,万物之母”啊。这也就是希腊哲学家诗人恩培多克勒所歌唱的:

一切有死亡物都没有自然的生成,
在毁灭性的死亡中也不终止,

① 萧兵:《语言创造世界——比较文化视角下的神话语言》,见何寅主编:《中国文化与世界》(第6辑),上海外语教育出版社1998年版,第247—267页。

② [美]戴维·利明、埃德温·贝尔德:《神话学》,李培茱、何其敏、金泽译,上海人民出版社1990年版,第165—166页。

③ [美]S. N. 克雷默:《世界古代神话》,魏庆征译,华夏出版社1989年版,第262页。

只有混合及被混合物的交换，
生成是由人赐予它们的名字。[①]

此亦正如《大林间奥义书》所谓创造大神，“以彼语言，以彼自我，而创造万有”[②]；而《摩奴法典》说：“最高无上的神从太初之始即按照吠陀所言，对每一个特别物类指定名称，作用和生活方式。”[③]万物有了名称（符号），世界成为对象。

太阳——神话的语言

有了约定俗成的“名字”（符号），人类就能指称万物——指称是一种把握——并用于更繁富地表情达意、交流信息。早晨起来，看到让世界光明、让自己温暖的太阳，高喊：

啊，太阳！

这就是诗，是《太阳之歌》。“诗是人类的母语。”（哈曼）“言语……植根于生活的诗性上。”（卡西尔）太阳降落，遇到连阴天，几个清晨都不见她露面，人们焦灼了，呼唤道：

太阳，你出来吧！
像从前那样，每天都出来吧！
晚上，你也许睡了，死了；
可第二天，你要醒来——出来吧！

① 苗力田：《古希腊哲学》，中国人民大学出版社 1989 年版，第 116 页。
② 《五十奥义书》，徐梵澄译，中国社会科学出版社 1984 年版，第 533 页。
③ 《摩奴法典》，迭朗善译，马香雪转译，商务印书馆 1982 年版，第 11 页。

这就是“神话”，或神话的滥觞了。神话的几大元素都基本具备：这是原初带着神圣性和神秘性的“幻想”，太阳已被人格化，并且有了“生—死—再生”的“故事”；这种情绪化、意志化的“象征讲述”，还带着咒语或巫术的要素（类似这样的“原诗”，见于各种神话“文本”）。

太阳是光、力、热和一切生命的源泉。在高高的天空中，最触目、最鲜美、最动人的，就是那应律合节、运行有序的，又红又圆又大的太阳。埃及人的太阳（神）自颂道：

> 我是光明的主宰，自生的青春，
> 原始生命的“初生”，无名事物的“初名”。
> 我是年岁的王子，我的躯体是“永恒”。

她每天由东向西飞行，“历天又复入西海”（李白诗），在海底“杳冥冥兮以东行”（《楚辞 · 九歌 · 东君》），然后从大海之滨、高山之巅冉冉东升……古代印第安，无论是印加人还是阿兹特克人，都要面朝安第斯山的峰峦，迎接初生的旭日，祝她无病无灾，每天清晨都照样升起。

> 如果太阳老是待在天顶，它便不会在人们心中燃起宗教热情的火焰。只有当太阳从人眼中消失，把黑夜的恐怖加到人的头上，然后又再在天上出现，人这才向它跪下，对于它的出乎意料的归来感到喜悦，为这喜悦所征服。[①]

所以，北美古代印第安的阿巴拉支人（Apalachiten），“当太阳出山落山的时候，唱着颂歌向太阳致敬，同时祈请它准时回来，使他们享受它的光明”[②]。海克尔在1881年还看到印度孟买的“拜火教”徒，“在日出日没之

① ［德］费尔巴哈：《宗教的本质》，王太庆译，人民出版社1953年版，第28页。
② ［德］费尔巴哈：《宗教的本质》，王太庆译，人民出版社1953年版，第28页。

际，站在海边或跪在摊开的地毯上，向旭日和夕阳表达其崇敬之心”①。无怪乎神话学上有所谓“太阳学派”，认为太阳是最早被神话语言命名与歌诵的对象，几乎所有的原生神话最后都能“归结”于灿烂的太空，“归结”于太阳。

世界上许多原始群团都有类似的迎送太阳升降的歌赞和仪式。殷墟甲骨刻辞有“出日/入日”之祭。《礼记·郊特牲篇》说：“郊之祭也，迎长日之至也。”《汉书·贾谊传》归纳道：“三代之礼，春朝朝日，秋暮夕月，所以明有敬也。”唐·颜师古注：“朝日以朝，夕月以暮，皆迎其初出也。”这些都是远古人类有关太阳“升/降：生/死”的神话、咒术、仪式的“遗痕”和“证明”。

这些当然首先与原始人的生产/生活相关。神话是“人”的作品，当然和所有的文学、艺术一样，是人的社会生活的产物（所谓“精神产品”），并且从根本上决定于“两种生产”（物质的生产和人自身的“生产”）的状况和水平，许多神话都是“两种生产”的曲折反映；但这里讨论的主要是神话发生的心理-语言机制，作为其背景或根源的社会生产-生活暂予简略（其他的书已谈得极多）。

神话与人类的叙事能力

“语言和意识具有同样长久的历史。”（马克思、恩格斯）

语言或言语，对于初民是很神秘的；它是对人类自我本质的“有形”肯定。“草木之精英为人/人之精英为语言/语言之精英为《黎俱》[案：指（Ṛg-Veda）]。”（引见《唱赞奥义书》）神话更是以言语为介质，早期者和“暴力话语”的咒词还血肉相连，以“魔力”形式展示其“魅力”。费尔巴哈说：

① ［德］恩斯特·海克尔：《宇宙之谜——关于一元论哲学的通俗读物》，上海外国自然科学哲学著作编译组译，上海人民出版社1974年版，第265页。

在古代各民族——他们是想象力的孩子——看来，言语是一种充满着秘密的、魔术般的东西。……在今天，一般的民众还是相信，人们能够仅仅通过言语来魅惑人。①

能够魅神的言语当然也能惑人：魔力随之转化为魅力。这些都是“人之精英”的语言之固有本质（能够“影响”世界并且造就着人自身）。神话，或“幻想故事”，也就内含在这种充满魔力和魅力的“话语”系统之中。话语还有一种自我生长、自我扩张的性质——它必须给越来越多的事物“命名”，定性，直到描述、设喻，才能逐步地、更多地认知与把握世界。那滚圆的红色火球是“太阳”。“太阳”是母亲，是父亲，是哥哥，是妹妹（当人们把太阳和月亮联系起来的时候）；太阳是火，是燃烧的泉，是热烈的青春，是致人死命的爱情……原初的“幻想”“情感话语”“譬喻”“象征”“形象符码”等，就这样无穷无尽、没完没了地诞育出“原诗”和“神话”来。

神话，无论是称它为“幻想故事”或“象征讲述”，它都包含一个“事件”、一个“过程”（它是一种能够自我增殖的动态系统）。要表述“事件”或“过程”，就要求原始人具有“记叙”，亦即“讲故事”的能力（这和单纯的“感叹”构成“原诗”不大一样）。这发生在什么时候，我们还不知道，也没有多少物证。大概是在词汇量大大增加，理性思维能力增强的时候吧？婴幼儿说话是从单个的词开始的。“啊，妈妈！”这就是他的情感话语，他的“诗”。他还很难把词汇联系成一个完整的句子。“妈妈——吃吃！”这是个请求，也是个“命令”，但还不是“祝愿”，他还不会用“假想”方式干预社会生活或自然进程，更不会叙事。但也不会太晚。两三岁的时候，他也许就会叙事，“象征叙事”：

妈妈睡了，宝宝睡了，太阳也睡了！

这就是他的叙事诗，他的神话（我们还不能“记录”或“复现”他的梦，

① ［德］费尔巴哈：《基督教的本质》，荣震华译，商务印书馆 1984 年版，第 121 页。

那更是他“个人的神话”)。

威尔斯推测,“叙事/象征叙事”大概发生在新石器时代早期。

> [人类]叙事的能力随着词汇的扩大而增长。旧石器人朴素的个人幻想,没有体系的拜物伎俩,和基本的禁忌,开始代代相传,形成了前后更加一致的体系。人们开始讲述故事,讲他们自己,讲部落,讲它的禁忌和为什么必须这样做,讲这个世界和为什么有这个世界,等等的故事。①

我们觉得,也许还要早一些。现在证明,旧石器后期也曾发生过一场“革命”,艺术在此时喷涌。所谓“个人幻想”里肯定包含有象征叙事。至少它的“文化基因”、它的萌芽,是和人的制造工具能力、音节语言、理性思维一起产生的,或者说,埋藏在人的机体、人的语言中枢和话语系统里。这实在是个“测不准”的“假问题”,只能用“假设”来帮助我们的“说明”。

这正如福柯所说,重要的是“事件”——神话或“讲故事能力”在原始时期的X点出现——“我们无需再寻找那个绝对的起源或者完全变动的点”,我们可以用X点为基础进行思考和组合,让一切随机事件“成为可能和必需,并且一切被取消后重新开始”。因为“我们面对的是被放在不同的历史境遇中的不同类型和层次的事件”②。

摩尔根和马克思、恩格斯都认为,“想象”能力产生于“野蛮高级阶段”(目前所知,要早得多),以其为“介质”,人类才会“创作”神话。和威尔斯一样,这说的是“成形”的神话,甚至是“系统神话”。“片断式”的神话早就发生了,而且不一定都采取人格化、人性化的形式。斯宾格勒认为,这是和人类“命名”的能力、“造句”的能力一起诞生的,这里包藏着研究事物、事物的性质与关系的精神运动或精神变化。

---

① [英]威尔斯:《世界史纲——生物和人类的简明史》,吴文藻、谢冰心、费孝通等译,人民出版社1982年版,第132页。

② [法]米歇尔·福柯:《知识考古学》,谢强、马月译,生活·读书·新知三联书店1998年版,第188页。

由于名称的关系就产生了一种新的世界观。如果一般的言语是恐惧的产物,是醒觉意识面对事实时涌现出来的深不可测的恐怖心的产物,这种恐怖驱使一切动物渴望表明彼此间的实在性和亲近性而群聚起来,那么,第一个词,名称,就是一次巨大的跃进。①

而当初民能够把一串“名称”连接成一种“神奇”的“句子”的时候,神话就诞生了。

亚里士多德《形而上学》等书说到哲学等的起源时指出,最初的许多“事实”或“想法”都只是一堆杂乱无章的“质料”(matter),经过长期的积累和锤炼,才具有“形制”(form)。这个时候才谈得上“思想”、艺术、文学或“意识形态”。神话最初时,“质料”肯定有,但只有慢慢从“片断神话”进步到有头有尾的(神话)“故事”,最后成为“系统神话”,有了“形制”,或列维-斯特劳斯们所谓的“结构”,神话的进化才算“完成”。

梦是“个人的神话”

“梦”大概也是产生神话的“心/生理”助推力。“神话是集体的梦,梦是个人的神话。”神话与梦在“形制”上有许多相似之处:臆想或“幻觉”(hallucination),幻象或梦境(dreamland, fairyland),以及记忆的片断再生和凌乱组织,俶诡迷离,零落怪诞,往往是梦与神话所共有的。多重隐蔽的欲望,情结,“罪恶的意愿”,往往都在梦里产生,并且在神话里留下痕迹。所谓伊底帕斯“杀父恋母”情意综(或“情结”),就是由希腊神话里推绎出来的。贾宝玉的“弑父”情绪表现在他离经叛道、拒绝圣贤的行径里;回归母腹的冲动却宣泄在“太虚幻境”或红楼一梦之中,“母亲”被“兼美”的秦可卿,“阴柔”的花袭人(薛宝钗的影像)所替代,以梦始也以梦终地复现了

① [德]奥斯瓦尔德·斯宾格勒:《西方的没落:世界历史的透视》(第2卷),齐世荣、田农、林传鼎等译,商务印书馆1993年版,第265页。

他一生大喜大悲的个人神话（参看《红楼梦趣读:女性俱乐部》）。

弗洛伊德在《梦的解析》里赞成:“史前时期原始人类有关梦的概念，均深深影响他们对宇宙和灵魂的看法。”[①]举了拉布克、斯宾塞和泰勒等的记录,并且说,这种原始观念至今还让文明人觉得,“一切梦均来自他们所信仰的鬼神所发的启示”,往往能“预卜未来”[②]。

弗洛伊德认为,梦、神话 、艺术和其他的 “创作”有很多共同的地方。这主要是使用“形象”来思想,并且用“象征”来表达情感和愿望。受抑制的“冲动”(尤其是性冲动),由于正常的情感通路被封闭,“它(欲望或冲动)被迫沿着一条与知觉相违的方向逆行,并以幻觉的满足为满足。这些潜伏的梦—思想从而转化成一系列感觉的形象和视觉的图像”[③],如果加以复述和再现,就和神话叙述模式十分相似(形象性,虚拟性,变幻性,跳跃性,怪异性……)。所以,他认为:“这个[梦]表示的方式往往回复到早已过去的文化发展阶段,——如象形的文字,象征的关系,甚至于语言思想未发展前所存在的状态。因为这个缘故,所以我们把梦的工作所利用的表示称为原始的或退化的(archaic or regressive)方式。”[④]这就是说,可以利用“原始性的叙述”(如神话) 及其发生来阐释梦的“写作方法”;当然,也能反过来用梦的叙事构成来探讨神话的发生和讲述方式。弗氏《摩西和一神教》里某些有关性器官崇拜和宗教起源的讨论就涉及这个工作。

梦的发生肯定极早。但梦的“复述”(特别是较为完整的复述),恐怕要在“讲故事”能力具备的时候。梦的“复述”,似乎是行为性的。恩格斯介绍过,原始人往往认为他人必须对“梦中的行为”负责[⑤],比如他梦到某人在梦中砍了他一刀,醒来后他一定要砍“还”一刀。许多喜剧和悲剧由

---

① [奥]弗洛伊德:《梦的解析》,赖其万、符传孝译,志文出版社 1973 年版,第 25 页。

② [奥]弗洛伊德:《梦的解析》,赖其万、符传孝译,志文出版社 1973 年版,第 26 页。

③ [美]卡尔文·斯·霍尔:《弗洛伊德心理学与西方文学》,包华富、陈昭全、杨莘燊译,湖南文艺出版社 1986 年版,第 121—122 页。

④ [奥]弗洛伊德:《精神分析引论》,高觉敷译,商务印书馆 1986 年版,第 153 页。

⑤ [德]恩格斯:《路德维希·费尔巴哈与德国古典哲学的终结》,见中共中央马克思恩格斯列宁斯大林著作编译局编:《马克思恩格斯选集》(第 4 卷),人民出版社 1972 年版,第 219 页。

此造成。

如果别人问他为什么“无故”伤人，他就得陈述理由，复述梦境，这就由“臆想（性）行为”过渡到“臆想（性）故事”，从而具备了许多“神话/象征讲述”之要素。

特别是，在初民心目里，“梦中出现的人的形象是暂时离开身体的灵魂”①，灵魂是会飞动的，就好像人必定有“行为”，“形象”从而展开，并链化为（零乱的）“故事”。

死去的亲人在梦境里出现，是“复述”梦境的重要契机。因为“复述”是对“复现”的期盼，“复现”是对“复述”的催化。“既然他有时在梦中看见自己的祖先和自己的死去了的朋友，这就是说他们的灵魂，他们面貌相同的双重人在梦中来访问他。”②他们会做出或正常或不正常的事情。澳大利亚东南部原住民说：“当我睡觉的时候，我是住在另一个遥远的地方，我可以看到一些早就死掉的人，而且还和他们谈话。”（参见沙利·安什林）这些都可能一次次地被复述、传播或夸饰——特别是梦显得怪诞、神秘或“灵验”之时。

亲子之情，夫妻之情，手足之情，是要用经常接触来维系的。记忆虽然能催生梦境，却比梦境疲弱得多。梦境能以“臆想”或“幻想”形式复现有关亲友及其事迹。这种“复现”更可能得到“复述”、组织、变化和传播，也就更容易收获情感丰富的“祖先神话”或“英雄神话”。“无疑，他被所做的梦所激动，在他头脑里他的梦常和醒时的印象混淆起来，把他搞糊涂了。……他们在梦中见到那些离开了他们的人，更加强了他们相信这些人的生命还在继续。”③他们似乎也具有同于常人又异于常人的动能或行为。

于是，“灵魂”或“泛灵”观念慢慢地随之发生。

---

① ［德］恩格斯：《路德维希·费尔巴哈与德国古典哲学的终结》，见中共中央马克思恩格斯列宁斯大林著作编译局编：《马克思恩格斯选集》（第4卷），人民出版社1972年版，第219页。

② ［法］保罗·拉法格：《思想起源论》，王子野译，生活·读书·新知三联书店1978年版，第122页。

③ ［英］威尔斯：《世界史纲——生物和人类的简明史》，吴文藻、谢冰心、费孝通等译，人民出版社1982年版，第125页。

这也是人类学派的泰勒所持的“泛灵论”（animism）或“万物有灵论”为原始宗教核心的论据之一。梦里出现“灵魂”或种种异象、幻影，与现实里的事件、幻觉或记忆往往绞绕不清，这就影响了原始人的观念，他们以为人体外还有“灵魂”，或拉法格说的“双重人”；一切生物或无机物都有“灵魂”，他们会做出超现实的奇事（其故事化就是“神话”），并且影响人们的生活、思想与行为；从而使人类“把梦和幻觉看作信息的来源”，而且“把高尚的甚至神圣的知识归因于灵魂”①。

这种似乎“神秘”地得到的信息或知识，是神话的重要元素。“因为，人们发现，许多梦表现的意象和联想与原始人的观念、神话和仪式相类似。弗洛伊德称这些意象为‘古代残存物’（archaic remnants）……”②荣格认为，这样说远远不够。“它们仍然发挥着作用，并因其‘历史’特性而显得有价值……。在我们有意识地表达思想［的‘作品’］与较原始、较丰富多彩的图画般的表现形式（案：如‘神话式思维’）之间，架起了一座桥。”③

这可以由考古人类学得到旁证。死去的亲友在梦境里出现，是“复活”的一种暗示。或说：初民往往认为，“死”只是一种有限的昏厥、睡眠，是可恢复的“病态”（或“假死”），这是“招魂”巫术仪式的一种理论依据。“埋葬”的仪制，更寄寓着“再生”的期盼。这不仅出于“事死如事生”的挚爱情感，而且和梦境有极大联想：“死人”既然能在“梦/臆想”里再现，为什么不能从泥土里复活，进而在神话里“复活”甚至“永生”呢？

旧石器晚期人（例如周口店“山顶洞人”）就有在尸体上撒赤铁矿粉的习惯，这就不单是一般的“埋葬”行为（连猴子都会在同伴尸体上覆盖树叶），而是一种仪式行为、一种信仰。解说很多：过去多说是用红土来表示鲜血，以延长死者的生命；现在又说是，表示鲜血流尽，肌肉腐烂，以便“新的生命”在骨架上“着床”并且再生。

① ［瑞士］荣格：《心理学与文学》，冯川、苏克译，生活·读书·新知三联书店1987年版，第41页。

② ［瑞士］荣格等：《人类及其象征》，张举文、荣文库译，辽宁教育出版社1988年版，第25页。

③ ［瑞士］荣格等：《人类及其象征》，张举文、荣文库译，辽宁教育出版社1988年版，第26页。

不管怎么说，这说明，至迟在旧石器晚期，“再生”观念和仪式行为已经萌始，这与“祖灵”在梦境里出现并且被牢记、被复述、被传播是分不开的。如果不向亲友们“复述”、播散有关“死去的英灵”在梦里再现的“神迹”，绝不可能形成“撒红”这种遍布世界旧石器葬地的仪式，而“仪式”从来都是群体性的，都是长期积淀而成的传统。仪式里充满各种各样的“象征”，与梦里或潜意识中各种各样的“象征”或变形的“意象”相同，都是原始人“白日梦”、神话乃至诗歌的素材。所以，荣格说：“神话可以上溯到原始时代讲故事的人和他的梦，还可以上溯到那些被自己的幻想弄得欣喜若狂的人。”①

还有在埋葬或祭祀仪式上讲述、展演祖先或英雄神迹的艺术性行为。于是我们就有了更多的神话、传说、史诗或戏剧、歌舞。如果这种象征讲述或审美再现不能直接地让“地中人”还魂的话，也肯定能让他以另一种形式光荣地再生——这就跟原始“轮回”或投胎、转世的信仰几乎同步了。而使“死亡”成为生命里程的一种形式。②

马林诺夫斯基揭示，宗教或仪式的重要功能是处理人对“死亡”的感情结构。

> 宗教的启示涉入，并肯定：死后的生命，灵魂的不朽，以及生者与死者之间互相沟通的可能性。这种启示使得生命有了意义，并解决了与人类存在世界上的虚幻无常有关的冲突和矛盾。③

卡西尔在此理论基础上指出，初民虽然不能安然接受个人和亲属生命终将结束这个可怕而又可恶的事实，然而神话或仪式会将其“巧饰”乃至“否认”。

---

① ［瑞士］荣格：《人类及其象征》，张举文、荣文库译，辽宁教育出版社 1988 年版，第 68 页。

② ［英］马林诺夫斯基：《信仰与道德的基础》，牛津大学出版社 1936 年版，第 27 页；见卡西勒：《国家的神话》，苗汉青、陈卫平译，成均出版社 1983 年版，第 58—59 页。

③ 卡西勒：《国家的神话》，黄汉青、陈卫平译，成均出版社 1983 年版，第 58—59 页。

神话教导人们死亡并非生命的结束;它仅意谓生命形式的改变。存在的一种形式,变成另一种形式,如此而已。……“生”与“死”两个语辞甚至可以互相替代。优利匹底斯问道:“天晓得,此世的生命没有真正的死亡,而死亡之后又会是生命?”在神话思想里,死亡的奥秘“转变成一种表象”——借着这种转化,死亡不再是无法忍受的自然事实:它变得可以理解、可以忍受。①

“暴力话语”的魔力

前面已经提到,祝愿太阳有序运行、无间起落的“歌赞”,实际上是以“咒词”面目出现的“原诗”,带有“巫术”(magic)的性质。“巫术”的最大特征是以人的意志行为“干预”无法支配的自然界、社会生活及其进程(人类能够“支配”者,早就以劳动等来“实际操作”了)。像乔治·汤姆逊所说,巫术性言词(咒语)不但是一种请求,而且是一个“命令”,是“暴力话语”:你必须如期出没,按时运行;你必须给我光,力量和热!

这种“暴力话语”,可由增量而扩充和强化。“给我光!给我光!给我光……”说不定就有了光。所以咒语往往不断重复,直到出现预期效果,或者被认为已经足够达成实效。

“黑暗,黑暗/光明,光明/探求,寻找/在混沌,在混沌……”新西兰毛利人(Maoris)这句咒语被不断吟诵。它不但反映白天与黑夜、光明与黑暗的冲突与替代,而且是一种“力”或“能”,能够帮助或竟保证光明战胜黑暗,“太阳照样升起”,表示“古时天地的儿子们在黑暗中寻求光明”。

言语具有实效或魔力,能够“代替”或“帮助”行为改变客观世界。重复愈多,就好像“加油”一样,愈使其魔力增强。量变引起质变。白巫术(white magic)性质的“祝祷”也一样。“若诵一百遍,个人保平安;若诵一千遍,阖家保平安;若诵一万遍,全国保平安;若诵十万遍,天下保平

① [德]卡西勒:《国家的神话》,黄汉青、陈卫平译,成均出版社1983年版,第59页。

安！……”所以，“佛”要反复不断地念，“万岁”要“山呼”，要时时刻刻地喊。“阿弥陀（Amita），阿弥陀……”，不断念下去，就会达到“无量寿”（Amita是不死仙液，是“无量寿”的意思），就好像谎言重复无数遍，就会被人当成“真理”。巴甫洛夫训练狗的“条件反射”，也用同样办法。

神话当然是原始人与自然斗争的副产品，但由于它讲述的是“神”的“故事”，也就和“虚拟的斗争手段”之巫术很难完全剥离。在某种程度上，就是巫术、巫术仪式，催化出“配合”或“诠释”这种仪式的神话来（参见下文）。正如马林诺夫斯基所说，深具“光荣传统”的巫术（包括巫术仪式）时时刻刻“创作”或“创新”着神话，并且引起连锁反应，既联结着过去或传统，“又有一串活的故事，浩浩荡荡，由着当前的事态流动出来”，使其成为“活体”，成为象征语言之“链”，让“历史”和传统不致中断。这里，活跃在巫术仪式之间的，是不起眼的“祝词”。柯恩说：

> 咒语几乎到处都是针对别人或是人类以外的想象中的神灵的一种暴力工具。[①]

这种咒语或“祝词”（“祝”源于“咒”），倾于抒情者升华为“诗”（“咒语”有时被称为“预言”或“诗人话”），侧重忆述的便演进为“神话”。它们都能“干预现实”，都是人与自然“斗争”或“能量交换”的重要补充或“扭曲形式”。所以，更重要的是“魔力话语”或咒语的“质”。话语或言词是能伤人的，从心理到生理，从精神到物质，从灵魂到肉体；不然，我们就不会有那么发达的“国骂”。诸葛亮骂死王朗，“舌下自有龙泉剑，杀尽世间不义人”。自从人类能够给万物取名，“名字”或“符号”就和“实体”相互渗透或黏着，再也撕扯不开；伤害了“符号”，也就处决了“实体”。张桂芳一声大喊：“黄飞虎，何不落下马来？”后者就被摄去魂魄。银角大王叫声“孙行者”，美猴王答应一下，就被吸到宝瓶里去。“汤底托”小鬼，因为名字被人知晓而受奴役的故事更是传遍世界（可以参看郑振铎的《释讳篇》）。所

---

① ［法］马赛尔·柯恩：《语言》，双明译，科学出版社1959年版，第12页。

以,中国历史上才有那么多的“讳”,以及因“犯讳”而被杀头戮尸的惨剧。这就因为人们相信并且惧怕“言语的魔力”,以及“符号/实体”一体化所带来的可怖后果。

所以,神也害怕被人知晓或掌握他的名字。“神名似乎才是效能的真正源泉。一个知道神的名称的人,甚至会被赋予支配该神的存在和意志的力量。”[①]伊西丝(Isis)就是因为“骗取”了太阳神“拉”(Ra,或译“赖”)的名字而控制了他乃至诸神。神名是至尊的,具有魔力的,其中包藏神的格位,性质和“能力”,行为和弱点等(中国的“象意字”,更有随义赋形、引譬连类的功能,我们可以由“羲和与常仪”知道日月女神最初掌握的武器;而“羿”,“羽之开风”,原是巨翼之“太阳鸟”等)。卡西尔引用的乌斯纳(Usener)《神名论》说,“可能从诸神的名称及其名称的历史中理解诸神的本质”[②]。对于我们,这是一种“神话学”;在初民那里,却是“神话巫术学”或“巫术神话学”。

作为“象征讲述”的神话,是带有某种“巫术言语”性质的。如前所说,讲述、吟唱、表演有关太阳“诞生—死亡—复活”的神话有“助”于太阳的如期升降,按律合节地运行。讲述、吟唱、表演本族英雄、战士斩伐异族部众的神话,是希望对方像故事里所描写的那样“灭族”,至少“倒运”,这就有些“黑巫术”(black magic)的味道了。这些都被看作“神话”直接参与实际生活、具有实用功能的例证(所以有人把神话当作“巫术言语”的链化与美化)。巫术的仪式或规则往往以神话为典据,“仪典”上神话的展演或宣讲,“发动古来[传统]的权能,应用到现在的事物”,影响及自然与社会。马林诺夫斯基根据美拉尼西亚人社会的调查指出:各种符咒和仪式几乎都有神话的基础。土人讲说故事,是要解说巫术怎样传到人间,是要保证巫术的效力。……神话既然活在巫术里面,巫术既已形成而且维持了许多的

① [德]恩斯特·卡西尔:《神话思维》,黄龙保、周振选译,中国社会科学出版社 1992 年版,第 25 页。

② [德]恩斯特·卡西尔:《神话思维》,黄龙保、周振选译,中国社会科学出版社 1992 年版,第 25、72 页。

社会制度，神话自要影响这些制度了。①

贝塔佐尼指出，神话的"真实性"与"神圣性"之所以互动互补，还应该归因于"它具体发出的神圣力量"和巫术力量。"讲述起源的神话是在崇拜中进行的，而且讲述神话本身就是一种崇拜，它是用来详述所行崇拜之目的的"；因为讲述本身或其过程是"有利于生命的保持与繁衍的。在澳大利亚各种不同的民族举行成年礼时，要讲述神话时代的故事（引案：这有助于证成神话的'仪式理论'）。他们几乎是无穷无尽地追溯本氏族的祖先，通过讲述这些故事，不仅使部落的传统充满活力和进一步增强，而且促进各个图腾部族的繁衍。讲述世界创造的故事是为了有助于世界；讲述人类的起源是为了有助于人类的生存，亦即加强公社或部落"②。

西奥多·加斯特说，神话就是把仪式的"巫术目的"讲出来，"讲"本身就有魔法作用。

> 如果一位王或首领实施某种行动以求降雨或禳除瘟疫，那么与之相应的神话就会描绘这一行动是如何依据永生的超人曾在超验水平上所做的事情进行的。③

有时，这完全用"象征的象征"来进行：例如某王（或酋长）要在仪式上"控制"水或魔怪，那么就要讲述或表演"圣乔治杀龙"之类的神话。④ 这就涉及所谓"神话起源于仪式"的理论（参见"神话的研究·剑桥学派：神话与仪式的关系"一节）。哈里森的《忒米斯》一书把这个理论推到极致：(1)神话源自仪式，而不是仪式出自神话；(2)神话是仪式的"口头伴生

---

① [英]马林诺夫斯基：《两性社会学》（案即《野蛮社会的性与抑制》），李安宅译，商务印书馆1937年版，第111页。

② [意]拉斐尔·贝塔佐尼：《神话的真实性》，见[美]阿兰·邓迪斯编：《西方神话学论文选》，朝戈金、尹伊、金泽等译，上海文艺出版社1994年版，第138页。

③ [美]西奥多·加斯特：《神话和故事》，见[美]阿兰·邓迪斯编：《西方神话学论文选》，朝戈金、尹伊、金泽等译，上海文艺出版社1994年版，第153—154页。

④ [美]西奥多·加斯特：《神话和故事》，见[美]阿兰·邓迪斯编：《西方神话论文选》，朝戈金、尹伊、金泽等译，上海文艺出版社1994年版，第154页。

物”,神话是与“仪式行为”(dromeno)相伴随或者相对立的“言语行为”(legomenon);(3)神话不是什么特别的东西,也不可能有别的起源。[①] 这当然失之于夸大和疏阔(许多仪式并不依赖神话,神话并不都在仪式上再现,也并不都具有“巫术性”)。

马林诺夫斯基认为,“咒语永远是巫术行为的核心”;咒语发挥其超现实作用,要借助——

> (1)声音(摹拟或自然的声音);
>
> (2)描述;
>
> (3)征引——征引神话,“征引巫术所本的祖先与文化英雄”。

“描述”里就包含着创美/审美,或链化为“故事”的可能,就像萨满用歌吟来强化或解除“刻板印象”,以进行“巫术 心理治疗”那样。

> 行黑巫术的人若欲使人生病,便举病的一切征候;若欲使人死亡,便说死时的状态。行吉巫术的人若欲使人痊愈,便用话来摹绘完美的体力与健康;若欲达到经济的目的,便声述稼禾的茂盛,渔猎物的丛集。[②]

这已经很接近“抒情”和“演出”了。“或则术士施术的时候要在情绪奋张的状态之下,而他所发的语言便是表现这奋张的情绪,他所作的行为便是加以表演”[③]。如果加上“引证”的话,那么,这“巫术言语”的审美性

---

① J. E. Hrrison, *Themis*(《忒米斯》), Cambridge University Press, 1912, p. 331;[美]斯坦利·爱德加·海曼:《神话的仪式观》,见[美]约翰·维克雷编:《神话与文学》,潘国庆、杨小洪、方永德等译,上海文艺出版社 1995 年版,第 73 页。

② [英]马林诺夫斯基:《巫术科学宗教与神话》,李安宅译,中国民间文艺出版社 1986 年版,第 57 页。

③ [英]马林诺夫斯基:《巫术科学宗教与神话》,李安宅译,中国民间文艺出版社 1986 年版,第 57 页。

增殖实质上业已开始。艺术学家把这些艺术性质的行为概称为“展现”(performance),它具有特殊的魔力。

于是,马林诺夫斯基指出,作为“活的力量”与“实体”的神话往往存活于仪式里,生长于巫术中。

> 巫术运行在过去传统的光荣里面,但也随时自创新出于硎的神话围氛。所以一方面有一套有条有理的传说,成为部落的民俗信仰,另一方面同时又有一串活的故事,浩浩荡荡由着当前的事态流动出来,常与神话时代的故事种色相同。①

伊利亚德《神话与现实》也揭示,原始人“知道了神话传说,就能够了解到事物的‘起源’;因而,人可以随便控制或处理一切事物”;这也就是“神话故事构成了人类一切有意义的行为范例的原因”②。知道了“事件”或“行为”的源头,也就能够“根据自身民族文化来分享天地万物中的一切”,就好像印第安人了解并讲述《凯欧蒂发明捕鱼术》(故事),就能享用“大麻哈鱼”那样③——“知识就是权力”,这就不能仅用“巫术性”来描述了。

神话能够“控制”神

正由于神话具有“巫术言语链”功能,所以它能够“控驭”神鬼,“控驭”自然。锡德尼说,西方有一种迷信:以为诗歌,尤其是诵唱神话和英雄传说的史诗、叙事诗,能够“役使鬼神”,原因就在“诗歌”和“咒语”的“字

---

① [英]马林诺夫斯基:《巫术科学宗教与神话》,李安宅译,中国民间文艺出版社1986年版,第71页。

② M. Eliade, *Myths and Reality*(《神话与现实》), Princeton University Press, 1963, pp. 337-339.

③ [美]拉姆齐:《美国俄勒冈州印第安神话传说》,史昆、李务生译,中国民间文艺出版社1983年版,前言第18页。

根”来源相同，原意接近，古希腊德尔斐（Delphi）与西必拉（Sibyla）神坛上的“预言”（神谕），“也是完全用诗传达的”①；“诗人”（Vates）的本义之一就是“先知”“预言者”②。所以，诗歌、神话的展演能够役神而驱鬼。有如卡西尔所指认，在原始思维里——

> 没有什么东西能抗拒巫术的语词，诗语歌声能够推动月亮（Carmina vel coelo possunt deducere lunam）。③

所以，神话能够“控制”神，影响神。格萨尔史诗的说唱就“有助于[从神那里]获得各种有利条件，尤其是能成功地狩猎和进行战争”；“说唱史诗明显会取悦神祇或英雄，并能使之出现。它可以使他肉身化现，表现出来和有所行动”；所以，石泰安指认，和西方诗人兼为“先知/预言者”一样，西藏史诗说唱者 Srui-pā，“在所有词义中都是以神通为特征的人物：他不但是诗人、说唱者和音乐家，而且还是通灵人、占卜师和‘萨满’”④。他拥有对史诗、神话或故事的讲述权和解释权（参见“神话的界说·神话是神圣的”一节）。史诗讲唱者有时会“成为”格萨尔本人，“成为”神。

职是之故，“诠释”还是一种“征服”，“再现”有如“驯化”，“展演”能够“征服”，神话作为“巫术言语链”固有的影响自然的特质再次暴露出来。面目丑陋的海神（忖留）绝不让鲁班记录或描画他的样子（狡猾的鲁班用脚趾头在沙滩上画下海神的形貌）；一被描画，神就开始被人所控制，所摆布，所戏弄。与马克思所说的，人以自己的“形象”来“同化”自然界相一致，神话里包藏着与自然“平等”却又希望以人为“中心”的矛盾。恩格斯揭示，一方面，“在原始人看来，自然力是某种异己的、神秘的、超越一切的东西”（这也是神话带有神圣性、神秘性乃至宗教性的重要原因）；另一方

---

① ［英］锡德尼：《为诗一辩》，钱春熙译，载《文艺理论译丛》1958 年第 3 期。

② ［英］锡德尼：《为诗一辩》，钱春熙译，载《文艺理论译丛》1958 年第 3 期。

③ ［德］恩斯特·卡西尔：《人论》，甘阳译，上海译文出版社 1985 年版，第 142 页。

④ ［法］石泰安：《格萨尔史诗和说唱艺人的研究》，耿昇译，西藏人民出版社 1993 年版，第 464—465 页。

面,原始人也努力用“讲述”,用“展演”,用“形象化”,特别是“用人格化的方法来同化自然力,创造了许多神”①。这种本质上是审美意象化的“同化”,是更高层面的“驯化”,是把自然力和神拉到和自己平等、对等的地位上——有时简直是居高临下的审鉴或玩赏(“同化”的另一含义是人格化、人性化、人形化),所以可视为一种“原始的人类中心”观念。

这许许多多的神,都是人类参照自然、社会和自我的力量与形式“创造”出来供自己膜拜和欣赏的。

换言之,神一旦进入神话,自然一旦化作艺术,宗教一旦让位给神话,就再也不是那种凛然不可侵犯、超绝于高天之上,并且君临一切的“神圣”,高傲的神逐渐变成“人性的神”或“神性的人”,和我们“彼此彼此”了。这就是“讲述”的功效,“再现”的魔力,亦即“展演”的神秘功能。

基督教的“上帝”(God)是深知这一危险的。希腊的天神、日神、雷神宙斯(Zeus),不但在神话里呈现为好色而又嫉妒的丈夫,而且还曾变作“双角弯弯的公羊”。耶和华可不愿意重蹈覆辙。“你们不可作什么虚无的神像,不可立雕刻的偶像……”(《旧约·利未记》26.1)如果把他再现为人形,他不过和“人”一样;如果将他塑造为猛虎或羔羊,岂不连“人”都不如?真正的宗教必须拒斥一切形象、一切艺术。耶和华容忍了诗和“讲述”。殊不知一旦宗教为诗歌所“污染”,所“美化”,什么“我的良人,你的胸脯上跳动着一双不安分的小鹿……”(参见《旧约·雅歌》等),那还有什么庄肃虔敬可言?

“巫术言语链”的自增殖

但是,我们决不要否认神话——一切原始艺术文学都一样——具有强大的“娱神乐人”的审美功能。这种审美功能往往和它的实用功能、巫术功能互为表里。“昔楚国南郢之邑,沅湘之间,其俗信鬼而好祠;其祠,必

---

① [德]恩格斯:《〈反杜林论〉材料》,见中共中央马克思恩格斯列宁斯大林著作编译局编译,《马克思恩格斯全集》(第20卷),人民出版社1971年版,第672页。

作歌乐鼓舞以乐诸神。”（汉·王逸：《楚辞章句·九歌》）同样，在西藏，“说唱史诗明显会取悦神祇和英雄，并能使之出现”（［法］石泰安）。

如果说讲述、再现神的失败会使神愤怒的话，那么抒写神的和美、安谧、快乐，就可能让神心悦身怡，从而给人以更大的福祉。最明显的如，《楚辞·九歌》“二湘”讲的是湘山湘水之神“离居”、赴约、失期、怨望的“小喜剧”，可是诗歌尽力去安抚这对偶尔失和的夫妻神，“时不可兮再得，聊逍遥兮容与”；只有这样淡淡的哀愁，温馨的期待，可望的欢乐，才能使因愤怒而狂暴的湘神安静下来，快乐起来。

令沅、湘兮无波， 使江水兮安流！	沅水、湘水啊你何必波翻浪走， 滚滚大江啊你可得慢淌轻流！

由于神话具有娱神乐人的功能，满足着初民潜在的审美欲求，随着文化的进步，它就情不自禁地由神圣的祭坛滑向快乐的歌场。不但语言本身能够自我增殖，以语言为载体的“神话/幻想性口头文学”更会自我扩张。“巫术言语”（或“暴力话语”）一旦“链化”为故事，美学的“连锁反应”立即发生，故事生故事，故事套故事，故事接故事……变本加厉，踵事增华。“巫术”逐渐隐没，“教条”不断让位，“信仰”更趋淡化，几乎只留下“审美的愉悦”唯我独尊。

本来仅仅是用男女的交好，隐喻太阳和月亮的交相递代，有序交叉。慢慢，人性更强的东君替代了驾驶金车的羲和，不但“青云衣兮白霓裳，举长矢兮射天狼”，而且“操余弧兮反沦降，援北斗兮酌桂浆”（操着天弓反下降，抓起北斗星，痛饮月中桂花酿），暗示着太阳神和月亮的关系已有微妙的变化（月亮成为他休憩宴饮之所），特别是这位阿波罗一般年轻力壮、欢天喜地的太阳神不免沉溺于歌舞乃至酒色：“縆瑟兮交鼓，箫钟兮瑶簴，鸣𫛛兮吹竽，思灵保兮贤姱。……”人情味实在是越来越浓了（诗人只是在美化东君，却淡化了他的“心飞扬兮浩荡”和风流）。随着“幻想故事”链式反应的加强，东君再变为人间的“小太阳”后羿（他身上“日神”色彩浅淡得几乎看不见），他的风流韵事较同格神东君、阿波罗是有过之而无不及，抢宓妃、“射”纯狐，特别是招惹上同样不安于平淡家庭生活的嫦娥。后羿千辛万苦，从“老一代”日月女神西王母那里取得长生不老的仙药，却被她偷去吞下（暗示桂浆仙酒和 Soma、Amita 同样本是“月亮灵液”），飞进月宫，弄得只好和蟾蜍玉兔做伴，在桂花树底顾影自怜，而后羿也只能独自痛苦而无奈地品味前辈“操余弧兮反沦降，援北斗兮酌桂浆”的豪迈与潇洒了。

这和阿波罗追求小月神达芙妮而不得的故事一样，本来是初民借男女或夫妻关系来譬况日月无间出没却永远不会“聚合”之神秘的，也许带有借助“象征讲述”来确保日月有序运行的重大巫术意图；然而，事与愿违，神话以其“链式效应”自作主张地文学化，美学化，趣味化，几乎完全脱去“巫术言语”的枷锁，自由自在地翱翔在创造它们的人类之心灵世界，让我们在甚嚣尘上的机械化都市生活里，保留着一角幽谧而温馨的精神家园。

神话，或“巫术言语链”，这种审美自增殖的情状，在前述的希腊“异教”的环境里表现得最为典型。科学史家丹皮尔赞叹道：“这个神话包括的万物有灵论的观念，具有异常的美和见识。每一个水泉都有一个仙女，每一座森林都有个山精。”说不定什么时候，从密林深处的清泉之畔，突然跳出一个嘻嘻哈哈的美丽女孩来，伴你歌舞一番，忽又隐没不见。她们就像春畦的野菜、雨后的蘑菇那样匆匆忙忙地滋生出来。

> 一代复一代，这些神在数目上增加了，得到了更加清晰的刻画，新的属性被加在他们身上，而且每一个名字下都围绕着一串故事。我们可以看到一个连续不断的演变过程。[①]

美，特别是那种带叙事性质的“诗”（神话，叙事诗，或“小史诗”），本身就是活的连续体，从来都是这样一环接一环、一节高一节地，像热带雨林中蘑菇的幼芽般丛生起来。文学史家也就根据其真善美的程度或价值“筛选”“优择”出“神话”来。

① ［英］W. C. 丹皮尔：《科学史及其与哲学和宗教的关系》（下册），李珩译，商务印书馆1989年版，第45页。

“解释”的冲动

话语不但“讲述”，还有“诠释”功能，诱致神话（特别是所谓“解释神话”或“推源神话”）的大量产生。这就涉及人类“能动”本质一种心理层次、语言层次的表现——解释欲，恩格斯称之为“不断的活跃的探索欲”①，说得浅近一些，就是人类那本能一般的“求知欲”。这是人类支配自然、改变自然，也提升自我的一种强大心理动力。安德烈·朗格更认为，神话无非是好奇的原始人对种种不可解释现象的故事性解释。

这种“求知欲”“探索欲”或“解释欲”，是与生俱来，并且不断强化和进步的。在最初的时候，“人类差不多完全受着陌生的、对立的、不可理解的外部大自然的支配”②，“解释欲”大体处在半睡半醒或沉潜状态之中。后现代主义“反对解释”，可惜，“解释的冲动”几乎是人类的本能，不管对不对，都和性欲一样是极难遏制的。

作为“诠释欲”的对立面，就是敬畏大自然的“依赖感”（“依赖”不过是“支配”的狡猾手段或“卑弱形式”，诠释和改变的欲望潜在其中）。

“恐惧是神灵的第一个母亲。”这是古罗马人卢克莱修的名句。他在《物性论》里不断阐发这个看起来消极的思想。

一种无稽的对神的恐惧威吓着人们，
各人都害怕着那可能落在他头上的恶运。

正是因此在可怜的人类心中
现在仍然种下了那颤栗的畏惧，
而这种畏惧又使新的神庙
在大地各处仍然高高升起，

---

① ［德］恩格斯：《家庭、私有制和国家的起源》，见中共中央马克思恩格斯列宁斯大林著作编译局编：《马克思恩格斯选集》（第4卷），人民出版社1995年版，第18页。

② ［德］恩格斯：《家庭、私有制和国家的起源》，见中共中央马克思恩格斯列宁斯大林著作编译局编：《马克思恩格斯选集》（第4卷），人民出版社1995年版，第94页。

…………①

费尔巴哈在《宗教本质讲演录》里进一步发挥他的小册子《宗教的本质》里关于“人的依赖感是宗教的基础”的思想，并且在语源学上考证了此语的由来。

> 在罗马人中，甚至“畏怖”，Metus，这名词含有“宗教”之意，反之“宗教”，Religion 这名词又往往含有“畏怖”、“恐惧”之意，所以一个 Dies religiosus，即“宗教日”，在他们看来，恰是不幸的日子，一个为人所畏怖的日子。甚至我们德国文中，表示最高的宗教崇拜的那个 Ehrfurcht（“敬畏”），像字面表示，也是由 Ehre（“敬”）和 Furcht（“畏”）两字合成的。②

如前所说，神话和宗教（故事）都孕育于原始社会生活的胎盘，只是由于一卵同时受二精（精子便是那改变“自然”的人类“能动”本质），所以长成了双胞胎。这一对孪生姊妹的“文化基因”组织或“禀赋”“气质”不大一样：一个是“依赖感”大一些，一个是“诠释欲”强一点。于是，前者不免羞羞答答，躲躲藏藏，畏畏缩缩，后者则亭亭玉立，落落大方，有时还不免大大咧咧，咋咋呼呼。一个取名为“宗教”（故事），一个被称作“神话”。

“恐惧创造神”③（列宁《哲学笔记》引用了这个俗谚以阐发费尔巴哈的宗教思想）。这特别可以由对恶神凶物的崇拜里看出。鲁迅说，中国人多崇拜凶神，敬祀“纵火犯”一般的“回禄”，却不重视造火用火的燧人氏，就是因为害怕火。费尔巴哈说，许多民族不大崇敬“善良的自然实体”，却膜拜“凶恶的自然实体”，原因在于“恐惧心”或“依赖感”。然而崇拜是为

① ［古罗马］卢克莱修：《物性论》，方书春译，生活·读书·新知三联书店 1958 年版，第 181、333 页。

② ［德］费尔巴哈：《宗教本质讲演录》，林伊文译，商务印书馆 1946 年版，第 209 页。

③ ［苏］列宁：《论工人政党对宗教的态度》，《列宁全集》（第 24 卷），人民出版社 1963 年版，第 380 页。

了“羁縻”,祭祝更是“贿赂”,这是一种软弱的绥靖,一种歪曲的抗争,一种消极的改造,并不完全是服服帖帖,自甘堕落。且按下不表。

然而,神话却往往能够突破这种“限制”,冲出“依赖感”或“恐惧心”,依靠自身“创美—审美”的内在机制,变成一种欢乐,一种沉思,一种“宣泄”,一种积极的“异化”。

因为,我们看到了,所谓的“恐惧”能够自我调节,使之“转移”乃至“变质”。“人的宗教生活中,最根本的不是恐惧的事实(fact),而是恐惧的变形(metamorphosis)。”①卡西尔指出,恐惧虽是“普遍的生理本能,无法完全克服或抑制,但是,可以改变它的形式”。它一旦“移位”到创作、表现的领域,就能“再组织”他最“根深蒂固的本能,他的希望和恐惧”②——这就是神话与其他艺术所具有的经验“组织化”、体验“形象化”的功能。也正是这种“神话诠释”和再创造,宣泄着人类的“恐惧心”,净化着人类的“迷信结”,升华着人类的“依赖感”。

维柯早说过,初民幼稚无知,“他们生来就对各种原因无知”,所以不免时时产生恐惧和依赖感;然而,“无知是惊奇之母,使一切事物对于一无所知的人们都是新奇的”③。正是“无知”通过“求知”逐渐达到“有知”。

爱德华·泰勒也“将心比心”地推导说:

> 我们(案:文明人)是如此强烈地希望解释整个世界,在野蛮人心中也同样,于是他们就根据这种愿望,想出了那些可以使他们的思想得到满足的解释。④

更可爱的,他们是编出一段有趣的故事来解释。

---

① [德]卡西勒:《国家的神话》,黄汉青、陈卫平译,成均出版社 1983 年版,第 56 页。

② [德]卡西勒:《国家的神话》,黄汉青、陈卫平译,成均出版社 1983 年版,第 56 页。

③ [意]维柯:《新科学》,朱光潜译,人民文学出版社 1986 年版,第 162 页。

④ [英]爱德华·泰勒:《人类学——人及其文化研究》,连树声译,上海文艺出版社 1993 年版,第 362 页。

他们的解释变成带有人名和地名的故事形式，于是也就变成了完整的神话……把他们猜想可能发生的事情，毫无顾忌地变成了一些关于那种——按他们的话来说是，已经发生的事情的最为生动活泼的故事。①

这样，我们就有神话可资审鉴了。

这就是说，以“诠释欲”和“求知欲”为心理契机的“象征讲述”，很快与原始宗教行为心理分道扬镳，神采飞扬地走上另一条阳关大道。它既依赖又间离自然，既敬畏又探索神灵。这里我们最重视的是以“命名”为第一手段的“分/合”互动的语言机制。

列宁《黑格尔〈逻辑学〉一书摘要》说：

在人面前是自然现象之网。本能的人，即野蛮人，没有把自己同自然界区分开来。自觉的人则区分开来了。②

原始形态的“天人合一”，是人类的最早存在形态。逐渐自觉起来的人，力求和自然界有所区别（如果不说自我“独立”的话）。“命名”和“讲述”，都是走向主体/客体区别的重要手段。

开放性的“问题”神话

正像维柯所说——

这样他们就开始运用本性中的好奇心。好奇心是无知之女，知识之母，是开人心窍的，产生惊奇感的……［每逢］自然界的离

---

① ［英］爱德华·泰勒：《人类学——人及其文化研究》，连树声译，上海文艺出版社 1993 年版，第 362 页。

② ［苏］列宁：《哲学笔记》，人民出版社 1956 年版，第 90 页。

> 奇事物，特别是天象中的怪事，他们就马上动起好奇心，急于要了解它有什么意义。[①]

于是，人类就怀着无限的兴趣来观照、考察、回忆、想象有别于己的自然，时不时用"提问"或"讲述"的形式追究其性质、构造、来源或存在依据。"提问"也许可以说是"（象征）讲述"的特殊形式。钱锺书《管锥篇》讲到《楚辞·天问》时就说，它对种种奇事怪物，"条诘而件询之，剧类（极像）小儿听说故事，追根穷底"[②]。中国人把"学术"叫作"学问"，就因为"不可知之事，不学不问不能知也"（王充：《论衡·实知篇》）。孔子曰："疑思问，忿思难。"子入太庙，每事问。荀子云："知而好问然后能才。"连爱因斯坦都说："提出一个问题往往比解决一个问题更重要。"这些都包括在神话及其发生和演进的过程里。"自然或世界从何而来？""它为什么存在着？"有如《楚辞·天问》的"遂古之初，谁传道之？上下未形，何由考之？"神话就暗藏在这种种样样、奇奇怪怪、大大小小的"问题"里，有如罗威与斯本司《神话学引论》所说的那样。

问题就是"谜"。斯宾格勒说："兽类不知道什么谜。"因为"世界不仅存在着的，人们感到其中还有一种秘密"。这关乎人的命运、人的生死。斯芬克斯的谜语，如果回答不出，人就得死；而一旦为伊底帕斯回答出来，斯芬克斯便立即死去。知识攸关生死。谜就是神话，就是哲学。

印第安人的"骗子英雄"科约特（"草原之狼"），曾经和人比赛讲故事。"较量在黑夜中进行，双方坐在火堆两旁，彼此轮流讲故事。过了一些时候，科约特的对手显出疲惫之态，开始越来越慢地找出新故事，以对答科约特所讲的故事。但是，科约特却越战越勇，毫不停顿和犹豫，好像他的故事是无穷无尽的。最后对手承认自己战败了，并因此而被杀害。"[③]（对手讲的是"真实"的古代神话，狡猾的科约特却胡编乱造——象征着"新

---

① ［意］维柯：《新科学》，朱光潜译，人民文学出版社 1986 年版，第 163 页。

② 钱锺书：《管锥篇》（第 2 册），中华书局 1979 年版，第 251 页。

③ ［意］拉斐尔·贝塔佐尼：《神话的真实性》，见［美］阿兰·邓迪斯编：《西方神话学论文选》，朝戈金、尹伊、金泽等译，上海文艺出版社 1994 年版，第 134 页。

神话”的增生)赛诗、比神话、斗故事、猜谜语,都是“实际的战争”。失败者死亡。刘三姐也是这样。她和对手打成平局,两个人都变成了石头。

小孩子是最喜欢发问的,他是“文明世界”的原始人。正如雅斯贝斯在《智慧之路》中所说的,小孩是天生的哲学家。一“听说故事”,便“穷根究底”。麦克斯·缪勒也说:“孩子们一旦开始发问了,他们总要问为什么以及每件事的缘由,宗教亦是如此。”

> 一个孩子正在听别人讲述关于世界创造的故事。“开始的时候,上帝创造了天和地……”他马上追问道:“在开始之前又有什么呢?”

他不但用“问题”穿透宇宙和时空的本真,而且“解构”着独断论的创世神话。“很明显,他已经意识到:问题是永无终止的,心灵是永无止境的,因而不可能有结论性的答案。”(《智慧之路》)这也是屈原《天问》的伟大本质。但是,这并不妨碍初民用故事来解答自己的疑问。好的答案包含着问题,好的故事引起新的故事,好的“言语链”是永无断绝的“链”,好的“解释”是能够诱发出新的解释的“解释”。

葛尔德《现代文学中的神话意向》认为,“人类使用语言来表达自己,试图跨越事件与意义之间的深沟”;“神话术”(Mythicity)的出现代表了“人类要求弥合[事件/意义]这一本体论的深沟的新尝试”。[①] 例如,神话就在“假设”着、“虚拟”着事物之间的因果关系。如普列汉诺夫所说:“神话是人对现象之间的因果联系的意识的最初表现。”[②]许多巫术,也是根据“假因果关系”,例如“同果必同因”“相似则相关”之类制作出来的。但是,最好的神话是那些包含着问题的神话,引起人类新的探索、新的问题、新的“讲述”的神话。借用德里达(Derrida)的话来说,这些神话或故事就

---

① 叶舒宪:《破译与重构:原型批评的发展趋向》,载《上海文论》1992 年第 1 期。

② [俄]普列汉诺夫:《普列汉诺夫哲学著作选集》(第 3 卷),生活·读书·新知三联书店 1962 年版,第 365 页。

好像“播撒”种子，它把自己放在开放的“结构”里，置于“延异”而且无尽的符号链、言语链之中，它“产生许多不确定的语义效果，它既不追溯某种原始的在场，也不神往将来的在场”，它标志着、衍生着“多样性”和无穷的想象力。

当然，谁都不会把神话对自然与社会力量的诠释当作真正的科学或哲学。它是幻想的、假定的、象征的，是虚拟的人与自然的斗争或“能量交换”的曲折反映。它追求的主要是人与自然或情感与理智或审美与认知的冲突里的“平衡”，或者说追求的是一种心智与情感的“折磨”休止后暂时的愉悦或“满足”，甚至于追求的是一种思维操练以后的“戏耍”和“快乐”。“神话和诗一样，是一种真理或相当于真理的事物，不是用来与历史或科学真理一较短长，而是来辅助它们。”[①]它不是历史、哲学、科学本身，而只是快乐的姊妹，或淘气的玩伴。它能够给予劳作后的休憩，静思着的优雅，以及审美中的温馨，游戏时的快乐。它来自“思维的操练”，又引向“操练的思维”。它融化着哲学、科学与历史，却又始终保持自己的自由独立，保持自己的价值指向或个性。

> 人类的“原始神话”（案：Ur-myth）是一种“完美神话”（案：追求完美的幻想性动力）；质言之，亦即人类对超乎能力范围的事物之内在欲望。人类欲望意味着一种饥渴的感受性，各方面的胃口（欲望）均不易满足，而且欲望之最后目的也往往彼此相交。人类全部生命，是在各种极端——如理智与感情，精神与物质，神和人——激烈而却是创造性的妥协中，寻求平衡。[②]

李达三这个说法，来自中国古人所说的“执其两端，以求其中”，在动态平衡中达成积极的中庸，或者有变化、有反馈、有调节的“中和”。神话

① ［美］李达三：《比较文学研究之新方向》（增订本），联经出版事业公司 1984 年版，第 219 页。

② ［美］李达三：《比较文学研究之新方向》（增订本），联经出版事业公司 1984 年版，第 219—220 页。

虽然并非中庸，却往往是“信息不对称”的产物，是稀奇古怪的真理，但也正是在这种“积极的平衡”或“动态的稳定”之中达成相对的“完整”的感情把握。我们可以从中发现荣格所说的“颠倒的真理，其中所有的经验都是世间的反映”。因为，“神话中的记事无论何时何地都是确切的，它既全盘虚假，又全盘真实”[①]。

迷幻——神话的助燃剂

神话的发生过程中，总有一些人特别善于讲稀奇古怪的故事，最受“公众”欢迎——有的神话还有“治疗”心理生理疾病的功能——这种人往往具有殊异禀赋、经历或者创美审美的才能和想象力，也许就被推举为业余的歌手、说唱艺人或巫师。他们是“集体性/口头性”神话文学创作的中坚，有时还被当作“天与神授”的“文化英雄”（cultural hero），但是，职业化、世袭化是很晚的事。

他们编制、讲述、表演“光怪陆离”的神话，有时要借助某种“仙草”、药物或果酒使自己进入一种如痴似醉、半睡半醒的状态，加上诵习、记忆或“刻板印象”等，讲起类神话、准神话或竟“神话”来，当然特别离奇、怪诞、精彩，或者具有更大的巫术性功能，在原始性的“非常态生活”（例如仪式、饮宴、狂欢或战斗、疗疾、恋爱等）里起着更大的作用。于是这种“迷狂”的习惯或“技术”，就被以埃利亚德《萨满教》[②]一书为代表的人类学派当作神话发生、发展的一种“助燃剂”。

开头大概很偶然吧，某人咀嚼了一下异味的“药草”（例如遍地丛生的蘑菇、大麻、曼德拉草等），忽然咬紧牙关，面孔紫胀，浑身颤抖，嘴里也胡言乱语起来，人们或认为“疯病”“中邪”，或认为恶鬼附身，怪神降体。但是，他的“谵语”里有过去重大事件的零乱“回忆”，有某种疑难怪异的“诠

---

① ［美］大卫·利明：《神话的意义》，阎云翔译，见袁珂主编：《中国神话》（第 1 集），中国民间文艺出版社 1987 年版，第 356 页。

② Mirce Eliade, *Shamanism, Archaic Techniques of Ecstasy*（《萨满教——古老迷幻术的研究》），Trans. by Willard R. Trask, Princeton University Press, 1964.

释”，有未来事变的“暗示”（有时还“灵验”非凡），也有荒诞而又华丽的隐喻、象征或“寓言”“故事”的断片……

这种事情当然极不寻常（“不正常”就带着“神秘”），假如有“效果”就必须“重视”或加以“敬畏”（于是加上“神圣”），何况它是那样的热闹，精彩，刺激（这就是具有审美要素的“神奇”）；于是，就希望它“复现”（习惯、仪轨、制度、禁忌、规则等都是由“现象的不断重复”造成的）；有人甚至“以身作则”，如法炮制起来，这样就有了业余或半职业的，掌握“致幻”技术，具有表演和讲述才能，知识和想象力丰富的“巫师”“萨满”（Shaman）或歌舞说唱“艺人”。张光直就此做过多次论证。他说，商代的巫师，是“使用歌舞和饮食而迎神的，是使用酒精或其他兴奋药剂，达到昏迷状况而与神界交往的”[①]。他引用坎贝尔（J. Campbel）的话说：“萨满的神力在于他能使自己随意进入迷幻状态……鼓声与舞蹈并作，使他极度兴奋……他也是在这种迷狂颠狂之时施展法术。”[②]有时能唱出如诗如画的“巫歌”来。

而诗人们挂在嘴边的“灵感”，所谓“烟士皮里纯”（inspiration），原来带有“吸入”的意思。《大英百科全书》就此的注释说：

> 中国那些被称为“巫”（Wu）的宗教祭师，自称能够通神或把灵气吸入自己身体里面，因此能做出一些预言。[③]

“吸入”什么呢？往往是刺激性植物（如大麻、干蘑菇、桂叶等）燃烧所得的“灵气”。希腊那些会降神“以事无形”的歌舞女巫，在宣唱“预言”“咒词”或“神诗”之前要咀嚼桂叶，或“吸入”桂叶烧出的“灵气”（“诗人”以“桂冠”加冕，不但和阿波罗用达芙妮变成的“桂枝”为冠有关，亦当联系于

---

① 张光直：《中国古代艺术与政治——续论商周青铜器上的动物纹样》，载《新亚学术辑刊》（中国艺术专号）1984 年第 4 期。

② Joseph Campbell, *The Masks of God*: *Primitive Mythology*（《神的面具：原始神话学》），Viking Press, 1959, p. 257；张光直：《美术、神话与祭祀——通往古代中国政治权威的途径》，郭净、陈星译，辽宁教育出版社 1988 年版，第 54 页。

③ 朱狄：《灵感概念的历史演变及其他》，载《美学》1979 年第 1 期，第 98 页；朱狄：《美学问题》，陕西人民出版社 1982 年版，第 178 页。

“嚼桂”之习）。

柏拉图说：“科里班特巫师们在舞蹈时，心理都受一种迷狂支配，抒情诗人们在作诗时也是如此。”[①]赫拉克里特也说过，女巫的“狂言谵语”里有“严肃的、朴质无华的话语”，是因为“神附了她的体”，使其所说获得“神圣性”，以“她的声音响彻千年”[②]。直接的原因，是她们吸食了某种致幻药物。所谓草原-灵气萨满教的巫师兼歌者更不例外（参见前引石泰安等）。

某些原始性群团，也用这个办法取得集体的神圣体验。北美印第安的皮玛人（Pima），常在盛典上啜饮巨型仙人掌酿成的烈性“果汁”，以求神赐，“祭司们率先饮用，随后所有的人一起喝，以‘达到超凡入圣’的境界”[③]。“陶醉”就是宗教的虔诚和诗情的洋溢。“沉醉同样具有朦胧的灵觉和感悟混合的特性。”[④]灵巫们凭借类似的“迷幻”使他们宣讲的“神谕”或“神话”具有“合法性”和“权威性”。迷狂则是说者、听者共同享有的“神秘法悦”。

美籍南美洲人卡罗斯·卡斯塔尼达（Carlos Castaneda）曾经记述他在印第安巫士唐望（Don Juan）的指导下，用曼德拉类植物熬成的膏，涂身以后发生的“神话飞行”感，说：

> ……我双脚一蹬，往后弹去，用背部滑翔起来。我看到黑色的天空在我上方，云层从身边经过。我弯起身体往下看，看到黑暗的山脉，速度非常惊人。我的双臂贴在身侧，头变成方向控制器……我享受着这种前所未知的自由与灵活。美妙的黑暗给我一种悲哀，或是渴望的感觉。好像我找到了一个属于自己的地方——夜晚的黑暗。[⑤]

---

① ［古希腊］柏拉图：《文艺对话集》，朱光潜译，人民文学出版社 1980 年版，第 8 页。

② 北京大学哲学系外国哲学史教研室编译：《古希腊罗马哲学》，商务印书馆 1986 年版，第 27—28 页。

③ ［美］鲁思·本尼迪克特：《文化模式》，张燕、傅铿译，浙江人民出版社 1987 年版，第 82 页。

④ ［美］鲁思·本尼迪克特：《文化模式》，张燕、傅铿译，浙江人民出版社 1987 年版，第 82 页。

⑤ ［美］卡罗斯·卡斯塔尼达：《巫士唐望的教诲》，鲁宓译，张老师文化出版公司 1998 年版，第 167 页。

偷吃灵药的嫦娥，乃至服食“玉英”或“疏麻”的诗人，是不是也会产生这种神奇的飞翔感呢？

迷幻剂标本——嫦娥的灵药

这里我们可以解剖一个典型标本：嫦娥奔月。

嫦娥由后羿那里盗得“灵药”，这是从西王母那里取得的“不死药”（可能是“灵芝”之类能够起死回生或长生不老的“蕈”类植物，白蛇为救许仙所盗仙草也是灵芝）。它是致幻性的，嫦娥服食以后产生飞行幻觉。

> 在宗教迷魂术或催眠术的条件下，或者有时在一种能使人产生幻觉的药物的影响下，人们会报告说，他的灵魂会离开肉体而外出游荡，能毫不费力地漂浮在房间的其他什么地方……[①]

她飞行的目的地是月宫，暗示那仙菌本是“月宫仙液”。

印度的“苏摩”酒（Soma）也是月宫仙药。“苏摩是从月亮出来的雨，使植物生长，养育人类和禽兽。举凡一切世界上的生命物，死后即上天去，回到月亮，苏摩在月中供给众神长生的饮料，使他们不死。”[②]《摩诃婆罗多》唱道：

> 神圣的索玛（Soma）的饮者挤着神圣的索玛藤，吟诵庄严的祭词，将圣洁的萨瓦那举行。[③]

“苏摩”被中国人音义两译为“寿麻”，见于《山海经》等书（“寿麻”表示其母型之一是让人“长寿”的麻类植物，所以像藤，请参看《山海经的文化寻踪》等书）。

---

① ［美］卡尔·萨根：《布鲁卡的脑——对科学传奇的反思》，金吾伦、吴方群、陈松林等译，生活·读书·新知三联书店 1987 年版，第 58 页。

② 杜而未：《揭示佛经原义》，台湾商务印书馆 1971 年版，第 60 页。

③ 《腊玛延那·玛哈帕腊达》，孙用译，人民文学出版社 1978 年版，第 117 页。

但根据华森氏(R. Gorden Wassen)的研究,“苏摩”主要是一种背部有疣状突起的(毒)蘑菇。

这很像癞蛤蟆的背部(“蟾酥”也有致幻作用)。这种菌因而被称为“虾蟆菌”。

“寿麻”不仅和“建木”对位,还能转化为菌状的“建木芝”(见于《抱朴子·仙药篇》等)。

而嫦娥正在月宫里遭遇蟾蜍。这三者是对位的:

> 癞虾蟆/虾蟆菌/(斑点密布的)圆月

明月正“蚀于蟾蜍”(《淮南子·说林训》等)。

而且因为其有凹凸或斑点(月中阴影),月亮本身也被暗喻为蟾蜍,例如纬书《诗推度灾》说:“月,二日成魄,八日成光,蟾蜍体就,穴鼻(兔)始萌。”暗示:月亮八日成光以后,逐渐长成蟾蜍之体,而仙兔的形象也随着萌现。

某些群团的神话,还有把“斑驳的圆月”与“虾蟆菌的圆伞”互拟的。

> 采取神药山之端,
> 玉兔捣成虾蟆丸!(乐府歌诗,《太平御览》引)

虾蟆亲自参与捣制月亮灵药(或者说,虾蟆将自己制成药丸),甚至,嫦娥也因食用虾蟆菌或蟾酥,亦即“致幻的不死药”,飘飘欲仙,自以为“奔入月中,变形为蟾蜍”①。

> 羿请不死之药于西王母,羿妻姮娥窃之奔月,托身于月,是为蟾蜍,而为月精。(《淮南子》,《据初学记》引)

① 石沉、孙其刚:《月蟾神话的萨满巫术意义》,载《民间文学论坛》1988年第3期。

那么,“嫦娥奔月”的神话,象征讲述的正是一位带有女巫性质的美女,服食了“月宫仙药”[寿麻/建木芝/苏摩/虾蟆菌(或)蟾酥],达成“迷幻”,想象自己飞进了月宫,与蟾蜍同化,并且继续酿造这种神圣的“不死药/虾蟆酒”,引诱“后人”共享这种“天堂”般的欢乐。

“迷幻剂”就是这样“诱导”着神话的“次生”,而巫师和故事讲唱者也如此这般地用“次生态神话”来演绎并诠释相关的“服食”风俗。甚至有人说,《离骚》和《九歌》里的诗人或“人神”,不但“玉食”(服食某种含有硫黄的类玉粉剂),而且“疏麻兮瑶华”,吸食大麻,所以发生种种“神游太虚”的幻觉。例如,张光直等将《离骚》那高度艺术化的“三次飞行”与萨满巫借助迷幻药和“动物伙伴”上天入地的经验记录做比照,居然发现了不少表层的类似点(请参看《楚辞的文化破译》等书)。疏麻、寿麻或苏摩之类,都是歌舞唱诵仪式用物,“有时甚至为它举行仪式,因为它具有使人产生幻觉的特性”[①],在荒谬的迷幻中唱出美妙的诗或神话来。而萨满歌者,也正是在举行仪式的时候,“常常借有形(如药品)无形(如舞蹈所致的兴奋)的助力而达到一种精神极其兴奋而近于迷昏的状况(trance)”[②],从而与神交通,并讲唱出“神”之“话”来。神话与仪式的关系于此可见一斑。

本章讨论题

(1)语言的“命名”功能和神话有什么关系?

(2)为什么说神话与初民的“叙事”能力联系在一起呢?

(3)“梦”在神话的产生中有什么作用?

(4)咒语为什么是“暴力语言”?它与神话有什么关系?

(5)人类的“解释欲”怎样催生神话?

(6)神话能够“控制”神吗?

(7)“迷幻术”与神话的发生有关系吗?

---

① [法]列维-斯特劳斯:《文化中的蘑菇》,[法]列维-斯特劳斯:《结构人类学——巫术·宗教·艺术·神话》,陆晓禾、黄锡光译,文化艺术出版社1989年版,第225页。

② [英]张光直:《中国青铜时代》,生活·读书·新知三联书店1983年版,第327页。

第三章　神话的分类

西谚云:“分类就能了解。”(Divide et impera) 麦克斯·缪勒说,“分类”有如阿莉阿德尼公主的“线团”,帮助科学家走出宗教—神话的“迷宫”。一切真正的科学都是以分类为基础的。[①] 有了林奈,才有真正的生物学,“进化论”才可能产生。缪勒似乎提倡一种相互联系和交错的“综合性”标准,是考虑“语言/宗教/民族”三种指标以后对神话或原始宗教进行划分,因为“这三者之间存在极为密切的联系”[②]。

然而,“分类”又是假定的,边界往往模糊或叠压。任何一种分类,尤其是人文—社会科学的分类,都可能找出一大堆毛病或空子来。

神话的自然分类

神话的分类更是神话科学最棘手的老问题。分类的依据本来只能是

① [英]麦克斯·缪勒:《宗教学导论》,陈观胜、李培茱译,上海人民出版社 1989 年版,第 58 页。

② [英]麦克斯·缪勒:《宗教学导论》,陈观胜、李培茱译,上海人民出版社 1989 年版,第 58 页。

一个：神话的内涵及其结构（共时结构/历时结构）。但是由于各个学派和专家的分类标准或参照系各不相同，分歧和混乱便在此丛生。目前强求统一和规范怕有困难。这里试着按照“历时性/共时性”或“历史的/逻辑的”相结合的标准，参照诸说，初步推拟出一种多元化的基本分类标准，以供参考。

神话像许多复杂事项一样，其内容、对象、层面和参照系都是多重的，分类因而也只能是多元的；但多元不等于无标准，而应该根据其内在联系加以整合。整合的着眼点和落脚点，不仅是神话的内容和对象，而且是它们在“映写”某一对象或内容时特有的逻辑、秩序或方式、角度，亦即所谓（广义的）结构。

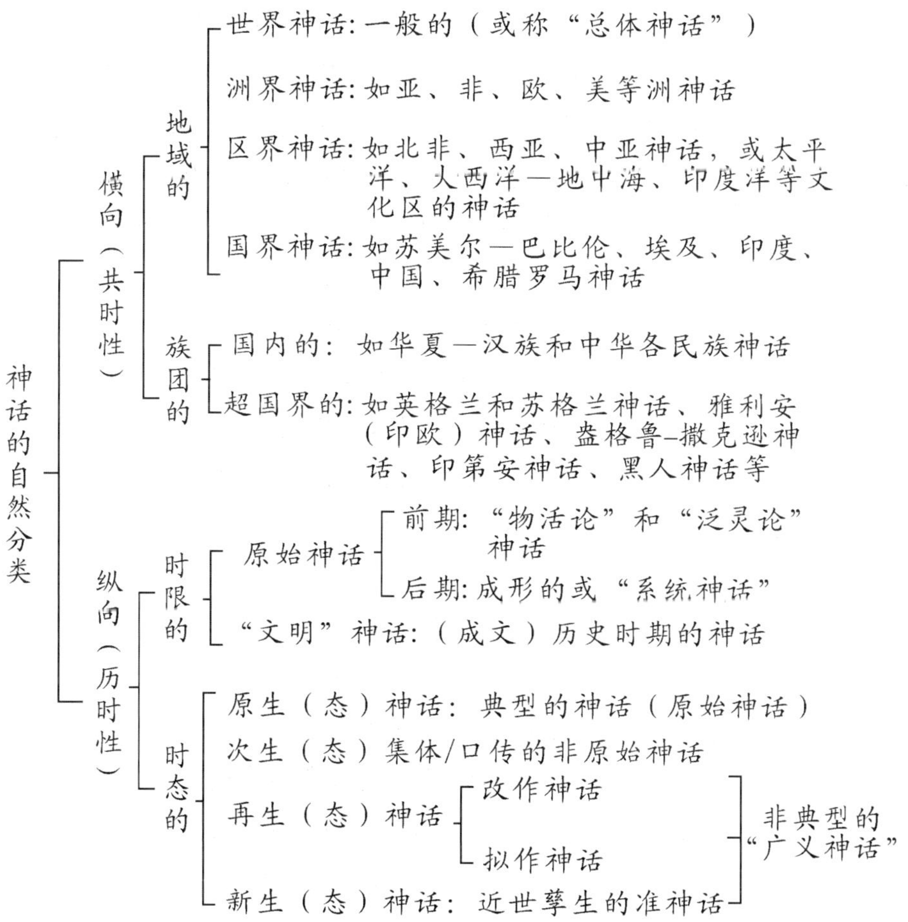

“结构”（structure）本身就具有多义性。广义的结构包括神话的“自然”形态及其构成。所以不妨从传统的自然分类法开始。自然分类有纵横两式：“纵剖”主要指历史的（历时性的），“横断”主要指地理的（共时性的）。

以上是神话自然分类的大要。地域的分类争议不大。区界神话，就是“文化区”的神话（有的和所谓的“文化圈”相重叠），本来有两种：一种是以“内陆”或“大陆”诸文化板块来划分，但这已有“超国界”的民族/种族神话（如“黑人神话”“印欧神话”）以及“区界”神话（如“亚洲神话”“非洲神话”）来标识，这里只是列出在神话史上相对重要、独特的“特种”地区的神话（如“西亚/中亚神话”“东南欧神话”等），使其醒目。而着重按照海洋—海岸（滨海及其延展区）来划分，例如近年备受海峡两岸学者青睐的“泛/环太平洋文化区”神话等（参见“神话的研究 · 比较神话学”一节），就是“海洋文化区”的文化构成。“族团”的划分，实际上指民族/种族的神话。近年中国大陆对“民族”的定义、界说争议极大，虽然有了些较为一致的看法，但并不怎么“与国际接轨”；所谓“种族神话”也颇有问题，因为涉及“种族歧视”或“政治（不）正确”等，相当敏感，这里暂且这样假定或划分（参见“神话的功用 · 神话：民族的灵魂”一节）。

“纵向/历史性”的划分，按理说没有多大问题，因为它基本是以“时间”（绝对时间/相对时间）为标尺，但是争议也极大。因为这里有个划分、确定神话的“时限”的严重问题。到底什么是“神话”？有没有袁珂等人所说的“广义的神话”和“狭义的神话”？是否只有原始社会时期的“幻想故事”才是神话？

我们在“神话的界说”一章里说，神话是“原始性”的“象征讲述”，更通俗的表达是“人类与自然斗争的原始性幻想故事”。“原始”指未进入“文明”，没有文字（或成文历史）的“史前”时期或“原始社会”，亦即摩尔根-恩格斯分期法里的“蒙昧/野蛮时期”，这种命名当然颇具争议。我们的神话分期主要依据神话自身的内涵、特质和发展脉络，而不大采用传统的划分和陈旧的术语（例如“蒙昧”；“野蛮”，则去其贬义，或代之以“野性”）。

神话的形态划分

传统认为,“野蛮”低级阶段(初期)才有大致“成形”的神话;可我们依据较新的田野考察发现,在摩尔根们所谓的“蒙昧时期”,已有前“泛灵论”(或“物活论”)乃至“泛灵论”的“片断性”神话,到原始时代后期(摩尔根“野蛮”高级阶段),特别是所谓“文野过渡时期”,已有相当成熟的神话;随着“民族/文化共同体”的诞育,所谓的“系统神话”已经初步形成(“古代民族”的“完全”出现,应在“文明”时期或“奴隶制社会”,但此前已大略成形,也已经有了诸如“夏人神话/夷殷神话”等系统性的神话,请参见“神话的功用·神话:民族的灵魂”一节)。

这个原始时期的神话,即原生态神话,加上某些非原始,却具有较大“原始性”的次生态神话,以及“文/野”交替时期的“过渡形态”的神话,都是很典型、很标准的神话,也就是袁珂和我们所说的“狭义的神话”,是研究的“主流”“大宗”或“重点”。

所谓“次生态”神话,主要依据是它的结构、特征或“状态”,并不拘囿于“时限”。它一般产生在“原始时期”之后,可以是“文/野”交替时期的,也可以是“文明”早期或前期的,主要标志是集体/民间/口头,特别是“原始性”较强的。

它不是——

原始神话

再生(态)神话:作家拟作、改作的“神话”

新生(态)神话:近世的或文明中、后期的“准神话”

“文明”期的神话

“文明”时期是不是能够产生“神话”,亦即“广义的神话”呢?

完全可能的。不但“再生(态)神话”“新生(态)神话”会连续发生,就连原始性的“次生(态)神话”,都可能在文明成熟时期(例如中国的唐宋)

滋生。

这首先是因为某些“文明”,例如中国的所谓“奴隶制/封建制”社会长期延续,还存在许多原始性的社会构造、社会机制(例如血缘联系没有斩断,族权、父权、夫权、神权还相当猖獗等),原始性思想、观念难于廓清,“新神话”很容易应运而生。鲁迅给傅筑夫等论神话的信里就说,中国人未脱原始思想,民间“新神话”不断发生(这里还不说各个地区、各个民族经济、文化发展严重不平衡的复杂问题)。

例如“二郎神”神话,就基本发生在“文明”成熟的汉唐时期。

作为“英雄神话”,它确实含有一些原始人和自然发生“冲突”或“交换能量”的内容,完全是“原始性象征讲述”,见于记载却极晚。例如元剧《二郎神醉射锁魔镜》里,他自报家门说:

喜来折草量天地,怒后担山赶太阳。

这完全是原始神话或原生神话。世界上许多神话英雄,例如赫拉克勒斯、后羿、夸父等,都“担”过“山”(愚公、孙行者、民间二郎神等也都曾“担山”),“赶”过太阳或“射”过太阳(“量天地”稍微稀见,但也有《山海经》里竖亥等做过这等伟业)。二郎神故事的“骨干”或基本结构是:

英雄神“化形”斗杀(化身为牛/龙等的)水怪

其基本单位(或“句子成分”)是:

主语	谓语	
	动词	宾语
二郎神	斗杀	江神:水怪

“化形为牛/龙”,单向或双向,片断性或连锁性的“斗法”,则是其“关键词”。其基本结构相当稳定,呈现为标准的“原始性”英雄神话态。

“二郎神”的名字、称呼,不断地改变、转换:

李冰/李二郎(子)/杨二郎/杨泗将军/杨戬/杨光道/赵昱/许逊/吴猛/邓遐……

但故事及其框架不变:绝大多数是,英雄变成牛(龙)下水斗杀同样化身为牛(龙)的江神/水怪。这种故事(框架)早就见于“后羿斗河伯”,“赫拉克勒斯战河神”(参见“神话的研究·神话的构造研究:结构主义”一节),后来还有“二郎神擒孙悟空”(水猿/无支祁)和“孙悟空(英雄神)伏牛魔王(水怪)”。虽然大部分见于晚近文献,却不能不承认其为神话。

李冰是秦太守,他化牛下水斗江神的故事,总要发生在秦汉时代的民间吧?那却是“文明”的成熟期。当然可以说,这是“原生(态)神话”在后世的转变或遗留,人名变了,故事不变,“旧瓶装新酒”或“借尸还魂”。但在秦汉唐宋的民间却完全把它当真事传播,观赏,“膜拜”,再现,灌口“二郎祠”至今庙貌俨然,谁想砸烂它,老百姓愿以身殉。据说一直灵验非常,二郎故事更在极大范围内游走,变换,重演,踵事增华,添枝加叶。不承认其为“次生(态)神话”,不承认“文明”时期会发生新神话、准神话是很困难的。

次生(态)神话,和原始时期的(原生)神话,“文明”时期文人改拟的“再生(态)神话”当然都不一样,它的主要特征可依上述论证简括如下:

(1)产生的时代一般离原始时期不算太远,一般是“文明”早、前期;

(2)但由于各地区、各民族经济文化发展的不平衡,残存原始、原始性社会构造、观念较多的区域,还可能不断滋生“新神话”,而不以绝对年代为标准;

(3)其原始性(较)弱(原始性不强者,一般归为“准神话”或新生态神话,这和譬喻意义上的“现代神话”仍有不同);

(4)或者,以“后退的同化”方式保藏着或组合进原生(态/性)神话(最明显的如二郎神故事);

(5)基本上是群众性、口头性创作;

(6)与民间信仰、通俗宗教乃至戏曲。说部关系密切(例如与关羽相关的战神神话,参见《三国演义趣读》)。

过渡时期的神话

原生/次生之间,文/野交替之时,还有所谓“过渡形态神话”(我们的“表示”不予标出,是怕过分烦琐;而且其大部可分属,或可归入“原生态神话”序列)。这是社会矛盾冲突激烈的“大改组”“大动荡”时期,其上下限或“叠压”形态却比较“模糊”,许多重要的“原始性体裁”如英雄史诗、创世史诗等多出现在这个时期。鲍桑葵说,神话是“逐渐摆脱野蛮状态的民族心理的产物”[①]。我们认为,相对高级的“系统神话”正是形成于这个时期,而与所谓“古代民族”的成立基本同步;易言之,这种“系统神话”或“体系神话”,以及它的“传说化”“文学化”,甚至“历史化”,都在此时参差错落地“生成”(最后完成,也许正该定在此期结束,“文明”伊始之际)。

希罗多德说过,荷马和赫西俄德“创造”了希腊的“神谱”,并且决定了希腊信仰的诸神的形态和属性[②];这一方面,指他们对希腊非“体系”性的原生神话的整理、重构和改造,另一方面,表示“过渡”时期所含“形态”和成分的驳杂,再一方面,也显示它们已经向“体系神话”转换生成了。正如恩格斯所说:

> 荷马的史诗以及全部神话——这就是希腊人由野蛮时代带入文明时代的主要遗产。[③]

---

① [英]鲍桑葵:《美学史》,张今译,商务印书馆 1985 年版,第 16 页。

② [英]鲍桑葵:《美学史》,张今译,商务印书馆 1985 年版,第 16 页。

③ [德]恩格斯:《家庭、私有制和国家的起源》,见中共中央马克思恩格斯列宁斯大林著作编译局编:《马克思恩格斯选集》(第 4 卷),人民出版社 1972 年版,第 22 页。

可见英雄史诗和“系统神话”的胚胎由所谓“野蛮”进入“过渡时期”，覆盖面、持续性和“张力”都相当地“大”，离“完成”已不远了（如上所说，其边际相当模糊，有时界定困难）。

华夏“过渡态神话”与史诗贫乏的原因

中国的“过渡态神话”，该也不少的。例如说，按照多数历史学家、传说学家的看法，鲧禹时代已是原始社会末期，大禹治水成功，在涂山召开“部落大联盟”会议，确定加盟群团的义务、权利，特别是“贡赋”份额（“会稽/会计”即由此而来）；会期里，大禹施威，屠杀远方来迟的西北方狄人集团的代表或酋长防风氏，准备传位给儿子后启，由“选举制”转为“世袭制”，这分明已向“父权奴隶制”演进。夏初的“城墙”已有所发现，“记录”方法初步具备，早期的青铜用具和文字雏形很可能已经发明出来。“二里头”遗址发现形制较为复杂的“爵”等青铜酒器，大汶口文化的图形符号或“图形文字”已颇工整，还不说所谓的“龙山陶文”；夏初的“文明”可以由其前后的遗址及文物大致推知。反映这个“剧变”时期的神话，或这个时期前后产生的神话，按照世界文化史通例，应该是十分丰富的。但是保存下来的极少，原汁原味的更少。但《楚辞·天问》里的几则还是非常有趣的。例如：

启棘宾商（帝），《九辩》《九歌》；
何勤子屠母，而死（尸）分竟地？

根据我们的考释和破译可知，大体是讲：夏启曾被认为是“旱神”（甲骨文中“启”意为“晴”，“勤子”即“堇子/旱神”），在他的统治早期发生了一场大旱灾，他刺杀了三位妃嫔，举行“宾祭”商人上帝的祈雨仪式，也得到了招风来雨的巫术乐舞——［原始］《九辩》《九歌》，但是天旱如常。他只好屠杀了自己的母亲涂山氏（女族长/大女巫），把她的尸体剁碎分埋四境（这是世界性的“祈雨求丰”巫术）。所谓“启母化石，石破北方而生启”的祖灵神话，正是启母被杀戮而且分尸的故事更加隐晦的象征讲述。这个仪式神话应该惊心动魄，就像酒神狄俄倪索斯及其神牛被“分尸”的祭典，重演出来依然撼人心魄一样。可惜全部冥昧，乃至失落了。

这是因为华夏人生活艰辛而又勤劳坚忍，养成了务实趋善的性格，现实感和历史感都太强，以致许多神话过早地“传说化”，传说又迅疾地“历史化”，保存下来的虽然还藏留着原生性，可惜极其零碎、苟简、隐晦而又紊乱，实在是令人遗憾的事情。

再加上夏启秉承禹意，建立夏王朝，虽然带着血腥味，却基本上是“和平过渡”，绝不像别的“文明民族”的历史转折那样战火纷飞，惨不忍睹。禹启能够建立夏人的“奴隶制”统治王朝，主要靠的是治水成功，而不是征伐胜利。疏导与堵截兼用的古典治水方法，最重要的是规划与协调，不能弄得“堕高堙卑”，以邻为壑。部落联盟会议在大禹协调指挥之下群策群力，善始善终，就像他依靠组织、依靠集体终于制服了洪水那样；所以涂山“大会诸侯”，是一呼百应：拥护以规范的世袭制替代混乱的选举制。这当然避免了流血与痛苦，却使得夏人的“历史”或“史诗”都不热火朝天，甚至胎死腹中。再加上，历史书从来都是胜利者写的，能够与后启集团抗衡的力量太弱，他们迅速而稳固地掌握了话语霸权，把不利于己的“奇谈怪论”删削殆尽，也免不了把那些“缙绅先生”所难言的“不雅驯”，怪、力、乱、神，做一番整理改造，这样还能剩下来多少原生神话和“过渡神话”呢？这也是华夏-汉人神话不丰富、史诗不发育、真实的神话被“不真实的历史”所替代的重要时代原因。

再生/新生（态）神话

“再生态”神话，实在是人为性、假定性更大的概念，依然使用它，是由于它还能勉强说明某种事实：它标识作家个人介入“集体/口头创作”的神话形态。主要有两种：改作和拟作。

“改作”主要指作家、文人、史学者对原生/次生神话作较大的整理、增删、润色和改写。比较明显的如希罗多德《历史》里的神话部分，奥维德《变形记》，屈原的《九歌》与《天问》，《淮南子》里的神话部分，乃至很晚的王子年《拾遗记》，任昉《述异记》等（我们之所以不避责难地把《拾遗记》

等列入“改作”性的“再生神话”，而不把它们标为“仙话”或“拟作”的“神话”，是因为在它那华美繁缛的文辞包装之内，藏匿着许多珍贵的原生、次生神话直至传说和史实，看看我们诸“系列”的征引和复原就可明白）。然而问题马上来了：荷马二史诗，蚁蛭《罗摩衍那》，赫西奥德《神谱》，《史记·五帝本纪》算不算再生态神话，是改作抑或拟作？这的确难以一句话说清楚。它们多半内涵复杂，边界模糊，外延又极大。我们的意见是：要算“再生态神话”（改作型）也可以。但是除赫西俄德、司马迁外，印欧上古史诗作者存在严重争议，连有没有其人都成问题（希腊史诗来源“小歌说”至今势力不衰，蚁蛭则“明说”是仙人），即令是《神谱》，其中包含极多的原生/次生神话，简直和中国的《山海经》差不多（它也由一位或多位齐鲁早期方士“整理”而成）；目前，还只能由各家通过分析论证和鉴定，把其中的原生/次生神话爬梳出来“应用”，留下的该是什么就是什么吧（《五帝本纪》倒还好办：司马迁对待神话/传说的态度不同，我们可以通过研究厘清其神话/传说/史实之成分）。

尽管原生/次生神话，多被融入史诗、传说和传奇、悲剧、“仙话”或“再生神话”之中，我们绝不要忽视其间所蕴藏的丰富的“原始性构造”或成分。不然神话研究就极其狭隘、薄弱、单调。我们既要相对限定其“范围”，又要扩大自己的“眼界”。“马克思认为，希腊史诗（在某种程度上也包括希腊悲剧）的典型特征是没有‘与神话无关的幻想’，是诗人向人民诗歌传统靠拢。”[①]所以我们绝不要漠视对史诗、悲剧、传说、寓言等非严格神话体裁里“原生质”的开掘，以及“集体无意识”等的再发现。赫西奥德固然想在《神谱》里“作为一个劝善性史诗的作者，道德家，秩序与正义思想的捍卫者出现”[②]，然而其主体仍然是重现诸神谱系的“早文明（期）神话/系统神话”，而且富于原/次生成分。

所谓“拟作型”再生神话，能不能列作子目，这种经过彻底再造的“魔幻文学/神怪文学”，哪里还算“神话”？我们之所以要构拟这种“不伦不

① ［苏］乔·米·弗里德连杰尔：《马克思恩格斯和文学问题》，郭值京、雪原、程代熙等译，上海译文出版社 1984 年版，第 337 页。

② ［苏］M. H. 鲍特文尼克、［苏］M. A. 科甘、［苏］M. B. 帕宾诺维奇等：《神话辞典》，黄鸿森、温乃铮译，商务印书馆 1985 年版，第 272 页。

类”的义项，是因为拗不过事实。

例如陆西星或许仲琳《封神演义》，吴承恩《西游记》，当然是个人创作的，但是其中确实保存着许多珍贵的原生/次生神话，例如“哪吒闹海”，“二郎神擒孙悟空/孙悟空斗牛魔王”，等等，它们的特点是：(1)藏留着较大的原始性；(2)分明由民间—口头传承里汲取或借用；(3)别的文献又不容易看到；(4)确实经过作家的整理加工——我们想把这类“文人”再创作的“神怪文学/魔幻文字”里的“原生/次生(性)神话”列为“拟作型再生态神话”，不知是否有当？

如果这个标准或划分得以成立，那么，连屈原《天问》《九歌》，奥维德《变形记》都游移在“改作/拟作”之间，这也不太可怕，文学史上非此非彼，亦此亦彼的“跨界”体裁、样式多得很，留供讨论吧。这里还有个“量/质”互动的状况可供参考。中国的情况较为特殊，因为它的戏剧和长篇叙事文学起来得极迟，华夏—汉人的“拟史诗”晚熟或者阙如(我们曾说《封神演义》具有“拟史诗性”，参见《黑马：中国民俗神话学文集》)。“时态”参以内容之量：再生态神话创作时代较接近原始或文野过渡期者，如《变形记》《天问》《九歌》可列为“改作型再生神话”，较晚而原始性仍强者，仍如北欧和英法德的某些史诗，甚至维吉尔的“文人”拟史诗《伊尼特》，陆西星或许仲琳《封神演义》，吴承恩《西游记》，至少其中民间性较强的神话部分，可列为“拟作型再生神话”。

这里的关键仍在“作家意识”(个性)强烈还是“集体无意识”占优势。前面说，不但《神谱》是希腊原生/次生神话的宝库，就是奥维德《变形记》也保存着许多被“文学化”的神话原生质/态。他的主观意图非常明确，专章宣扬“毕达哥拉斯学说”，宣称“宇宙间一切都无定形，一切都在变易，一切形象都是在变易中形成的”①(这正是变形神话“意义层次”中的哲理)，但它的主体仍有很多原/次生神话。赫尔德尔(Herder)曾经赌气一般对歌德说，奥维德诗里“从头到尾只是抄袭旧有的东西”(或译作“一切都只是已存在的人和事的摹仿”)②。这倒反衬出《变形记》保存了大量旧有的

① [古罗马]奥维德：《变形记》，杨周翰译，人民文学出版社1984年版，第208页。
② [德]歌德：《歌德自传》(上册)，刘思慕译，人民文学出版社1983年版，第424页。

真实的神话记录,他只是使它充满诗情画意地“再生”而已。

而维吉尔模拟希腊史诗创作的《伊尼特》(中译本又名《埃涅阿斯记》),却主要抒发个人的“奴隶制国家意识”,宣扬对君主和国家的忠诚,而且借以歌颂罗马帝国和屋大维王,所以一般归之于“文人史诗”或“拟史诗”,而只是有限度地承认其包含有次生/再生(态)神话成分。

从时代角度,真正的“神话”与“史诗”是一去不复返了,正如马克思所揭示的:

> 就某些艺术形式,例如史诗来说,甚至谁都承认:当艺术一旦作为艺术生产出现,它们再不能以那种在世界史上划时代的、古代的形式创造出来;因此,在艺术本身的领域内,某些有重大意义的艺术形式只有艺术发展的不发达阶段上才是可能的。[①]

“假”史诗《伊尼特》就是常常被举出与“真”史诗《伊利亚特》做对照的著例。

(真正的)神话——史诗与神话时代、史诗时代都一去不复返了。

更明显的,如伏尔泰长诗《亨利亚特》,那是近世文人对古代史诗不高明的模拟,完全缺乏《伊利亚特》的天籁、野性、韵律与壮美。马克思曾在《剩余价值学说史》等书里讽刺过这种“十八世纪法国人的幻想”,“既然我们在力学等方面已经远远超过了古代人,为什么我们不能也创作出自己的史诗来呢?于是出现了《亨利亚特》来代替《伊利亚特》”;用以证实他的一个有名论断:“资本主义生产就同某些精神生产部门如艺术和诗歌相敌对。”[②]

至于那些个性极强的近世作家诗人利用神话题材,例如莎士比亚著《仲夏夜之梦》,歌德、拜伦、雪莱、济慈和普希金等唱普罗米修斯,艾略特

---

① [德]马克思:《〈政治经济学批判〉导言》,见中共中央马克思恩格斯列宁斯大林著作编译局编:《马克思恩格斯选集》(第2卷),人民出版社1972年版,第112页。

② [德]马克思:《剩余价值理论》,中共中央马克思恩格斯列宁斯大林著作编译局编:《马克思恩格斯全集》(第26卷),第296页;马克思、恩格斯:《马克思恩格斯论艺术》(第1卷),曹葆华译,中国社会科学出版社1982年版,第208页。

写《荒原》，马尔克斯作《百年孤独》，郭沫若咏《女神》，鲁迅创《故事新编》，等等，只能说明神话对文人创作的影响，与神话分类无涉；近代作者的整理、改编、重写神话故事，例如格雷夫斯、布尔芬奇、劳斯、斯威布、郑振铎改写希腊罗马神话，袁珂等编整中国神话传说，更加与神话分类无干。

所谓“新生（态）神话”，更是模糊而紊乱的概念，但是许多人都在使用它，大名鼎鼎的荣格、卡西尔们还为它写过专著。

我们觉得下列情形必须予以排除：

——所谓“科学幻想”作品；

——纯为政治等目的制造的“神异”事迹；

——纯属宗教或迷信（含邪教）制作的“奇迹”。

这样，所谓“新生（态）神话”，就集中在既有些“原始性”特征可又不太强，集体—口头性传播，神奇怪诞或竟属“象征讲述”的“民间故事”，或者和自然界不明事物、灾变、畸异、混乱等相联属的“民间传说”之上了。

内容/对象的分类

以上的分类紧密联系于“时/空间”或“时/空态”，虽然不会没有人为的要素，总体却趋归于“自然的”，而且，以上的分类，多着眼于神话外部的形态（特定时空是神话存在的前提），如果着力于内部，则有“内容的/对象的”和“结构的/功能的”分类方法。这些分类方法自身有紧密联系，“内容的/结构的”分类与“时空的/外部的”分类也密不可分。说到底，分类本身就是“人为分割”，怎么严密谨慎，都不能弥合自然，都损害着整体。只能略作“提示”，以便分头研述罢了。

“神话”是原始性幻想“故事”，必定有内容，有对象；它的内层，有“结构”，有“故事下面的故事”。结构是“关系”，是“秩序”，“没有秩序就没有意义”（列维-斯特劳斯）；“故事”有讲述对象，对象是内容的基础，没有“内容”则不但没有“意义”，而且没有“故事”和故事的“结构”，留下的只是一大堆散乱的质料。

所以,故事的“对象/内容”的分析和分类与“结构”的分析和分类一样重要,二者还要尽可能有机地结合起来(这也是“建构主义”和“解构主义”不同的地方,参见“神话的研究·神话的构造研究”一节)。

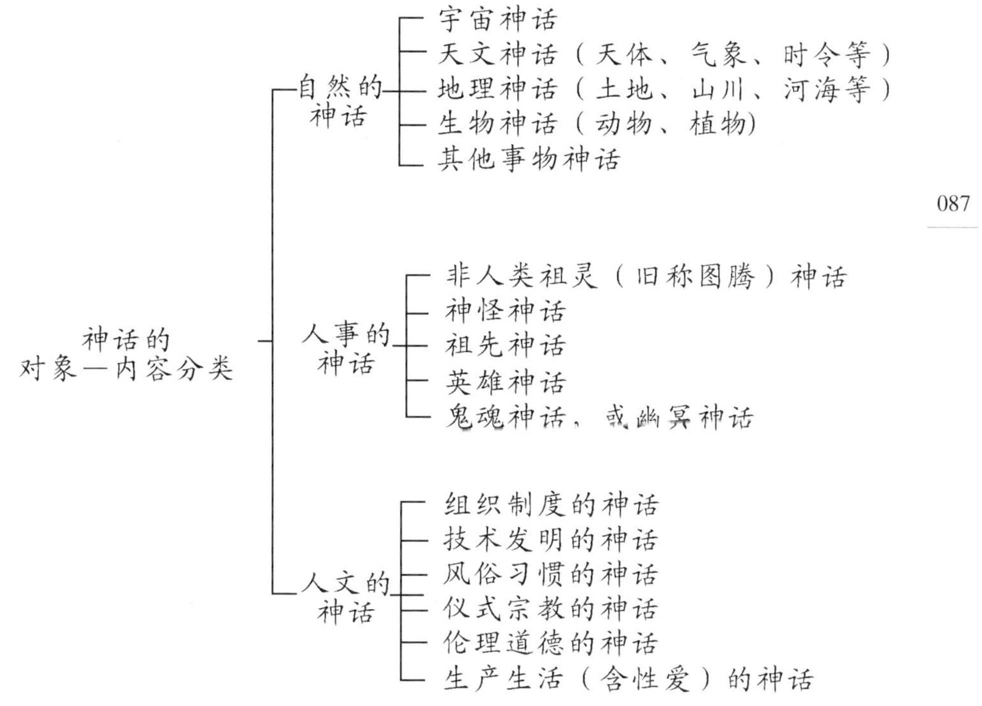

“功能”的分类

以上主要是按对象对神话进行的大致分类。内容是对对象的处理或创作,包含着创作者的思想、观念、“集体无意识”等,并且体现出“意义”来——这与对象很难划清,所以这是兼顾内容却不大涉及意义的粗糙分类。

如上所说,神话在象征地讲述“幻想事件”或“故事”之时,往往伴随着“诠释”,伴随着“教训”(这一点很像“寓言”),伴随着“思想”(包括上述的那样浸透着、体现着群体观念和集体无意识),这样才能作为带实用性的

“圣典”“法制”(charter)或“教科书”,活生生地在现实里实现自己的功能。这样,就有所谓“功能的分类”,最简单的如:

功能的分类
- 事理的:诠释神话——“真”(的)
- 伦理的:价值神话——“善”(的)
- 情理的:审美神话——“美”(的)

这种最简单的“功能分类”却符合作为社会生物的人类三大“能动性”需求:求真/趋善/爱美。这在“神话的发生”一章已略作介绍。也有人称作:

哲学(性)神话
道德(性)神话
美学(性)神话

视其内容、兴趣、目的、价值的侧重点而定。其他的“事件”性分类也可以整合到这种“功能分类”里来。例如早为诸家所“扬弃”的爱德华·泰勒分类法,就能以其“重建”,余可类推(这也表明各种分类法是交叉的,可重整的)。

事理:哲学神话
- “哲学神话,或解释性神话”
- “以真实的解释为基础,然而理解不正确的、夸张的或歪曲的神话”

伦理:道德神话
- “把设想的事件妄加到传奇人物或历史人物身上去的神话”
- [或]为推广道德的、社会的或政治的学说而创作或采用的神话

情理:美学神话——“以那种把幻想性的隐喻现实化为基础的神话”①

---

① [英]爱德华·泰勒:《原始文化》,连树声译,上海文艺出版社1992年版,第362页。

“结构”的分类

“结构”是故事里诸要素的“关系”和“秩序”,一般来说是“共时性”的,相对稳定,一般不受时间/地点而变动(当然仍可根据其发生、流播的时空考定它们的“时态”或“种属”之类,但那已不是结构分析。参见本章首节和“神话的研究 · 神话构造的研究”等节)。讲述的方法、侧重点或“内容”的变化,一般属于“历时结构”,要另作讨论。这里主要尝试呈现为“模式/模子”(pattern)的内在的、共时的、规律的“结构”分类。它必然涉及“母题”(motif)、类型,直到原型、基型等的分析、综合和抽绎。

这个工作在“前结构主义”时代业已进行,虽然方法、结果都不一样,却成绩斐然。例如,民间文艺学芬兰学派以“阿尔奈-汤姆森系统”闻名的“A-T 分类法”,近年还有丁乃通等对中国民间故事的创造性分类(他们的著作多已译出,不妨参考)。

例如“A-T 分类”的 300-749A.“神奇故事”(tales of magic)分七类和“其他”,T50-849B.“宗教故事”(religions tales)分四类,都容纳了一些神话。[①] 当然神话故事及其模式、母题远不止此。这些较早期的可贵尝试,主要从故事情节甚至细节着眼着手,较少发掘其更内在、更深层的“结构”,或“情节要素”组合的方式、模型或秩序,还常常被“枝节”或表象所迷惑。这种由情节/细节入手的分类法容易搞得烦琐、庞杂,还不免捉襟见肘,挂一漏万。而分类,尤其“结构性分类”,要求尽可能地深入把握、复现对象的内在规律、有机联系,尽可能反映、建构对象的秩序和质征;而且还要尽可能地抽象、概括、简洁而又优美——这实在是现代科学“定量化/符号化/公式化”的初级要求。

1891 年,哈特兰(Sidney Hartland)在《童话学》里把他所称的仙神故事(fairy tales)分做 5 型、10 类、50 种、100 项,实在有些吓人:一方面是眼花缭乱,另一方面是顾此失彼。

其中的——

---

① 参见刘魁立:《世界各国民间故事类型索引述评》,载《民间文学论坛》1982 年第 1 期。

仙魔助产(Faintly Births and Human Midwaves)

人妖换儿(Changlings)

神国盗宝(Robeoies from Fairy Land)

仙乡淹留(Suppernatural Lapsed Timein Fairy Land)

天鹅处女(Swan-Maidens,或称“羽衣”神话)

颇见精彩,有的还被不时援用。因为它能够部分反映神奇故事的某种共相。它经过钟敬文、赵景深、周作人等的介绍,在中国民间文艺学界影响仍未消歇。它已经有“模式”探寻的意味,然而似乎还有待整理和深化。

还有封·汗(Von Hahn)氏的“十二式”(禁忌、贞妇、避灾、逃难、脱魔、杀怪、幼成、婚试、报恩、历险、瞒妖、冥游),朗格又补充了“假新郎”和“怪胎”二式,也是从“母题”到“模式”的探寻,很有意义,却待深入。

“母题”分类法有一定的优越性和实用价值,可以在“心理分析”和“构造研究”的参与下给予升华或提炼。“母题”是故事或“情节”的单位,但大致还是“表层”的概括。它确实既能映写对象的一定本质(或“本质要素”),又能对故事的情节加以(可变量)的“定位”,还能暗示出情节的“关键”以至“面目”,和所谓“原型”“原型意象”等有内在联系。在收集、记录、检索、传布——包括电脑操作——等方面颇见优长而特别适合“运用”。我们希望不要放弃,而希冀参照它构拟出一种和神话“结构/功能”更贴近“模子-型式”分类法(中国的王宪昭和刘守华、陈建宪等正在尝试、努力)。

例如,可以在前表“英雄神话”项建构其基本母题:

英雄神话

H1 英雄的先辈

H2 英雄的孕育

H3 英雄的诞生

H4 英雄的受难

H5 英雄的成年

H6 英雄的历险

H7 英雄的除害

H8 英雄的创业

H9 英雄的艳遇

H10 英雄的结婚

H11 英雄的生子

H12 英雄的成功

H13 英雄的死亡

H14 英雄的埋葬

H15 英雄的成神

H16 英雄的再生

可以看出，这大体是根据民俗学所谓“从摇篮到坟墓”的“过渡仪式”（transitional rites）的序列编制出来的概要（并不是机械规定所有的英雄故事都必须或“能够”纳入这个序列，它可分可合，可移可更，可增可减，可缺可补）。如果必要，还可以在“基本母题”之下设置“小母题”（或子目、分题），例如“H3 英雄的诞生”之下还可以有：

H3.1　英雄的被弃

　　H3.1a　山野：物异型

　　H3.1b　河海：漂流型

H3.2　英雄的救护

　　H3.2a　动物的救援

　　H3.2b　猎牧渔者的救援

等等。还可以将“主从”或“主谓”短语“句子化”，例如“动物救援（被弃的）英雄”等等，使其从“静态”变成“动态”，而且更像“模子/模式”。这种比较深入的“结构”或“结构-功能”分类，有赖集体的长期努力。

本章讨论题

(1)神话的分类为什么这样困难而又“混乱”?

(2)“文明”或“成文历史”时期能够产生“新神话”吗?它们与原生/次生神话有什么区别?

(3)有没有所谓“过渡时期”的神话?为什么?

(4)什么是“再生态”和“新生态”神话?

(5)什么是“母题”与“结构”的分类法?它们有什么关系?

第四章　神话的功用

上古史的源头

神话主要产生在原始时期。其原生者,可以追溯到远古(例如旧石器后期吧)。这个时期,往往没有文字记载。有文字者,一般归为“文明”或“成文历史”时期,这个时期也能产生神话,但主要是记录、整理、补充、加工神话,古代埃及和西亚就是这样。它的史迹,主要依靠零星或后续的“文献”、考古发掘来恢复;但是,不要忽视神话,特别是与“传说”难解难分的祖灵神话、英雄神话。我们当然不能像“欧赫麦”(Euhemerus)主义或狭隘历史学派那样硬把所有的神话传说都牵强附会地说成是史实,但是神话里确实保存着被“幻想”所包裹的“传说”直到“历史”。最古老的历史就是神话。

“历史”本身也不过是“故事”,只是多数属于人们努力去证实的“故事”罢了。“史”和“事”字,基本上是一个字。

《说文解字》卷三“史”部:“史,记事者也。从又持中:中,正也。”史官就是记事者;其形象是,在胸前端正地拿着一个圆筒(所谓“箄”),里头置有用来记事或计数的“神圣性”竹简（筳），所谓“微型中杆”。史官本是“巫”的一种，能够交际民/神，是“人”与“天”的中介；他所记所测的有民事，有天事，当然含着“神事”，“神事”就是钩玄提要的神话。《说文》“史”部里只是个“事”字，“职也；从史、之省声”，实是“史”字的繁变。甲金文有时干脆就以“史”来代“事”。

英文的 history，字根也是“story（故事）”，至少法文的 historie，肯定由拉丁文“故事”演出。还有人读 history 为“他的故事”，女权主义批评说是性别歧视，要改成 humanstory，“历史”本来就该是人类的故事或行为记录，这样才“政治正确”。

“历史”与“传说”或“传说性神话”的不同，只在于是否确已发生，或是否“真实存在”。有文献记载的“成文史”，还稍微好办一些；远古的“传说时代”或“史前史”，就很难说，真实与传言往往混淆不清，界限不明。希罗多德的《历史》，将近一半可以怀疑为传说。司马迁的《史记·五帝本纪》最多只能说是半真半假。所谓“后历史主义”或“新历史主义”，解构着传统史书的“正统”地位与神圣性，揭发出许多“历史”不过是传说，有的根本没发生过，有的简直是伪造——20 世纪 30 年代的“疑古主义”的《古史辨》学派早就在做这种清扫“老房子”的工作。

如果要进行远古史研究，我们现在能做的只是，采用超学科的综合证据，尽可能地区分神话传说与历史，“把上帝的还给上帝，把恺撒的留给恺撒”，尽可能地把神话传说里“历史的真实”与“诗歌的真实”复现出来，而且不损害神话自身的特性，尤其是它那美的生命力。

神话“故事”的稳定性

我们说，神话传说里保存着“历史的真实”，重要的原因是，原始人没有文字，历史只能靠口耳相传。“口传”不仅常有误差，而且真伪难辨，虚实相生。特别是，我们认为是神话的，他们却认为是历史；我们认为是历史的，他们却认为是神话。据说，有人向纳西族东巴（巫师）谈起甲骨文（有些学者努力用甲骨文比较研究纳西象形文字），说到甲骨文里记载着商代的历史,《史记·殷本纪》里的先公先王绝大部分都已得到证实。老东巴笑了,说那是"故事"(大体是"神话传说"的意思)。《东巴经》里许多都是有趣的故事,并不是都真的发生过。原来他们的"历史观念"还挺强!在他们那里,往往虚构和非虚构混淆乃至"颠倒",千万不能用"现代人"的历史标尺来"衡量"和"限制"。神话传说的虚构性、可变性是众所周知的,所以这里多讲些"稳定性"。

某些原始性群团不但能区分"历史"和"故事"(指民间传说等),还能区别"神话"和"传说",这真使人吃惊。阿南等报告,阿昌族在祭祀天神时唱"创世史诗"即神话,在祭祀祖先仪式上只念诵祖先谱系,只讲述先民故事即传说,清清楚楚,从不混淆。有的群团把"严肃"的,涉及宇宙、历史、哲学的神话当成"真实的事迹",而把闹着玩的,荒诞、诙谐或猥亵的口头文学贬为"虚假的故事"(参看"神话的界说·神话是神圣的"一节)。

而且,许多后进群团极其尊重历史,珍爱历史,绝不让历史的"神圣性"与"纯洁性"受到半点损害。可他们说的"历史",至少有一部分我们看起来像神话。他们认为,这是他们存在的"合法性"与"合理性"的重要证明。丢掉了历史,丢掉了神话,丢掉了传说,不但失去住居"旧地"和在"领土"上狩猎的权利,部落还会毁灭,族众全都要死去!

他们小心翼翼保护自己的"神话-历史",不但保守其秘密,而且还捍卫其"真实性"和"神圣性"。南美洲火地岛锡克兰人对少年的特殊训练教育,长达数月,方式严酷。"几个月以后,训练进入高潮。这就是由德高望重的老人讲述锡克兰部落最神圣的秘密——起源神话。开始时总是这样说:'古时,太阳和月亮、星星和风、山和河,都在地球上漫步,它们都具有人的形象……'"①

部落的长老在孩子们的成丁仪式里,就这样把族团的历史和历史秘密传授给成年的新战士。这也就是教育的起源。传习中极其重视细节的严密和词语的准确。例如新西兰毛利人(Moris)"贵族"性的"圣学"里诵习"祖先的事迹"的情形:

① [德]利普斯:《事物的起源》,汪宁生译,四川民族出版社1982年版,第253页。

> 每年上课四五个月，诵习本族的神话，哲学，和符咒。……凡学生必须立誓守秘密。……课程以毛利人的“历史”开端，所谓历史实即关于诸神的传说。历史之后继以法术。凡所传授，必须字字牢记，因为错一个字便会引起大家的灾祸。[①]

而究其实——或者按照我们的看法——他们的所谓“历史”，许多是“传说”或“神话”。如果硬要他们承认这是神话不是历史，他们就会说“我们的神话比你们的‘历史’还真实”。

澳大利亚原住民那更加典型的成年礼中，“新成丁的人必须学习部落的经验知识（引案：当然包括历史积累）；他实际上是领受‘死记课程’”[②]。这样，千百年后，我们在听取或阅读那些“活的文本”的时候，还惊讶于它的准确性和顽固性；如果细节不可能完全“正确”的话，至少那基本结构却是稳定的，大体不变的。安徽淮扬的“泥泥狗”（民间雕塑），云贵高原的“苗绣”或“吞口”，都保存着极其古老的神话传说乃至“史迹”。例如，苗族造型艺术有很多“枫木神”与“剖尤”即“蚩尤公公”的形象，与《尚书·吕刑篇》《山海经》等暗合；相反，历史学家却错误地否认其为苗人的英雄祖先。可见许多“神话”确实比“历史（书）”还真实，还可靠。采集者质问道：为什么这么多年都没有改动？回答是：这是老祖宗传下来的，一点点都不能改；一改，老祖宗就会生气，它们也就不“灵”了！

如果巫师职业化，并且采用代代相传的“世袭制”，像今日所见萨满集团那样，那么“口述历史”当然随之相传，而其保密性、准确性、传袭性更大，结构更稳定，细节更严密（参见“神话的发生·‘巫术言语链’的自增殖”一节）。

以上所说的“类历史”“准历史”的神话传承的准确性、保守性、秘密性

---

① ［美］罗伯特·路威：《文明与野蛮》，吕叔湘译，生活·读书·新知三联书店1984年版，第173页。

② ［美］哈维兰：《当代人类学》，王铭铭译，上海人民出版社1987年版，第516页。

只是一面;另一面,也许更主要的一面,是传播的开放性、自由性、创造性。不论是巫史的职业性传授,还是公众的随意性播散,趣味性十足的“讲述”总是难免添油加醋,乃至改头换面;更可能的是,深层结构不大改变,具体情节却总是像“活物”那样自我生长、自我增殖、自我修饰。“神话”本来就是“活着的实体”,当然会踵事增华,变本加厉。细节当然更是纷纭变化,花样百出。梁启超曾描述由“故事”到“历史”的生动演变说:

> 最初之史乌乎起?当人类之渐进而形成一族属或一部落也,其部族之长老,每当游猎斗战之隙暇,或值佳辰令节,辄聚其子姓,三三五五,围炉藉草,纵谈己身或其先代所经之恐怖,所演之武勇……听者则娓娓忘倦,兴会飙举。①

其特异和精彩者,当然会更多地得到讲谈和加工:其扩散也愈远,其延续也愈久,其沉淀也愈厚,其影响也愈深。

> 其间有格外奇特之情节可歌可泣者,则蟠镂于听众之脑中,湔拔不去,展转作谈料,历数代而未已,其事迹遂取得史的性质,所谓“十口相传为古”也。②

可见最古老、最真实的“历史”的确是神话,其间当然有“老神话”的变形,也有“新神话”的产生。中国社会科学院民族研究所专家赴云南采集佤族创世史诗《司岗里》,要求是尽可能地完整准确,以及一字不差的录音和笔记。讲述的老人讲到创世者向诸神请教怎样把关闭着人类和诸生的“石洞”(葫芦/母腹)打开,问了许多大神,从天神、地神到水神、火神全问到了,都是束手无策,只好去问“毛主席”。记录者吓了一跳,忙问:怎么会

① 梁启超:《中国历史研究法·过去之中国史学界》,见梁启超:《梁启超史学论著四种》,岳麓书社 1985 年版,第 114 页。

② 梁启超:《中国历史研究法·过去之中国史学界》,见梁启超:《梁启超史学论著四种》,岳麓书社 1985 年版,第 114—115 页。

有毛主席？讲述者不动声色："毛主席"是这样大的一个"神"，怎么能不问他？再问：这是神话史诗本来就有的吗？讲述者急得面红耳赤，赌咒发誓地说：当然早就有了，祖祖辈辈都是这么唱的！……

可见，绝大多数的现存神话传说怎么可能完全"忠实"，原封不动。况且，作为最古老的"传奇"（fable），神话传说从来都是俶诡谲奇，迷离惝恍，真假不分，圣俗难辨；甚至鱼龙混杂，泥沙俱下；瑕瑜纷呈，美丑并见。越"真实"就越"古怪"，越"古怪"便越"真实"。而且，它的"真实性"有时还达到令人惊叹的地步。《古老非洲的再发现》就记载着：有位人类学者被某部落老人背诵的"编年史"弄得昏昏欲睡，突然听到"那是太阳被老虎吞下去的某年……"，赶紧跳起来，去查天文年表，果然那一年发生了日食！

爱德华·泰勒《人类学》"历史和神话"一章举出许多原始部落靠"记忆"和"口传"保存历史的例证。南太平洋罗图马岛传说，有棵极古老的大树下，埋着著名领袖的"石座"，很难置信；有一天暴风将树拔出，根下果然发现几百年前的"石座"。埃利斯群岛原住民声称，他们从遥远的萨摩亚迁来。这简直"不可能"，然而他们标志"发言权"的旧"权棒"，果然是萨摩亚特有的树木做成的。"他们一代一代地重复着从乘小船到来以后各代领袖的名字，这样一共有十八代，或者从新来者占据这个岛那时起已有四百到五百年"，其间当然有讹误或矛盾，然而"这些人的土地所有权就决定于这些家系"①。所以，泰勒指出，这种不可思议的"记忆"保存，"能够给我们提供关于埃及和希腊早期历史中真实的回忆和神话幻想相混合的十分真实的概念"②。

神话/历史：复原真相的可能

原来，原始性群团的"历史"确然包括神话，但他们的神话传说里也往

① ［英］爱德华·泰勒：《人类学——人及其文化研究》，连树声译，上海文艺出版社 1993 年版，第 347 页。

② ［英］爱德华·泰勒：《人类学——人及其文化研究》，连树声译，上海文艺出版社 1993 年版，第 348 页。

往保藏着现在人所说的历史，只不过往往用隐喻、象征、借代等方式曲折地传达出来；使用现代科学方法（包括自然科学方法）和综合证据，是可能不同程度地“复原”出来的。中国大陆进行的“夏商周三代断代工程”，就不排斥神话，特别重视神话传说和文献里所反映的天象异变，例如日食、月食、“幻日”、一天两次“升日”等等，再使用科学的气象变化与天体运行记录，重新鉴定其准确性，或者加以“证伪”（可以“证伪”的事物往往可以“证实”）。

神话就是这样有“虚假”也有“真实”，“虚构”和“非虚构”的界限老是模糊不清。就像汤因比说《伊利亚特》，“如果你拿它当历史来读，你会发现其中充满了虚构；如果你拿它当虚构的故事来读，你又会发现其中充满了历史”[①]。

大家都熟悉“大西洲”阿特兰提斯（Atlantis）故事。这是一个“陆沉”到大西洋深深海底的、文明高度发达的“古国”，是所谓“乐园神话”（Paradise Myth）最重要的一支。据说，西藏的经典，也记载着这个“湮没的世界”的史迹。学者们已经为它撰作了不下千种的论著。其中最为有故成理的假说是，它系地中海塞拉岛桑托林火山爆发所造成的巨大破坏的“讹传”。“阿特兰提斯”神话无法证实，但是桑托林火山爆发确实导致“海上乐园”克里特岛及其文明的毁灭——它的辉煌的遗迹，已经由英国考古学家伊凡斯等发掘并修复了出来，这就是有名的米诺斯的克诺索斯宫——希腊神话里住有吃人牛怪的“迷宫”，故事里许多细节都可以得到史实的印证和“还原”。这种考古学对神话传说里的“历史真实”的恢复，我们听得是够多的了；更重要的是现代科学技术的介入。

《竹书纪年》和《墨子》等书记载夏桀末年一系列神话式的灾变，我们一向至多当作“传说”看，王朝末日总是灾害频仍，饥荒横行，饿殍遍野。但是，20 世纪 80 年代，华裔科学家彭瑞钧、周鸿等在美国地球物理学秋季讨论会上报告说，桑托林火山爆发、克里特—米诺斯文明毁灭大约发生在

① ［英］汤因比：《历史研究》（上册），曹未风、徐怀启、乐群等译，上海人民出版社 1986 年版，第 55、116 页。

公元前1630—公元前1570年之间，曾引起世界性的气候异变，夏代末年“日月不时，寒暑杂至”等神话传说，以及西方神话里“阿特兰提斯”乐园毁灭等，正是这场全球性灾难的形象反映。[①] 这当然还有待于“证实”或“证伪”。但至少说明，神话传说保存着史实的“潜象”，可以通过多重手段将其“显影”。除了神话所涉“历史的背景”能够复现无人反对之外，“神话中的许多地点、人物、事件，据证明有历史做依据（案：举其荦荦大者），诸如阿特兰提斯和塔拉、忒修斯和弥诺陶洛斯（希腊神话中牛头人身怪物）、亚瑟王和他的圆桌骑士”[②]，都已经被考古学与其他科学所证实。

如果否认神话传说里可能包藏着真实的史影，就很难重建所谓的“传说时代”乃至“史前史”（pre-history）。许多“文明”都有那么一段传说性的“历史”，既有文献记载，事迹却有些荒唐不经，至少疑窦丛生；古人说得振振有词，考古证据又极其稀少凌乱薄弱。最典型的就是中国《史记·五帝本纪》那一段，是被《古史辨》等学派根本否定了的。此前，中国新石器时代的序列和分布相当清楚；其后，夏商周“三代”的考古与古文字证明也比较有力（“夏代”已被“二里头文化”等所证实，但缺环断节之处尚多）。只有黄帝、帝喾、颛顼以及尧、舜、禹的时代或“史实”非常难办。这个时候，对神话传说做历史学的研究和语言学、考古学、人类学的“证实”，就非常重要。神话学界和历史学界的前辈，已做出典范性的尝试（徐旭生《中国古史的传说时代》就专门关注这一段）。我们深信，其间埋藏的史实，必然会由超学科的合作和多重证据的掘进而被开挖出来。相当于夏代前期甚至尧舜时代的“古城墙”遗址已被发现。随着“中华文明的起源”这一热门题目的进展，“夏商周断代工程”的尝试与成绩，以及海峡两岸考古学与历史学“整合研究”的收获[③]，神话传说作为“上古史的源头”的性质会被再次肯定。遗憾的只是，我们这一批神话学者的历史、考古、语言的学养都不够

---

① 宋镇豪：《夏末气候灾难与桑多利尼火山爆发事件》，载《文物天地》1990年第4期。

② ［美］戴维·利明、埃德温·贝尔德等：《神话学》，李培茱、何其敏、金泽译，上海人民出版社1990年版，第86页。

③ 臧振华编：《中国考古学与历史学之整合研究》（上下册），台北“中央研究院历史语言研究所”1997年版。

高,在重建“传说时代”历史的成绩上还不如丁山、杨宽、徐旭生。但也并非不可能。我们曾以民俗神话学和考古人类学的材料与方式证明出,作为“东北夷”先祖的韩流—颛顼父子,都有见于大汶口文化等处的“人工头形畸变”(变形头)的习惯,帝喾也确实“断齿(拔牙)有圣德”(参看《楚辞与神话》《山海经的文化寻踪》等书),只是史学界不屑一顾,报以轻蔑罢了。

谁也不可能“摆脱”神话

而功能学派对神话作为“口传的历史”的看法,与众不同。神话里不仅包藏着可以还原出历史真相的传说,包藏着为“幻想”所变形的历史真实,它还被原始性社会结构里的神话讲唱者、听众和传播人当作“活的实体”,自从它于“远古”诞生以来,便一直在“继续流传,影响人类命运”[①]。这个看法大致与“神话-历史”学说暗合。

现代神话学家认为,这种“活着的实体”,不但能够把“现在”与“过去”生动无比地连接起来,而且还能够在日常生活里起一种“组织”的作用[②],使社会行为成为一种“有序的机体”,使传统不致中断,使祖先的生命在文化里延续,乃至得到新生。这不但是原始人心目中神话的历史-文化功能,也是不可能斩断传统的现代人及其文化里神话的作用。这样,我们所谓“神话的功用”,其实更加是“神话学的用途”。

伽达默尔(Hans-Georg Gadamer)揭示,传统——包括神话和成文史——是无法割断的,历史流传物(如神话、文献等)构成“效果历史”,向我们展开真理并渗透我们的意识。“继续存在的传统的效果和历史研究的效果形成了一种效果统一体。”神话就是这种“效果统一体”的基因。他

---

① B. Malinowski, *Myth in Primitive Psychology* (《原始心理学里的神话》), London, 1926;见[英]马林诺夫斯基:《巫术科学宗教与神话》,李安宅译,商务印书馆 1936 年版,第 127 页。

② B. Malinowski, *Myth in Primitive Psychology*(《原始心理学里的神话》), London, 1926;见[英]马林诺夫斯基:《巫术科学宗教与神话》,李安宅译,商务印书馆 1936 年版,第 12 页;See A. Cotterell, *A Dictionary of World Mythology*(《世界神话辞典》),“Introduction: The Meaning of Myth”(序言——神话的意义),New York,1980, p. 10.

很欣赏尼采《不合时宜的思想》对“纯”历史主义的谴责，因为“它毁坏了由神话所包围的视域，而文化只有在这视域中才能得以生存”[①]。这种“效果统一体”或“活着的实体”，是超越经验、超越时间的。正如达戴尔所陈述：

神话可以使任何它所触及的事实现实化：它使讲述者成为这个故事的演员，使听众成为见证人，使世界成为没有过去和将来的现在。故事与所实际发生的事浑然一体：事件本身就是它讲述的那样，它在被讲述中变成现实。[②]

这就是神话及其“展演”可能达到的境界。

我们从来都生活在绵延的“历史”和“传统”之中。也正如伽达默尔所说：“传统并不是我们继承得来的一宗现成之物。”[③]历史、传说、神话、哲学都是传统的载体，神话尤其是活的载体。我们参与着传统的生产，也融入神话的创造和再创造。这样我们才会有一部完整的历史。克罗齐说，“一切的古代史都是现代史”，因而如前引达戴尔所说，在特定语境中，神话就是“现实”。所以我们根本不可能也没有必要摆脱神话，正如我们不能割断历史和传统一样。我们同时还可以说，“一切的现代史都是古代史”，我们现在所经历的一分一秒立即成为过去，我们的现实顷刻就化为历史，化为“神话”，甚至是后人无法理解的荒诞的“神话”（现代青年人已经不能理解史无前例的无产阶级“文化大革命”了）。我们不但创造着“新神话”，而且时刻融进“老神话”。这也是“神话与历史”关系题内应有之义。

---

① ［德］伽达默尔：《真理与方法》，洪汉鼎译，台北时报文化出版公司 1995 年版，第二部分，Ⅱ·1。

② ［美］埃里克·达戴尔：《神话》，见［美］阿兰·邓迪斯编：《西方神话学论文选》，朝戈金、尹伊、金泽等译，上海文艺出版社 1994 年版，第 306 页。

③ 甘阳：《传统、时间性与未来》，载《读书》1986 年第 2 期。

原始思维的活标本

作为原始性“集体表象”或“口头文学”的神话，从古到今，尽管难免增删、润色、歪曲、变形，但总是顽强而快乐地存活着，是研究“原始思维”的理想标本。这种研究把神话学带到神圣的哲学殿堂，由语言学、人类学、心理学一直波及人文科学几乎所有的学科，使其处在学术理论最前沿（与“结构主义”一起盛衰交替，哀荣与共，参见“神话的研究”一章“神话的构造研究”一节）。因为它和人类思维的规律、心灵的发展、思想的运作联系在一起。

所谓“原始思维”，指的是原始和原始性时期人们思维的方式、结构、特征和规则，必须把“原始”一词可能暗含的贬抑放逐出去。研究使用的材料，主要是上古时代存留下来的神话、传说、风俗、习惯，特别是造型艺术和其他文物，一句话，就是广义的“文本”，还有就是对保留原始或原始性构造的地区、社团和人群的田野调查，有人也将其列为“文本”。列维−布留尔《原始思维》，列维−斯特劳斯《野性的思维》，卡西尔《神话思维》《语言与神话》，博厄斯《原始人的心智》诸书译为汉语刊布前后，海峡两岸和国外的学者发表了不少优秀论文和著作，对此做了有益的探索。但是，由于这个题目的艰深，材料的缺乏，特别是理论的繁复，“原始思维”研究迄今为止，还是中国神话学里最薄弱的一环。本书作者对此所知甚少，一本小册子更无法对此进行原创性的探讨与“展开”。这里只说我们对此感受最深的两三点。一般认为，思维大体有两种基本形式：

抽象思维（或称“逻辑思维”）
具象思维（或称“形象思维”）

“抽象思维”主要采取概念、判断、推理或分析、归纳、演绎等形式来思考和“表达”。

“具象思维”主要采取表象、“喻象”、意象或叙述、描写、譬喻等形式来思考和“表达”。

两者都是“能动性”的人类较为熟练而“规则”地制造工具，掌握比较丰富的词汇和相对稳定的句法构造，理性能力相应发展的“产物”（过去有人说，具象思维是感性的、低级阶段的，抽象思维是理性的、高级阶段的，这不正确；有人还划分出什么“整体思维”“灵感思维”等，那也是不合逻辑的）。两者都有萌芽期、生成期、发展期，各时期的演进或“运用”自有侧重，也许不平衡、不对称、不均匀，但总是相反相成地交织着辩证发展的，具象思维有其逻辑规则，抽象思维必具形象依据，等等。

神话里潜藏着的思维方式、结构或规则，看起来以“具象思维”为主，“抽象思维”为辅，其实也有它严格的逻辑规则（或称“原逻辑”/“潜逻辑”），而且达到相当的“理性”水平，有人呼之为“神话思维”。

“具象”就是用“形象”来思考和描述。这是艺术创作、神话乃至做梦的重要特征，前人论述极多，毋庸赘述。弗洛伊德引据施莱尔马赫《心理学》的说法，清醒时的“思想活动用概念而不用形象”[①]；而梦，则“主要用形象来思维”（朗格阐释说，“思想变化而为形象”），而这是“不随意”的；而且，和神话相似，梦也往往怪诞，神秘，零乱。所以，精神—心理分析表明，神话是“集体的梦”，“梦”是神话发生的重要心理根源（参见“神话的发生·梦是个人的神话”一节），梦的研究也是原始思维研究的重要手段。

当然，神话与梦有根本的区别：神话是“清醒的梦”，潜藏着理性、集体无意识和历史性、哲理性的内容；而梦则主要是个人的，做梦时“不再能进行我们自觉有意的观念活动”（弗洛伊德），其形象完全地自发地涌现，而绝不是“有意的创作”，它的意义、价值、影响都要由心理学家来解析和“恢复”，其结果比“神话解读”分歧要大得多。神话则是人都能“接受”。

神话式思维的另一特征是相对缺乏（非情感性的）综合与概括。例如，有的原始性群团没有“天”和“天神”的观念，只有雷鬼、雨鬼、风鬼、月鬼、太阳鬼和各种各样的“灵”，“具象”压倒了“抽象”。原始思维也是这样相对缺乏抽象概念（抽象名词），数量的概念或“词”贫乏等（有些“原始

---

① ［奥］弗洛伊德：《释梦》，钱锺书、杨绛译，见霍尔等：《弗洛伊德心理学与西方文学》，包华富、陈昭全、杨梓橤译，湖南文艺出版社 1986 年版，第 115 页。

人”只会数“三”“四”,没有“五”以上的数字)。

但原始思维并非“无逻辑”,亦不仅为“前逻辑”(如列维-布留尔“集体表象”理论所持)。荣格说:“事实上,原始人并不比我们更具有逻辑性,也不比我们更缺乏逻辑性。”我们把灾难归因于自然,他们把灾难推源于超自然——“他们的先定观念与我们的不同,这就是他们与我们之间的区别[引案:却都在推绎“因果”]。”[①]这就不能不运用逻辑,不能没有“秩序”。

“神话(式)思维”的特征

比如说——

妈妈　爸爸
月亮　太阳
睡觉　打架
白天　黑夜

这些“名词”和“动词”都是刚诞生不久的人类对自己的“对象”或“行为”进行标识、“命名”(所谓“符号化”)的成果,可以用来指称或感叹;渐渐地,人类学会把它们简单地联系起来,组织起来,用不同搭配来构成“句子”,以表达他们的感受和想法(当然也就暗含他们的“推理”或“逻辑”)。

妈妈是月亮。
爸爸是太阳。
爸爸、妈妈睡觉。
爸爸、妈妈打架。
白天:爸爸、妈妈打架。

---

① [瑞士]荣格:《寻求灵魂的现代人》,苏克译,贵州人民出版社1987年版,第145页。

晚上:爸爸、妈妈睡觉。

这里有暗喻,有联想,有象征,甚至有“故事”的骨干,是把自然物与人“同化”(或者,像布留尔所说,“互渗”),亦即把自然力形象化、人格化、情绪化,所以是“神话”的滥觞。它看起来是“具象思维”,却有“语法”、结构和逻辑规则,暗藏着“抽象”或“推理”。

话语或故事都是活体,能够自我调节,自我反馈,自我生长,而且按照具象思维的惯性,总是朝鲜明、生动、有趣的“审美”方向发展。

妈妈是月亮。爸爸是太阳。

月亮本来也是太阳。

白天,她们一起出来玩耍。

天太热了。天上容不下两个太阳。

爸爸说:“白天,我出来,你睡觉;晚上,你出来,我睡觉。”

妈妈不愿意。白天比晚上好玩。

爸爸、妈妈打架。

爸爸力气大,一拳把妈妈的脸打出了血。

妈妈只好白天睡觉,晚上出来。

妈妈脸上的血淌光了,所以是白的。

妈妈成了晚上的月亮。

这是我们根据某些后进群团的神话断片重编的。可以看出,这是很有趣的“自然神话”。基本上是物象(名词)、“行为”(动词)或其特种“联系”(系词)。“句子”业已形成,不再单单是“命名”。“句法”构造简单,词汇比较贫乏(代词不是很丰富,形容词很少)。但已有了叙述、譬喻、象征、互渗或(随机)对位,“人格化”,基本是“具象思维”,是已成形的“神话”,是组织化的“经验”。

这里的随机对位或互渗,是很鲜明的。自然物具有“生命”,并且“同化”于人,人格化、人性化、人情化、人形化——而出之以“譬喻”或“象征”。

它的“对位”或“互渗”,是有根据而又主观臆想的(同样可以说“妈妈是太阳”,“爸爸是月亮”,等等,但不如阴阳分立“合理”),所以是随机的。

列维-斯特劳斯说,美洲有大量这一类的神话,“在语言对立(例如指称日月的词汇的阴、阳性)及其他方式——在宗教信仰、仪式、神话或传说中表现的对立之间,不存在自动的一致性”,而是多变的,随意的;“星球(包括日、月)的性别[辈分]很少处于一种绝对的状况”,其位序、功能、属性都可以“变换”,但“它们可以表达为下面的对立:明亮/黑暗、强光/弱光、热/冷等”,这就包含着秩序或规则。当然,仅仅提出“二元对立”的模式,“是不够的”。神话里的天体,以及被赋予的社会属性或人格以及“关系”,都是具体和多元的。但是神话科学家有可能为其构拟一个“近似模型”。“在这个模式里,每个神话的最初的和最后的状态都要符合多维空间,每一维提供一个参数,按照这个参数,以最佳方式对相同的语义功能的变化加以编排。”①他就此做过尝试,但是绝非完成。

博厄斯很注意原始人思维里类似的“拟人”冲动:“看起来,人自身的动能和一件物体的动能使原始人把人和可运动的物体划为同一范畴,从而把人的特质注入了运动中的客观世界。”②他认为,这主要是感官知觉或“情感”性反应所造成的“主观联想”,而绝不是他们的智力与“文明人”有什么根本的不同。这种截然不同类型的现象之间产生的数量众多的联想,表现在“自然现象与个人情感,社会群体与宗教观念,装饰艺术与象征意味”③等方面。

列维-斯特劳斯绝不否认故事结构里的“内容”(有时他说“结构就是内容”),也不否认“自然神话”的多重属性,包括神话“内容”的“情节”可能“从社会生活本身借取它的元素”,从而形成其“无意识的含义”与“情节

---

① [法]莱维-斯特劳斯:《结构人类学》(第2卷),俞宣孟、谢维扬、白信才译,上海译文出版社1999年版,第246页。

② [美]弗兰兹·博厄斯:《原始人的心智》,项龙、王星译,国际文化出版公司1989年版,第109页。

③ [美]弗兰兹·博厄斯:《原始人的心智》,项龙、王星译,国际文化出版公司1989年版,第129页。

的有意识的内容”之间(并非机械)的“一致性”[①]。然而,他告诫说:

> 神话思想并不企图赋予它们以意义——它只是通过它们来表达自己。[②]

这里又是充满着“诠释冲动”或探索欲望,充满着“原逻辑”,充满着随机性、象喻性的“语法规则”的,并不能仅仅解说为“缺乏对知觉做出逻辑解释的能力”。

“太阳”和“月亮”都是圆球状的“发光体”,行为都极有秩序而规则,构成“二元对立”,可为什么一个红、一个白,一个热、一个冷,一个白天出来、一个晚上出来,从不碰头或冲突呢?“明明暗暗,惟时何为?阴阳三合,何本何化?”(《楚辞·天问》)这就非思索、探讨一番不可。

太阳和月亮形状相似,行为类同,总是亲密的伙伴吧(夫/妻,父/母,兄/弟,姊/妹,或兄/妹,姊/弟,母/子,父/女,或其他)?他们神气活现地飞行在天上,大概是“长辈”或“大神”,认作“父/母”或“父/母神”还是合适的吧?太阳热,亮,大,强,像男人(进一步,认其为“阳”,为“阳刚”);月亮冷,暗,小,弱,像女人(这些都是相对的,也可以倒过来说)。看来,初民也知道男人的体格比女人强壮,爱女人也打女人;女人也反抗,但较常失败和屈服(大男子主义不是一朝一夕的事)。还颇有“历史感”。

这些显然都属于解释性或“原因论”的神话(Aetiological Myths),已经在编造“为什么如此的故事”(Why-So-Tales),接近所谓“哲学神话”的要求了,特别是它涉及“阳/阴,明/暗,日/夜”的对应关系。

它也具有“逻辑”或“科学”的萌芽:力图揭示日/月的关系,运行法则,暗藏的“冲突”,等等(有的神话说,月亮是太阳觉得“肿胀”,用力摔出去的一块,凉透了才变成白色;有的神话甚至说,逃跑的月亮,夜里“黑暗”得难

---

① [法]莱维-斯特劳斯:《结构人类学》(第2卷),俞宣孟、谢维扬、白信才译,上海译文出版社1999年版,第229页。

② [法]莱维-斯特劳斯:《结构人类学》(第2卷),俞宣孟、谢维扬、白信才译,上海译文出版社1999年版,第248页。

受，是休息的太阳“照”给她一点亮，才发光的。真令人惊愕不止）。因此，以“具象思维”出现的神话肯定有抽象或逻辑的要素。

福柯在《词与物》里说，“尚未有意识做好准备的眼睛会把某些画像编在一个组（引案：例如‘爸爸/太阳’，‘妈妈/月亮’），并在某种差异的基础上把其他的画像区分开来”。然而这里多少还是内在着“秩序”或“逻辑”的。“没有比在物中确立一个秩序的过程更具探索性、更具经验性。”而且——

> 事实上，即使对最幼稚的经验来说，任何相似性和区分都是适当操作的结果，都是应用一个初步标准的结果。一个“要素体系”（对相似性和差异借以能表明的那些部分做的限定，这些部分借以能受影响的种种变换，以及最后前有差异性，后有相似性的那个界限），对确立起最简单的秩序也是不可或缺的。[①]

这种初始的“要素体系”当然有此在的，也有他在的；有真实的，也有假想的；有“在场”的，也有“不在场”的。但总要有“秩序”，有“标准”（哪怕表面相似，只及一点不计其余）；不然无法把两项以上事物“联结”起来，不能组织“句子”，也就没有福柯所说的那种“较为确信的抑扬顿挫的语言”；当然，更没有“神话”。

这类神话还带着“巫术言语”（祝词）或“暴力话语”（咒语）的因素，因为月亮的“宵遁”带着“被迫”的意味，是并不心甘情愿的。她在夜空养精蓄锐，补足新鲜血液以后，是仍然要在白天出来玩耍的——那么天空就又有两个太阳。这就是那“日月神话”剧诗的第二幕。何况她们还会养孩子，那么天空就会有三个或九个太阳（自然学派把“多太阳”说成“幻日”的映象，社会学派则说是几个“太阳部落”冲突的反照）。“天空容不下两个（或两个以上的）太阳。”那样就得用“巫术言语”或“暴力话语”来安抚她

① ［法］福柯：《词与物》，莫伟民译，见俞吾金、吴晓明总主编，黄颂杰主编：《二十世纪哲学经典文本：欧洲大陆哲学卷》，复旦大学出版社 1999 年版，第 773—774 页。

们,诱骗她们,或诅咒她们,驱赶她们。最极端的就是唱诵“驱日”或“救日”的巫歌,或者表演后羿、赫拉克勒斯们射落多余太阳的神话(自然学派认为,这反映上古有个时期较今为热,也反映初民驱除旱热、改善气候的美好愿望)。它们都是有“意义”的,具有内在的“原逻辑”,都已经是“句子”,是“要素体系”,是语言。

列维-斯特劳斯则认为,这是一种具体感知性的“模拟式”(analogique)的思维。

> 野性的思维借助于形象的世界(imagines mundi)深化了自己的知识。它建立了各种与世界相象的心智系统,从而推进了对世界的理解。在这个意义上野性的思维可以说是一种模拟式的(analogique)思维。[①]

这种模拟式思维代表着原始认知的特征和水平。用列维-斯特劳斯的话来说,是“整合性”的(totalisance)。

恩斯特·卡西尔认为,这是一种“总体”(性)思维。“就神话想象而言,进入一个总合成物(引案:例如一体化的‘宇宙生命’)中的各个要素绝不会分离,而只能显示单一的未分割的总体。”[②]

所以,原始思维(尤其是“具象思维”里的神话式思维)不是不会“综合”,而是竭力追求“综合”,而且是采用“类似联想”(同果必同因)、“随机对位”或“同物相应”(like affects like),或借代(部分代表全体,pars pro-to)等等“特殊方式”或“修辞策略”去进行“综合”罢了(有人把这种原始“综合”叫作 bricolage,可译为“拼合”或“捏合”)。

卡西尔还认为,原始思维不善鉴别,不会分类,“他们的生命观是综合的,不是分析的”,其心理基础是一种“不可磨灭的生命一体化(Solidarity of

---

① [法]列维-斯特劳斯:《野性的思维》,李幼蒸译,商务印书馆 1987 年版,第 301 页。

② [德]恩斯特·卡西尔:《神话思维》,黄龙保、周振选译,中国社会科学出版社 1992 年版,第 52 页。

Life)观念”,它“沟通了多种多样形形色色的个别生命形式”[①]。神话式思维本质上是“具象思维”,是沟通生命/无生命的现象的“隐喻思维”。

这种原始的“泛生命主义”,或称为“宇宙生命一体化”。他还强调说,神话主要是情感而非理智的产物;就其思维形式而言,含着原始性的分析、抽象和拼合(仅仅以“和合性”来标识是不准确的),即所谓“总体(性)思维”;尽管幼稚,却并非毫无“综合”。

> 生命不被分解为类和次类[或译“亚类”],它被感受为一个不断的连续的全体,不容许任何清楚明晰和截然的区别。不同领域之间的限制并不是不能超越的障碍,它们是流动的和波荡的。不同生命领域之间并没有种类的区别。[②]

列维-布留尔把这种原始性的“拼合”或“对位”称为“互渗”。他认为,这种“互渗”先是由初民的生命感知、生命认同开始的:“部族、图腾、氏族的成员感到自己与其社会集团的神秘统一、与作为其图腾的那个动物或植物种的神秘统一、与梦魂的神秘统一、与丛林灵魂的神秘统一,等等。”[③]这就是感情性、直观性的“成形”表象,是与他自身共存、交织并且互渗的,“有极大情感性的表象”[④]。这种与原始精神生活或“灵魂”相联系的“表象”,逐渐地扩充到宇宙万物,表现为“生命一体化”。

神话里的“变形”

“具象⇌抽象”互动或对转的心理基础,就是前述的“宇宙生命一体

---

① [德]恩斯特·卡西尔:《人论》,甘阳译,上海译文出版社 1986 年版,第 105、98、104 页。

② [德]卡西尔:《论人·神话与宗教》,刘述先译,联经出版事业公司 1977 年版,第 93 页;参见[德]恩斯特·卡西尔:《神话思维》,黄龙保、周振选译,中国社会科学出版社 1992 年版,第 104 页;[德]恩斯特·卡西尔:《人论》,甘阳译,上海译文出版社 1986 年,第 104 页。

③ [法]列维-布留尔:《原始思维》,丁由译,商务印书馆 1981 年版,第 82—83 页。

④ [法]列维-布留尔:《原始思维》,丁由译,商务印书馆 1981 年版,第 82 页。

化”。这种整体与和合的“宇宙生命观”,显著特征之一是基于“同物相应”的“随机对位”和多米诺骨牌一般的连续“变化”(形状变了,“内容”“特性”和“行为”也跟着变)。“没有任何事物具有一定的、不变的和固定的形状。由一种突然的变形,一切事物可能转化为一切事物。”神话式思维里无物不可变。“如果神话世界有什么典型特点和突出特性的话,如果它有什么支配它的法则的话,那就是这种变形的法则。”①其典型标本,便是我们反复记述的“英雄神与水怪的化身斗法”②;一部《变形记》(奥维德),一部《西游记》,就可以让我们参透其间的秘密。而卡西尔认为,这种神话的“变形”(metamorphosis)往往是“生命总体”中“一种个别事件的记载”:反正都是生命,自然可以“从一个别的和具体的物质形式转变为另一形式”。诸如“宇宙系从海洋深处捞出来并按龟成形;地球成形于一种巨兽的躯体或飘浮在水面上的莲花:太阳由一块石头形成,人形成于石块或树木…… ”③

上面说的两部讲“变形”或“变化”的“再生态”神话故事书,都有英雄与“水怪”的冲突。

英雄(神)	水怪(神)
后羿	河伯
天王郎	河伯
赫拉克勒斯	河神
佛陀(或毗沙门天)	罗刹(等)
舍利佛	劳度叉(与水关系不明)

① [德]恩斯特·卡西尔:《人论》,甘阳译,上海译文出版社1986年版,第104页。

② 萧兵:《一个比较神话文学的尝试:英雄神与水怪的化身斗法——从后羿、天王郎、赫拉克里斯到二郎神、孙悟空》,载《中国比较文学》1987年第4期。

③ [德]恩斯特·卡西尔:《神话思维》,黄龙保、周振选译,中国社会科学出版社1992年版,第53页。

二郎神	江神
二郎神	孙悟空(无支祁)
二郎神	袁洪等
小沉香	二郎神
孙悟空	牛魔王

这已不限于几种书,但故事框架、人神属性,却是相通的。

它的图式是射手英雄神化形为某种动物,和(往往)化形为牛或水族的"水怪"(或水神),进行"化身斗法";其间还夹杂一个美女(宓妃、柳花、德阿尼拉、天神妻女、三圣母、铁扇公主),她往往是争夺的对象,战斗的起因。

这可以表述为:

英雄(神)	**为了女人**	**力斗水怪(或凶神)**
后羿	(河伯妻)洛嫔	河伯
天王郎	(河伯女)柳花	河伯
赫拉克勒斯	(公主)德阿尼拉	河神
二郎神	(神的)女儿	江神
孙悟空	(水怪妻)铁扇公主	牛魔王

江神要强娶李冰(二郎神的初型)的女儿,李冰就化牛下水与之死斗。孙悟空表面上不是为了铁扇公主(而为了公主的"精灵"芭蕉扇)而斗水怪,可他竟然变成牛魔王,大讨公主的"便宜",其"潜意识"的"卑鄙"可想而知(更隐蔽的不说它了)。这样就构成一个"三角":

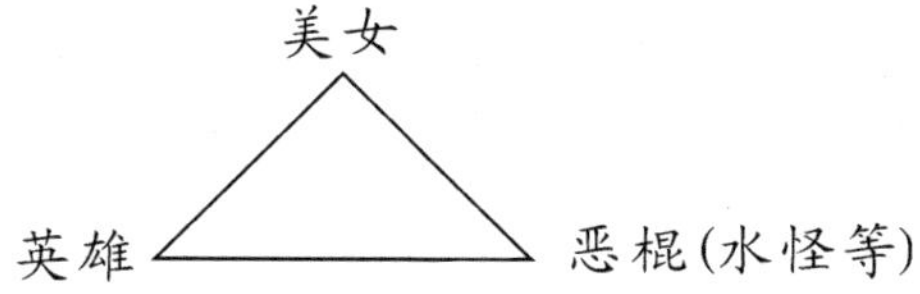

“起因”之美女是“顶点”,英雄/恶棍是底边的两端,是故事里的“对立方”——这难道不正是许多小说和戏剧,尤其是好莱坞西部电影故事的基本图式吗!弱女受到威胁,或者就是恶棍所钟情者,孤独的硬汉挺身而出,恶斗强人,救出了美女……这是参照结构主义和荣格—弗莱理论构拟出来的原型模式,贯穿着古神话和新神话。这里,无论英雄神抑或水怪,所变的动物或有“自然根据”(例如,牛多是水和丰饶的象征),也多少反映物种间的相生相尅,等等;但如果是连续地变下去,就很难有规律可循,似乎是蛮不讲理,爱怎么变就怎么变,“怎样都行”。像《庄子·至乐篇》所说的:“青宁生程,程生马,马生人。”简直是“无机拼合”,连“随机对位”都说不上(这也是原始性思维幼稚性、荒诞性的一种表现,恩格斯称之为“原始的愚蠢”或“原始谬论”)。它无非是一种“趣味横生”的象征讲述,但在根柢里却暗藏着初民的一种“秩序”观念,一种“比较”,一种“选择”,一种“分类”和“组合”的方式。表面看是任意的,其实在不同程度上“有序”或“合理”。像英雄所变动物总要“强”于水怪及其所变。高级形态的“连续性”化身斗法,如英雄神孙悟空对水怪牛魔王,就是“红方”变出比“蓝方”厉害的一物,“蓝方”再变出更厉害的一物,魔高一尺,道高一丈,反复较量,循环压服,直到“红方”变出最厉害的东西制服了“蓝方”为止。

这种“幻形”或“变化”,看似“无序”却“有序”,看似“任意”却又“有机”,它力图把握生物之间的强弱区别,生尅关系,直到在“生物圈”或“食物链”上的位次。像前举《庄子》所谓“青宁生程,程生马,马生人”等等,还涉及初民对物种产生和人类起源关系的思索。①

所以,我们反复强调,原始思维内在着具象与抽象、感性与理性、形象与逻辑的对立统一的发展。正如马林诺夫斯基所简括:任何原始社会都有很多知识宝藏,是以经验为基础,而被理性所修正的。②

---

① 萧兵:《一个比较神话文学的尝试:英雄神与水怪的化身斗法——从后羿、天王郎、赫拉克里斯到二郎神、孙悟空》,载《中国比较文学》1987 年第 4 期。

② B. Malinowski, *Myth in Primitive Psychology*(《原始心理学里的神话》),London,1926;见[英]马林诺夫斯基:《巫术科学宗教与神话》,李安宅译,商务印书馆 1936 年版,第 71 页。

列维-斯特劳斯的评价更“高”。他认为，无论静态的罗列抑或动态的变形，都包藏着“秩序”（故事元素“关系”或“结构”的基础）。如一位原住民思想家所说，“一切神圣事物都有其位置”。

> 使得它们成为神圣的东西就是各有其位，因为如果废除其位，哪怕只是在思想中，宇宙的整个秩序就会被摧毁。因此神圣事物由于占据着分配给它们的位置而有助于维持宇宙的秩序。[①]

位置可以变更。变换是正常。它们同样也体现“关系”或“秩序”。这虽然不是现代科学的“分类”或“系统化”，却潜藏着它的要求和尝试。“这类前科学的表现不仅有时或许会自然而然地成功，而且还可能既呈现出科学的性质，又预先显示出只有等到科学发展到高级阶段才会采用的方法或产生的结果……”[②]

神话是“前科学”，也是“潜科学”。

“原始思维”究竟是低级阶段的思维，“原生神话”到底是幼稚、简单、粗糙的“民间”文学，用马克思的话来说，它们是“劳动生产力处于低级发展阶段”的产物，是人与人、人与自然之间处于“狭隘”关系之时的产物[③]；它们“大都只有否定的经济基础”，人类此时获得的多是“关于自然界的虚假观念”[④]。

原始（性）的生产和科学水平，原始（性）的社会生活，都限制着原始思维的发展程度，神话的描写技术和艺术水准。然而其珍贵之处也正在于此：不但越简单、越古怪、越“混乱”的神话越真实，越接近“原始”；而且，越幼稚、越粗糙、越荒谬的神话，保存着越多“原始谬论”（恩格斯用语），越多

---

① ［法］列维-斯特劳斯：《野性的思维》，李幼蒸译，商务印书馆 1987 年版，第 14 页。

② ［法］列维-斯特劳斯：《野性的思维》，李幼蒸译，商务印书馆 1987 年版，第 16 页。

③ ［德］马克思：《资本论》，见中共中央马克思恩格斯列宁斯大林著作编译局编：《马克思恩格斯全集》（第 23 卷），人民出版社 1972 年版，第26 页。

④ ［德］恩格斯：《致施・康米特的信》，见中共中央马克思恩格斯列宁斯大林著作编译局编：《马克思恩格斯选集》（第 4 卷），人民出版社 1972 年版，第 484 页。

"原始思维"。这正像大卫·利明所陈述:"任何一个神话故事都是迷信和宗教真理的结合,是原始人的畏惧与对宇宙的理解的结合。"①

由以上简单的分析看出,体现在神话里的原始思维(有人称之为"神话式思维"),其主要特质为:

——它是文化发展低级阶段,特殊经验的理性产物,往往呈现为"群体表象"或"集体无意识";

——这种"表象"往往以感官可及的具体事象体现出来,一般采取感性或直观形态;

——其主要表达、讲述方式是隐喻或"象征"(象征是相对稳定的譬喻系统);

——作为"神话式思维",其结构或"语法"已初步形成,并寓于"幻想性故事"的内层,能够进行简单的自反馈,自组织,自调节;

——其潜在的"整合"手段,或所谓"原逻辑",是所谓"互渗","类似联想","随机对位",或"借代"(以部分代整体)等等;

——这说明,它已有幼稚的诠释、分析、归纳、演绎、推理等逻辑运作手段或程序;

——所以,它可能生长为经验形态的科学思维(易言之,其本身含有科学与哲学因素);

——就整体而言,它蕴涵,或者可能发展成艺术创造和审美思维。

"诗性哲学"与神话

我们可以借助这种"具象性"的"神话式思维",来考察某些早期的"诗

① [美]戴维·利明、埃德温·贝尔德:《神话学》,李培茱、何其敏、金泽译,上海人民出版社1990年版,第59页。

性哲学”，以证成“原始思维”里“具象⇌抽象”辩证的交织与发展，并且把它们看作“哲学史前史”的重要构成。最明显的是中国的《老子》。它的“道”，有如“大梵”（Brahman），与“逻各斯”一样是“最高概念”或“整体规律”，具有“至大”的普遍性、绝对性、无限性，在思维史的较早期就达成哲学的规模；然而它又没有完全摆脱它那“神话”式的具象性、具体性（或“高级经验形态”），而以“道路”、“语言”、“女阴”（玄牝）、“水”（谷神/河川）、“葫芦”（匏/朴）、“婴儿”等为“原型意象”（Archetype image），让它们与自己的范畴、概念、判断等互渗、互动，相互消长，相互涵化，从而证实着、炫耀着自身固有的诗性智慧（参看《老子的文化解读》）。而这，又反过来证明（神话式）具象思维对早期哲学的巨大影响。

更进一步说，希腊语的“神话”（mythos）的词根 μ（m, mu）本来就是“咕咕哝哝”或在祭仪上“言说”的意思，甚至是“神的言说”“上帝的言语”，和“Logos/道”的一个意义十分接近。[①]《圣经》说：“泰初有道（言），道（言）与上帝同在，道（言）就是上帝。”这些“最高概念”几乎是等值或对位的：

道/Logos/言（Word）/上帝（God）/神的言说/上帝的言语/神话（神的故事）

利明等据以指认，无论是西方的 Logos，中国的“道”，印度的“梵”（Brahman），都是“想象力的终极表达，即终极神话”[②]——“道成了肉身（神话，神话英雄），住在我们中间”。神话就是这样本质地蕴藏着哲学，涵化着哲学。

正像我们在“神话的发生”一章里所说，人类的探索欲和诠释欲是强大而无穷尽的；而且，越是早期，人们越是喜欢探索那些触目可见、触手皆

① ［美］戴维·利明，埃德温·贝尔德：《神话学》，李培茱、何其敏、金泽译，上海人民出版社 1990 年版，第 105 页。

② ［美］戴维·利明、埃德温·贝尔德：《神话学》，李培茱、何其敏、金泽译，上海人民出版社 1990 年版，第 105 页。

是的宇宙人生的大疑问，例如为什么有天地之分，日、月之行，人和万物是哪里来的，男女为什么有别，生物殊异变化和生死的原因……这些都不期然而然地涉及宇宙的根本、人生的终极、物种的进化、社会的成因，几乎都是早期诗人哲学家冥想苦思的大题目；“近水楼台先得月”，神话和神话里的“原哲学”乃至思维方式，最可能以“集体无意识”的“原型”潜藏在他们的头脑里，浮现在他们的作品中（这里还不说有意的移植和引用）。屈原《天问》：“上下未形，何由考之？/冥昭瞢暗，谁能极之？/冯翼惟象，何以识之？/明明暗暗，惟是何为？阴阳三合，何本何化？”追问的正是那些既属神话又系哲学的大问题。这也是《老子》说的：“玄之又玄，众妙之门。”这是人生归趋之根本，宇宙秘密的通道。然而此“门”，又正是神话性的“大母神”的根器：

> 玄牝之门，是谓天地根；
> 绵绵呵若存，用之不勤（堇）。

由神话的角度看来，这也是一种“道成肉身”，又把宇宙看作“母体”或“朴/匏/葫芦”等那样巨大无比的“容器”。

它的“通道”，“混沌/原气”或“生命力”的“通道”，正是女阴一般的“玄牝”。它充盈着温馨的“水”（实是神秘的“谷神”），不盈不竭，“为天下谿”，“湛兮似若存”，既滋养自己，又哺育万物（“道冲而用之或不盈，渊兮似万物之宗”）。可见，“神话式思维”与“理论性思维”，在早期的“诗性哲学”里，总是水乳交融般相互渗透的。

神话——情思的渊薮

如上所说，“神话”是一种原始的口头文学，当然具备文学特有的“语言形象性”或“诗意”。它是“神圣的”，却又是“世俗的”：如果不神圣，民众就不会珍视它；如果非世俗，公众也不会喜欢它。它是“神奇的”：“神”略指神圣、神秘、神玄，“奇”则是奇诞、奇妙、新奇——不然就不会引人入

胜,百听不厌。它具备文学“三种样式”的各自特性:

> 抒情诗:诗意(或洋溢的情思);
>
> 叙事诗(史诗):故事性(而且是充满幻想的故事);
>
> 戏剧诗:可展演性,奇妙而剧烈的冲突(还不说它的曲折离奇,跌宕起伏,充满出乎意料而又在情理之中的“构造”)。

它是幻想,却又是诗歌;它是“白日梦”(daydream),却又是“梦白日”;它是哲学,却又是艺术;它是“先史”,却又是“活物”。贾瓦哈拉尔·尼赫鲁写道:您说它是“虚构的历史”吧,是的,不错,但“只要不相信其中的事实,它们就会从一种异彩中发出新的美景,显示出花团锦簇的丰富想象力,并且其中还充满人类的教训”[①];您说它是“幻觉”或“臆想”吧,“我时常感觉奇怪,他们这些男女(案:指古代印度人)都是何等样的人,居然会使灿烂的梦境和美妙的幻想成为有形的东西,而且这些是他们从何种具有思维力和想象力的金矿中发掘出来的呢?”[②]

它肯定是充满活性的富矿,所蕴藏着的绝不仅仅是一两种珍稀而又光彩夺目的矿石。它可以提炼,升华,再造;但也可以不“提炼”,它本身就是一件件色彩鲜艳、形状瑰异的艺术品,可以在露天博物馆陈列,也可以摆在案头欣赏。

维柯称它为“诗性智慧”。

> 这些[异教]民族生下来就具有诗性……他们就叫作神学诗人,懂得天帝在预兆中所表达的天神语言。……他们的这门学问就叫作缪斯(Muse),即女诗神。[③]

---

① [印]贾瓦哈拉尔·尼赫鲁:《印度的发现》,齐文译,世界知识出版社1956年版,第86页。

② [印]贾瓦哈拉尔·尼赫鲁:《印度的发现》,齐文译,世界知识出版社1956年版,第86页。

③ [意]维柯:《新科学》,朱光潜译,人民文学出版社1987年版,第165页。

尼采《悲剧的诞生》哀叹“诸神死了”，哀叹神话的毁灭导致近代文化的衰微和萎靡。只有音乐能够拯救神话、悲剧和悲剧精神，像华格纳歌剧那样导致“悲剧神话”和英雄史诗的再生（当然，这种极端的浪漫主义英雄崇拜也导致了希特勒的出现）。

> 只有在希腊人那里，大自然才达到它的艺术欢呼，个体化原理的崩溃才成为一种艺术现象。……我们看到酒神和他的侍女们，看到酩酊醉汉阿尔基洛科斯，如同欧里庇得斯在《酒神侍者》中所描写的那样……日神走近了，用月桂枝轻轻触他，于是，醉卧者身上酒神和音乐的魔力似乎向四周迸发如画的焰火，这就是抒情诗，它的最高发展形式被称作悲剧和戏剧酒神颂。[①]

因此，卡西尔采纳普列考斯特等的见解说，神话作为文学，具有三个特征：既是“哲学”，又是“艺术”；具有戏剧的结构；富于情感或诗意。

> ——神话兼有一个理论的要素和艺术创造的要素；
> ——神话的世界乃是一个戏剧般的世界；
> ——一个关于各种活动、人物、冲突力量的世界；
> ——神话是情感的产物，它的情感背景使它的所有产品都染上了它自己所特有的色彩。[②]

它不但可讲述，可视听，也可“表演”。如上所说，神话常常在祭祀仪式上“展演”，讲述，为着“介绍”“证实”或“展示”仪式的内容和情景；也许仪式就是为了再现或演绎某一神话而举行。这样，两者因为“互补”而得益：既获得直观而又严肃的“真实性”，又获得娱人乐神的“游戏性”。

---

① ［德］尼采：《悲剧的诞生》，周国平译，生活・读书・新知三联书店 1986 年版，第 8、18 页。

② ［德］卡西尔：《人论・神话与宗教》，刘述先译，联经出版事业公司 1977 年版，第 93 页；见［德］恩斯特・卡西尔：《人论》，甘阳译，上海译文出版社 1985 年版，第 96—105 页。

群众性的欢乐

希腊的“酒神祭”，绝不仅仅是男女淆杂的狂饮暴食、酣歌腻舞。它还要讲述、再现狄俄倪索斯（Dioneyseus）的出生、丢弃、成长、死亡和复活，以及“酒神颂”（dithyrambus）成为希腊悲剧（tragoidia）的上源。就像亚里士多德《诗学》所说的那样，悲剧“是从酒神颂的临时口占发展出来的”[①]。狄俄倪索斯、萨提儿（Satyr）和罗马的潘神（Pan），这些和农牧、酒色相关的神都曾化形为放荡的公羊。而 tragoidia（“悲剧”的古写）本义就是“山羊之歌”。（详见《汉字与美学》）。

意大利的维柯在《新科学》里说过一句给人印象至深的话：最早的（异教）民族，都是些诗人。

苏美尔—巴比伦人、埃及人、印度人、中国人，希伯来人、波斯人，原来都是诗人，都是神话的烹调者兼美食家。斯太尔夫人说，哪怕是面孔严肃的希腊立法官和祭司，也会“把人们的迷信引导到一些纯粹是诗意的概念上去”（引案：屈原再造《九歌》，就用的这个办法）。

> 秘密祭礼、神谕、地狱等希腊神话里的一切，好像都是一个有自由选择能力的想象力的产物。可以说是画家和诗人利用了民间的信仰，把他们艺术的手段和奥秘放到了天国之中。通过宗教活动，他们把日常生活习惯提高到崇高的地位。[②]

这个情形真有些像英国作家罗斯金（Ruskin）说的：对于庸人，神话是鄙俗的；对于高尚者，神话却是崇高而华贵的。

中国，那活跃在东方和南方的民间《九歌》祭祀仪式，其中心是讲述、诵唱并表演男神女神的“好合”和少量“人神的恋爱”（见于《楚辞·九歌·山鬼》等）。“二湘”是湘山湘水的“配偶神”，湘君（舜）长驻九嶷山，湘夫人（女匽或娥英）滞留湘水，一年一度春风，牛郎织女般只能见一次

---

① ［古希腊］亚里士多德：《诗学》，罗念生译，人民文学出版社 1982 年版，第 14 页。

② ［法］斯太尔夫人：《论文学》，徐继曾译，人民文学出版社 1987 年版，第 44 页。

面；由于气候变化，江山远隔而失期，而相思，而怨望，才有《九歌》所叙写的那一段小小的悲欢离合或“喜剧诗”。表演它，就能够疗治神的“愤怒”和心灵创伤，“令沅湘兮无波，使江水兮安流”。七月七夕的“乞巧”，也是回溯牛郎织女勇敢的相恋和哀苦的离别，“迢迢牵牛星，皎皎河汉女……河汉清且浅，相去复几许？盈盈一水间，脉脉不得语”。祝福他们欢乐的相会，也能给人们带来幸福与丰盈，特别是让女人们有美满的婚姻和家庭（不然为什么“乞巧”为妇女之专祭呢）。“七月七日长生殿，夜半无人私语时。在天愿作比翼鸟，在地愿为连理枝”，神话就是这样赋仪式以哲思，又增婚恋以诗意。

别多会少知奈何，却忆从前恩爱多。
……
空将泪作雨滂沱，泪痕有尽愁无歇。
寄言织女若休叹，天地无情会相见；
犹胜嫦娥不嫁人，夜夜孤眠广寒殿。

（宋·张文潜：《七夕歌》）

有关神话的仪礼或歌诗，往往有美好的祝愿（所谓“积极的咒词”），其意即抚慰神祇使其快乐，并给人间带来福佑。但是，“社中饮酒不要钱，乐神打起长腰鼓；女儿带环着缦巾，欢笑捉郎神作主”（宋·沈辽：《踏盘曲》），祭祀的过程同时也是游戏的过程。正像祭神的酒肉全归人享受一样，娱神的欢乐始终为祭者所享有。“礼成兮会鼓，传芭兮代舞，姱女倡兮容与！”那祭礼者、歌舞者、击鼓传花者，不都是陶醉于其间的民众吗？“春兰兮秋菊，长无绝兮终古。”是祝神也是自祝，是娱人也是自娱。

台湾高山族阿美人每年都举行歌乐舞蹈的“收获祭”（ilisin），夜以继日，乐而不倦，如此，“诸神便会快活，同时，人们结婚也多半在这个时候”[①]，人和神都收获快乐。酬神、报神、乐神，根本上都是“人为”和“为

① 文崇一：《九歌中的水神与华南的龙舟赛神》，载《民族学研究所集刊》1961 年第 11 期，第 66 页。

人”的。广西壮族“在民间,有‘春歌祷祝丰年,秋歌酬神庆丰收’的说法。‘相传此[歌]圩一禁,则年谷不登,人畜瘟疫’(《龙州县志》)”[①]。《九歌》里交响着的就是人与神的欢乐,民俗与神话的“互动”,以及“两种生产”的丰收。就好像苗族的祭仪与庆典那样,“实际节岁有时兼祀神,而祀神后,又常交相歌舞以成配偶。并且歌以乐神的歌,又多是言男女之情”[②]。所以,《九歌》既是神歌又是人歌,既是巫歌又是情歌。“秋兰兮青青/绿叶兮紫茎/满堂兮美人/忽独与余兮目成!”正如鲁迅所指出的:“农人耕稼,岁无休时,递得余闲,则有报赛,举酒自劳,洁牲酬神,精神体质,两愉悦也。”[③]

神话,神话性的唱诵歌舞、祭仪戏剧,就是这样使生活欢天喜地,充满诗情画意。

赏奇能够排除庸凡

现代生活日趋“机械化”和“自动化”。可怕的电脑,无孔不入地侵入人类生活和工作的各个传统领地,包括最细微的“隐秘”和“私生活”。互联网,多媒体,机器人,有线电视与可视电话,多功能手机,外卖与快递,都能够把一个大活人封闭在斗室里,品味所谓“信息化生存”(就是足不出户,一切都由电脑或机器去支配,“传递”,指挥,送上门),让人退化为“电脑人”。诗歌,甚至小说、戏剧、电影,都已失去往昔的光荣,被“上帝”逐出了“伊甸园”。虽说是物极必反,静极思动,“现代化”的第二个高潮是“走出家门”,“接触活人”,但最受欢迎的仍然是能够引起“文化流感”和群众性歇斯底里的大规模活动。如足球、气功、歌会、摇奖、大甩卖、霹雳舞、“脱衣秀”。球星、歌星、笑星、影视明星、气功大师,接受“信徒”们的顶礼膜拜,填补“既忙又闲”的现代生活空虚,满足吃饱肚子撑得慌的“街头闲

① 潘其旭:《壮族“歌圩”的起源及其发展问题的探讨》,载《民族研究》1981 年第 1 期。

② 朱自清:《中国歌谣》,作家出版社 1957 年版,第 105 页。

③ 鲁迅:《破恶声论》,见鲁迅:《鲁迅全集 · 集外集拾遗补编》(第 8 卷),人民文学出版社 1981 年版,第 29 页。

汉”的“破坏欲”和“被奴役”的迫切要求——充满失落感和妒忌心，被遗弃、被冷落、被拍卖，却又自以为高雅的文人学士，就是这样描绘和诅咒现代精神生活的。但是，他们似乎没有注意到，现代人很欢迎“两极化”的“信息”：最真实的和最奇怪的。“真实”可以剥下一切虚假的欢乐和繁荣，“奇怪”则能够排除部分的卑俗与平庸。一方面，“报告文学”、“焦点访谈”、“大写真”、京味电影大行其道，并倍受欢迎；另一方面，各种趣闻逸事，海外奇谈，UFO、“野人”、尼斯湖怪、百慕大魔鬼三角、圆麦圈、大石阵、“水晶骷髅”、木乃伊、金字塔、沙漠古卷、死海秘本、水下考古，都在各种小报、影视专栏和“文摘”里反复报道，公众依然乐此不疲，兴趣盎然。在“初恋”都可以在电视上表演，爱情也可以在“情感超市”上拍卖或公开进行，“婚介”能够像种畜那样“速配”的时代，文化中一切能让公众信任、喜欢的“真实”与“荒诞”，都是极其珍贵的、难得的、无价的，看起来低俗、浮躁、浅薄，根子里却是求知的欲望。

优秀的神话和传说，大概属于后者。人类的求知欲、好奇心、诠释冲动，和爱好新异的孩子气一样，都在新的层面被调动起来。我们当然不要夸大其词，像“神话偏执狂”(mythomania)那样认为，神话的“复兴”，“神话宗教”的重建，不但能够疗治现代艺术的“堕落”与“颓靡”，而且能够以神话式“天人合一”等挽救被破坏的环境和严重失衡的生态，从而拯救一步步走向“世界末日”的新人类。神话绝不是起死回生的灵药或奥姆真理教那样的“救世主”。但是，作为文学的一个分支，重构的神话确实能够为机械的生活增添一些趣味，让疲惫的肉体得到一些休憩，为枯燥的心灵输入一些诗意。我们也许会为达芙妮拒绝阿波罗的追求而遗憾，会为“碧海青天夜夜心”的嫦娥而叹息，会为湘夫人的坚贞而落泪，就和我们早就被“爱情”遗忘在“角落”里，而又渴求“真纯”一样。

让人诗意地存在

这些充满诗意的同情心，渴望真情的探索，寻找美善的努力，都是人类最美好的情感，恰恰都为神话所特有。“少女可以为失去爱情而歌唱，守财奴却不能为失去钱财而唱歌。”（罗斯金）神话恰恰是“少女的梦，孩子的诗”。荣格说，人们的“集体无意识”心理，“有一股不可抑制的渴望，要把所有外界感觉经验同化为内在的心理事件”，神话与诗恰恰能够在审美的层面上让“物化”的现实“诗化”，让外在的事件“内化”，让平凡的史实“美化”——因为神话是“揭示灵魂性质的最早的最突出的心理现象”①。

将日常的、枯燥的、艰苦的或机械的生活“精神化”，赋予它以“诗”和“意义”，是神话创造最重要的心理契机。

乐蘅军说：

> 由于对生命的本能热爱，和冥觉到生命与它生存于其间的宇宙的休戚之情，原始人内心时时升起一种迫切的渴望，要想对它自己，和生活周遭的物理世界及人文世界赋以丰富的意义。这是人类心灵发出的第一个讯号。②

这样，人类就不仅仅是一种“物质的存在”，而且是一种“精神的存在”；人类在可感触的肉体之外，又有了可以抚摸的灵魂；人类逐渐从“仅仅是人的动物”，慢慢演进为“不仅仅是动物的人”。

> 自从有神话造作以后，人类就开始脱离仅仅茹毛饮血的动物性生存，而成为有理想的和有诗意的生灵；人类的生存才从匍匐于狭隘的平面，而有了精神的上升与下潜的幅度。因此古代神话的创作是人类从物质束缚中的解放，它表现的不单是智慧的运作，并且是热情的努力。③

---

① ［瑞士］荣格：《集体无意识和原型》，马士沂译，载《文艺理论译丛》1983 年第 1 期。

② 乐蘅军：《中国原始变形神话试探》，见乐蘅军：《古典小说散论》，纯文学出版社 1976 年版，第 2 页。

③ 乐蘅军：《中国原始变形神话试探》，见乐蘅军：《古典小说散论》，纯文学出版社 1976 年版，第 3 页。

少女的梦，孩子的诗

神话的童趣和天真，最可能使“理性”泛滥、情感僵硬的成年人所惊奇，所叹赏。人是哪里来呢？猴子变的。猴子怎么会变成人？原来，有一只勤劳而聪慧的猴子（冉必娃），爱上了一位“上帝的女儿”或公主，愤怒的未来岳父要它一夜之间在荆棘丛生的荒地上开辟出五百亩良田来，他只好冒险去偷盗被天帝垄断的“神火”来“烧地”，地是“烧”出来了，他身上猴毛也烧光啦（只有双手紧紧捂住的最要命的头顶、下部和胳肢窝，还残留一些毫毛）；于是，他变成一个俊美异常的小伙子，和漂亮的公主结了婚。这不是用极其有趣的方式讲述了猿人怎样通过掌握“火”，从而彻底“摆脱动物界”吗？可这真是羌族的神话（彝族也有表演“猴子‘进化’为人”的古傩戏《撮泰吉》）。还有人补充说，有些懒惰的猴子不开田，却坐在被冉必娃盗来的天火烧红的石头上看热闹，结果是什么呢？孩子们都深信不疑：不能变人的猴子的屁股，就是这样变红的。

老子渴求复归于婴儿。王国维发挥孟子和尼采的思想说：“诗人者，不失其赤子之心者也。”丧失童心和诗趣的是现代“文明人”“电脑人”。而马克思早在150年前就感受到神话和希腊古典艺术，能够像孩子那样温暖着早衰的父母的心灵。

> 一个成人不能再变成儿童，否则就变得稚气了。但是，儿童的天真不使他感到愉快吗？他自己不该努力在一个更高的阶梯上把自己的真实再现出来吗？在每一个时代，它的固有的性格不是在儿童的天性中纯真地复活着吗？[①]

所以，我们，我们的文学，不但常常渴望回归“野性”之美，而且渴望回归到儿童的快乐与无邪，希冀能够“在一个更高的阶梯上”再现自己曾经

① ［德］马克思：《〈政治经济学批判〉导言》，见中共中央马克思恩格斯列宁斯大林著作编译局编：《马克思恩格斯选集》（第2卷），人民出版社1972年版，第114页。

拥有的真实和天良。但愿我们对神话的赞美不要滑到理想主义和浪漫主义的泥潭里去。

与我们同时代的作家和诗人,也不时选择神话作为灵感的新泉和水源充沛的深井。《愚公移山》《大禹治水》《后羿射日》《嫦娥奔月》等一再被搬上舞台或屏幕。

杨炼的《礼魂》,大荒的《存愁》,江河的《太阳及其反光》,赵恺的《命运三部曲》,等等,都基本上是神话意象的演绎与再造。这也许有如卡西尔的《语言与神话》所说:“抒情诗肇基于神话动机,甚至最上乘最纯粹的作品,都和神话有密切关联。”因为神话和诗都是“隐喻”,都是用幻想力联系一切、穿透一切、洞悉一切的生命力量。[①] 由此扩大开来,就像德国语言学家赫尔德尔所说的那样:“在我们的世界里,所有较高文化的种子,都可追到宗教(包括神话)的传统,无论是文字的还是口头的。”

我们有权利,也有理由要求“再造”或“重建”神话的作家,能够像外国的劳斯、斯威布、布尔芬奇,中国的郑振铎、袁坷那样把前人留给我们片断零散紊乱的“文本”改写得更加优美、动人、深入浅出一些。神话本来就是很有趣、很好玩的东西(不然小孩子就不会爱听爱读神话了)——我们绝不“忌讳”大量叙事作品那游戏、消遣的功能。就连我们的神话学研究论著都应该写得通俗生动、奇峰叠起、妙趣天成。我们曾希望当代的“文学人类学”(它以民俗神话传说研究为重心)既要走向“人类”,又要回归“文学”[②]——“回归”(return)的一个意思就是让我们的研究“文本”,能够多少像《金枝》那样恢复文学,特别是神话的本性,读起来好玩、轻松、有趣,又尽可能地耐人咀嚼,发人深思,回味无穷。

我们曾经揭示过一个有趣味的现象:现代中国研究神话的学者群多数兼为作家或诗人——鲁迅、郭沫若、茅盾、闻一多、郑振铎、陈梦家、台静农、钟敬文、王梦鸥……也许只有主要把神话传说当作“史料”来复原或批判

① 裘小龙:《传统神话的否定——评戈尔丁的一组小说》,载《外国文学研究》1985 年第 2 期。

② 萧兵:《文学人类学:走向人类,回归文学》,载《文艺研究》1998 年第 1 期。

的“史语所”《集刊》和《古史辨》一派的学者例外，他们的“理性”、历史感和考据癖太强了。而神话和神话学却产自同一母体。您说，《楚辞·天问》《山海经》和赫西俄德《神谱》是神话还是神话学呢？

普列斯考特（F. C. Prescott）说，“神话”是文学的“总汇”或“总体”（mass），近世和现代诗歌从中“分化”出来并且“特化”起来[①]（当代神话学越来越深奥、晦涩、枯燥，也很容易由于“封闭”“提纯”“拔高”而“特化”而“老化”，从而葬送自己，因为消解了神话也就谋杀了神话学）。

从这里也可以看出，作为原始的诗，神话的内容无论侧重于“事理”“伦理”或“情理”，无论怎样做人为的划分，首先是一种“美”，它的“真”（事理），它的“善”（伦理），也首先统一于“美”（情理）。我们在研究和解释神话的时候固然想“透析”它的各个层次、各个侧面，但是，首先要把它当作一种“美”（通过“幻想故事”来展开的语言形象）来整体地、总体地体验和把握。

理查德·蔡斯是提倡所谓“创造性文学”靠近或回归神话的，但他反对强加给神话过多的“哲学”负载，而回到古典的神话定义上去：“神话是故事，神话是叙述性或诗性文学。它无须比任何其他文学类别更富于哲学意义。”[②]它是“认知系统”，是“思想体系”，是“生存方式”，别的艺术也一样。神话和科学对列。“神话与科学相辅相成，各自满足不同需要。”现代人不再需要对神话的浪漫主义崇拜和感伤主义眷恋，也不再满足把神话当作浸泡着福尔马林的尸体来脔割。

我们希望，“神话学”不满足于充当人类学或哲学的一个分支，希望她能够像神话本身整体地、直观地，因而也是审美地把握与反映现实那样，成为一门美学，特别是像中国的诗词曲话那样成为充满情趣、机智、幽默和灵感的“鉴赏学”[③]。“理论直观原先本是美学直观，美学是第一哲学（Prima

---

① F. C. Prescott, *Poetry and Myth*（《诗歌与神话》），New York，1927. p. 10；见［美］李达三：《比较文学的新方向》，联经出版事业公司 1984 年版，第 280—282 页。

② ［美］理查德·蔡斯：《神话研究概说》，见［美］约翰·维克雷编：《神话与文学》，潘国庆、杨小洪、方永德等译，上海文艺出版社 1995 年版，第 13 页。

③ 萧兵：《中国的潜美学》，载《读书》1984 年第 11 期。

philosphia)。”(费尔巴哈)神话学和民俗学,都是一种很特殊的科学,既是“描写人类学”,又是“理论人类学”,还是“诗学人类学”;它既要求理论的规模、模式的推导、规律的抽绎,也要求灵魂的开掘、语境的描写、故事的再造,还希望能够充满作者的兴会、个性与机灵。

“现代性”的一个灵感泉源

这样,我们在“现代性”极其强烈的著名杰作里发现神话的身影和情思,就不是奇怪的事情。弗雷泽(James Frazer)的民俗文学巨著被当成英语文学的范本。卡夫卡的《变形记》,灵感和标题都来自奥维德;乔伊斯的《尤利西斯》,借用了荷马史诗的大名。鲁迅的《故事新编》里有好几篇以神话传说为题材。苏联的卡里姆荣膺列宁奖金的剧本《普罗米修斯,别扔掉火种》,以极富想象力和戏剧性的场景再现并诠释了希腊神话。诺思罗普·弗莱说:

> 这个时代产生了韩波的地狱和里尔克的天堂,卡夫卡的城堡和詹姆士的象牙塔,叶芝的“旋转”和普鲁斯特的两性体,艾略特作品关于基督教死去的神的象征主义,[托马斯]曼的约瑟甫研究中对《旧约》详尽的运用。这个时代又是一个辉煌的神话时代。①

因为,不但“神话创作者的心灵是原型(archetype)”,任何一个时代诗人的心灵,在本质上都必然是,必须是“神话时代的心灵”(弗莱)。

没有诗意的激情,感受的欲望,没有想象力,辩才和认同蛮荒、野性和童趣的勇敢和智慧,是很难当好一个神话学家的。我们不能不一再强调,情感的、戏剧的、象征的神话世界,如卡西尔所说,“兼有一个理论的要素和艺术创造的要素”。大卫·利明等指出:“这些[神话]故事的终极意义

① 裘小龙:《传统神话的否定——评戈尔丁的一组小说》,载《外国文学研究》1985 年第 2 期。

在于其心理学的意义,而非其具体的形象。这些故事只有当它们作为隐喻起作用时才是神话,即它们表达了某些只可意会却难以言传的东西。”①对它的领会要靠心灵的感受而非言语的授受,就像音乐,有如列维-斯特劳斯所揭示的:“音乐和神话都以实在的物象出现在人们面前,然而只有它们的影子才是真实的。”

神话——民族的灵魂

德国的谢林在他的《艺术哲学》里不无夸张地说:有神话才有民族。他的原话是:

> 一个民族是有了神话以后才开始存在的……它的思想的一致性——亦即集体的哲学,表现在它的神话里面;因此,它的神话,包含了民族的命运。

与现代心理学派所谓“群体意识”相似,谢林认为,神话以“集体的哲学”负载着民族的灵魂,直到“命运”。

我们觉得,“民族”(nation,或 folk 或 people)是历史范畴。“民族”的形成与自然环境、社会条件以及它自身的历史-文化发展分不开,仅仅用单个的指标很难界定“民族”或“民族的特征”。

“民族”定义或界说争论较大。在马克思主义学界争论尤大。我们当然无法介入这种争论。只能说,在中国,大约在 20 世纪 80 年代,民族学与历史学界的看法渐趋一致:“民族”是历史上“人们的共同体”,有广狭两义与古今之分,其划分大致是:

---

① [美]戴维·利明、[美]埃德温·贝尔德:《神话学》,李培茱、何其敏、金泽译,上海人民出版社 1990 年版,第 103 页。

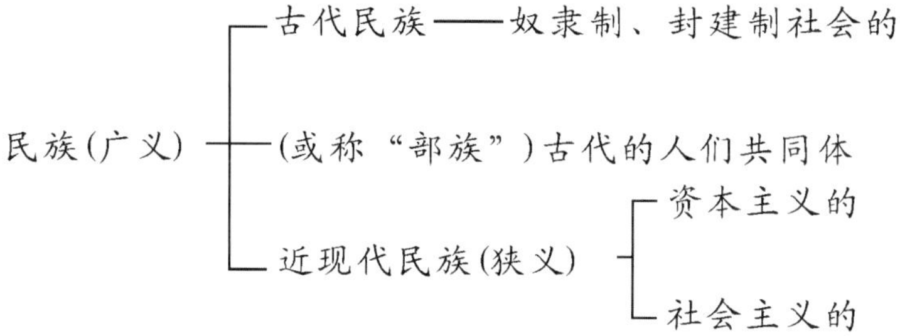

民族(广义)
- 古代民族——奴隶制、封建制社会的(或称“部族”)古代的人们共同体
- 近现代民族(狭义)
  - 资本主义的
  - 社会主义的

我们一般使用的是广义的“民族”。

狭义“民族”接近于“民族国家”的意思。

西方作家使用“民族”一词,往往牵连着“血缘”,即“种族”(race)因素。像《牛津英语词典》(1961 年版)的“民族”定义是:

> 由血统、语言、历史等因素紧紧联系在一起的广泛的人们共同体。

种族和民族当然截然不同。一个种族(如高加索人种)可以包括好几个民族,也可以分属好几个民族(例如英格兰、法兰西、德意志等)。但在特定语境中,讲到民族或民族性格时,也要考虑种族因素。

我们认为,可以参照恩格斯《法兰克时代》的论述①,参照“共同经济生活”以外的斯大林“三要素”学说和中外学者的论述,把“民族”看作具有以下特征的相对稳定的人类“历史-文化”共同体:

> (1)相对紧密的血缘联系或混血关系;
>
> (2)以及更多见的,也许是虚拟或传说的“共同世系”(不一定是“实际的亲属关系”);
>
> (3)地缘联系,或“共同的疆域”;
>
> (4)“共同的历史”,或神话、传说;

① [德]恩格斯:《法兰克时代》,见中共中央马克思恩格斯列宁斯大林著作编译局编:《马克思恩格斯全集》(第 19 卷),人民出版社 1972 年版,第 504 页。

(5)“共同的语言”，或“语言文字”（例如，“书同文”在华夏—汉民族形成上就有极大作用）；

(6)“表现于文化上的共同心理状态”，亦即所谓“（民族）文化性格–心理”。

这样，就有(2)(4)(6)和神话、传说有牵连。特别是，在民族诞育期，文字尚未产生或不成熟，考察“民族”的先史和正在形成的“文化性格–心理”，主要得依靠神话、传说。谢林的话，可以在此条件下理解。

所谓“群体表象”或“集体无意识”，早在“民族”产生以前的氏族、部落等原始群团及其宗教、民俗、神话、传说里强大地存在着，影响甚至决定他们的性格、心理、意志直至行为，后来便随着更大的“集团”“联盟”或“共同体”的成立，逐渐汇聚并茁长着所谓“系统神话”以及“民族文化心理”，以致许多民族的性格与心态显得多样而且矛盾，甚至于形成期的“民族”也有这种情形。这并不是坏事，有时能造成民族及其文化和性格的丰富性与多样性。如恩格斯所指明的：“政治上形成的不同的民族往往包含有某些异族成分，这些异族成分同它们的邻人建立关系，使过于单一的民族性格具有多样性。”①

实在只是出于研究上的便利，人们才把神话传说之性格与文化心理研究的重点，放在“民族”之上。因为，性格–文化心理和“（民族）语言”都是相对鲜明的民族特征，而神话或“共同的宗教观念”又是民族性格–文化心理的集中体现和古老源头。有一点儿像谢林，斯宾格勒不无夸大地说：“‘民族’是一种心灵的单位。历史上的许多伟大事件实际上不是民族所做成的；那些事件本身创造了民族。每一种行动都改变行动者的心灵。”②这些“事件”或“行动”，当然包括神话、史诗里祖先和英雄的业绩。麦克斯·缪勒更是发挥了谢林那“令人吃惊”的思想，突出了宗教–神话在“民

① ［德］恩格斯：《工人阶级同波兰有什么关系?》，见中共中央马克思恩格斯列宁斯大林著作编译局编：《马克思恩格斯全集》（第16卷），人民出版社1972年版，第176页。

② ［德］斯宾格勒：《西方的没落》，齐世荣、田农、林传鼎等译，商务印书馆1991年版，第208页。

族”组成里的地位:“形成民族的是语言和宗教这两个因素,而宗教比语言的力量更大。”[①]理由是有些人群说同一语言的方言,却从来没有结合为“民族”。是“共同崇拜一个神或几个神”,才使他们产生“整体感”或“民族认同感”这一“高级的感情”。摩尔根、恩格斯也把“有共同的宗教观念(神话)和崇拜仪式”列为印第安人的重要组织原则;雅典人也类似:“共同的宗教节日和祭司的祀奉一定的神的特权。这种神被假想为氏族的祖先,并用独特的别名表明这种地位。”[②]这些都可以看作民族和民族性格形成的“先导”。缪勒更强调,希腊人之中“方言”差别极大,他们还常常被“分而治之”,可是仍然保持“民族整体感”。是什么力量促成的呢?“是他们的原始宗教,是他们对远古以来共同效忠的诸神和人的伟大之父的模糊回忆,是他们对多多纳的古代宙斯(全希腊的宙斯)的信仰。”[③]犹太民族更由于信仰耶和华而一直“结合”在一起。为此,缪勒还引了黑格尔的话:“神的观念是民族形成的基础。”

那什么是中华民族绝大多数人自我意识到的整体感或共同历史-文化心理或普遍信念呢?(1)炎黄子孙;(2)龙的传人;(3)盘古或羲娲的远近后裔……而这几乎都是神话或神话性信仰。(参看《龙凤龟麟:中国古代四大灵物探研》等)。

历史只记录发生过的事情(除了个别的伪造可附会之外),神话传说则讲述可能发生、已经发生乃至希望其发生、想象其发生的故事,所以在某些情况下,比史书、文献更能反照出民族的欢乐、痛苦、意志、愿望、性格、心理、理想和价值观,亦即“民族的灵魂”。

中国或华夏—汉民族,历史十分悠久,史学过分发达,许多的神话都太早地“传说化”,传说又迅疾地“历史化”,除了上述九项之外,剩余的原生

---

① [英]麦克斯·缪勒:《宗教学导论》,陈观胜、李培茱译,上海人民出版社 1989 年版,第 61 页。

② [德]恩格斯:《家庭、私有制和国家的起源》,见中共中央马克思恩格斯列宁斯大林著作编译局编:《马克思恩格斯选集》(第 4 卷),人民出版社 1972 年版,第 95 页。

③ [英]麦克斯·缪勒:《宗教学导论》,陈观胜、李培茱译,上海人民出版社 1989 年版,第 62 页。

态、次生态神话就弥足珍贵，在观照民族文化-性格心理之上更显得光彩夺目，有助于人们阐疑索隐，烛幽洞微。我们一般认为，中国人以“中庸”为主流哲学，拿“中和”作美学理想，看起来平和、坚忍、忠顺，不到饿死的边缘绝不会揭竿而起，不逼到墙角绝不会拔刀相向。但是，神话里“刑天”却在断头流血以后仍然与帝争神。《楚辞·天问》也说：“中央共牧，后何怒？/蜂蛾微命，力何固？”陶渊明因而写下警句：“刑天舞干戚，猛志固常在。”得到硬骨头的鲁迅的赞赏：陶彭泽并不总是飘飘然地“采菊东篱下，悠然见南山”，也绝不仅是想变成好妹妹的丝袜，贴在人家脚上要怎样就怎样；他也有金刚怒目、锋芒毕露的一面，与“天行健，君子以自强不息”的阳刚之气相表里。语云：“愤怒出诗人。”在中国，却往往是“神话出愤怒”。苦难深重的中国人的悲愤怨毒之气在诗歌里大部分被“怨而不怒，哀而不伤”中和掉了。然而在神话里，人们却常常能感受后羿射日的英武、愚公移山的坚忍、大禹治水的执着、精卫填海的怒恨。所以，神话往往更能显露民族隐蔽的心灵，因而也是更真实、更沉郁、更强大的心灵，或“心灵的历史”。

列维-布留尔说，神话对于初民或古人来说，是一种“实在”，一种“力场”，一种“号角”。甚至于仅仅是故事里的“词”，那些“表现了神话中描写的集体观念的词”，例如常见的“血水”“光箭”“历险”“试炼”“原罪”“救赎”，乃至“洪水猛兽”“同仇敌忾”等，对于原始人，都是“神秘的实在”，而“其中每一个实在又决定着一个力场”。仅仅“从情感上看，就是听神话……他们在神话中听到的东西在他们身上唤起了一种和声的全音域”[①]，因为这是他们所属的“群团”集体的号呼、集体的召唤（后来逐渐集合并生长为“民族的灵魂”）；而现代的“文明人”往往听不到这些号音，这些“和弦”，尽管在一定时空条件下，他们也会跟着这些“听不见的鼓号”齐步前进。“此情只可成追忆”，神话是民族最美好的反思。这有些像德里达说的：“历史上的一种哲学都是对记忆的一种解释。”神话既是民族的记忆，又是集体无意识对这种记忆的形象解释和哲学反思。

① ［法］列维-布留尔：《原始思维》，丁由译，商务印书馆1981年版，第436页。

一个样板——体现希腊精神的神话

希腊喜剧作家阿那山德列都斯(Anaxandrides)怀着骄傲和“偏见”说出的一席话,最能体现“民族”宗教-神话文化心理结构中性格与旨趣的不同。他对埃及人演说道:

> 我不适合于你们的社会,我们的道德和法律不一致:你们崇拜牛,我拿牛来祭神;在你们,鳗鱼是一位大神,在我却是一味佳肴;你们见了猪肉就怕,我吃得津津有味;你们崇拜狗,我只要它咬去一块点心就打它;你们见了一只猫有毛病就发慌,我正中下怀,把它剥下皮来……①

其实,希腊人何尝不是“万物有灵论”者,何尝没有过“动物崇拜”呢?他们的许多大神与埃及的神有承袭关系,而且同样有动物的“化身”或“化形”。

只是环境较为艰苦,生活比较单纯,又很快发展起海上工商业,好勇斗狠的希腊人,较快地发展起以“人”为“主体”,又努力与自然相抗争的世界观,他们的宗教-神话以及性格-文化心理逐渐向“求真”和“审美”的方向发展,所以,他们的神(乃至动植物)大多人性十足,人情味浓厚,和人一样多情、活泼、贪得、嫉妒……单纯的迷信、动物崇拜等较早消退,较早淡出。

斯太尔夫人讲到希腊的雕刻艺术与神话时说,在那里,“人体现着大自然”,而“大自然也占据了人”②,那里是一片活泼的生机,一片欢声笑语。“他们那些接近于人而又总是超出于人的众神,为各种类型的图景提供了形式的雅与美。”③丹纳则说,“一个民族只要能在自然景物中体会到神妙

---

① [德]费尔巴哈:《宗教的本质》,王太庆译,人民出版社 1953 年版,第 43 页。

② [法]斯太尔夫人:《德国的文学与艺术》,丁世中译,人民文学出版社 1981 年版,第 48 页。

③ [法]斯太尔夫人:《德国的文学与艺术》,丁世中译,人民文学出版社 1981 年版,第 8 页。

的生命,就不难辨别产生神的自然背景"[1]。特别是当自然的"生命"与人的情思发生"互渗"并且交流的时候,神话的"人性的光辉"和美立即就闪耀出来。

这,既是希腊精神的产品,又是希腊性格的反映。有如丹皮尔所说:

> 从古希腊神话的神身上,我们得到一种从别处得不到的对于希腊人的气质的认识。我们可以看到这个种族虽然也虚伪、自负,或许还放荡不羁,但是却有美的感觉,生活乐天,对人热情,充分表现出他们是一个勇敢善战,生气勃勃,胸怀坦白的战胜的民族;这个民族具有异常聪颖的禀赋,生长在风光明丽的国土中……[2]

吉尔伯特·默雷论述希腊那"人性的神"说:

> 它们是艺术家的美梦、理想和寓言;它们是超越他们自己的象征:他们是半信半疑的传说中的神,是无意中假托的神……[3]

他们并不要求别人把神当作"真"的或不可侵犯的至圣,他们只是美好的"想象力"和巧妙的"象征"的产物,他们简直把神当作艺术品来鉴赏。特别是神像雕塑,虽是"偶像",却没有思维健全的人成心去毁坏它们,从而,"这神的本身,当被想象[被塑造]的时候,并不是那个实体,而只是帮助想象那实体所用的标帜"[4]。贾·尼赫鲁认为,最初印度教的神也具有

---

① [法]丹纳:《艺术哲学》,傅雷译,人民文学出版社 1986 年版,第 323 页。

② [英]W. C. 丹皮尔:《科学史及其与哲学和宗教的关系》,李珩译,商务印书馆 1975 年版,第 42—43 页。

③ Gilbert Murray, *Five Stages of Greek Religion*(《希腊宗教的五个阶段》),London p. 76;见[印度]贾瓦哈拉尔·尼赫鲁:《印度的发现》,齐文译,世界知识出版社 1956 年版,第 121 页。

④ [印度]贾瓦哈拉尔·尼赫鲁:《印度的发现》,齐文译,世界知识出版社 1956 年版,第 121 页。

希腊神、中国神那样的审美特性。《吠陀》(*Veda*)里,“早期的充满着世界的外观,大自然的美妙和神秘,还洋溢着人生乐趣和活泼的生机。男神女神,像奥林匹斯的诸神一样,是很有人性的,他们是被假想为来到世间与一切男女们掺合在一起的;人神之间并无严格而固定的界限”[①]。只是印度的神后来被宗教化、哲理化了。

中国神话的“人间相”

中国的神话和自然宗教,中国的神,则更加是人间的,这种“人间性”绝不仅仅是希腊神祇那样“拟人化”(anthropmorphism),甚至也不能简单地叫作“人类中心主义”(anthropocentrism),比较准确的表述是“人本位”。

《礼记·郊特牲篇》说,祖先有贡献就可以“配天”“配上帝”,成为“神”,成为“报本返始”的“感恩祭”的对象。《国语·鲁语》举出——

舜勤民事而野死,
鲧鄣洪水而殛死,
冥勤其官而水死,
稷勤百谷而山死。

这些伟大祖先或文化英雄都成了新的“神”。因为他们有功于世,有益于民;百姓知恩必报,“先王之制祀也,法施于民则祀之,以死勤事则祀之,能御大灾则祀之,能捍大患则祀之”(同上)。《淮南子·泛论训》更说,即令是人造的器物或工具,只要有用,都可以受到祭祀,例如井、灶、门、户、箕、帚、臼、杵等,都可以成“神”(实际上,民间确有烦琐的“器具神”),“非以其‘神’为能飨之也”,而是因为他们减轻人们的劳动与苦辛,提高了工作和生活的效率,“是故以时见其德,所以不忘其功也”。至于山川水土,

① [印度]贾瓦哈拉尔·尼赫鲁:《印度的发现》,齐文译,世界知识出版社1956年版,第91页。

只要它们“为人民服务”，为世界做了好事，同样能够成为神，而且绝不仅仅是自然的神。例如高山大河，“触石而出，肤寸而合，不崇朝而[遍]雨天下者，惟太山；赤地三年而不绝流，泽及百里而润草木者，惟江河也：是以天子秩而祭之”。

某些自然神，也可能“回归”为“人文神”，或者和祖先神、英雄神发生新的黏合。例如“炎帝”，本来是火神、太阳神（参见《白虎通义》等），后来不但成为羌人始祖，华夏-汉人近亲，而且成为“火田狩兽”或“刀耕火种”的烈山氏、神农氏，完全“功能化”了，而且惠及子孙，保持了“服务”的宗旨：“昔烈山氏之有天下也，其子曰柱（稷神），能植百谷百蔬；夏之兴也，后稷继之，故祀以为稷。”（《淮南子·泛论训》）

我们在《中庸的文化省察》里论述过，早期中国人所处的自然环境是严峻的，必须坚苦劳作，“一颗汗珠摔八瓣”，终日“面朝黄土背朝天”，才能糊口，绝不像两河流域、尼罗河之国和南亚次大陆那样得天独厚，也不像希腊诸岛那样单纯；但是，中国人的处境，又不是酷劣到像极地、荒山、沙漠那样简直无法生存，只要不怕“锄禾日当午，汗滴禾下土”，一滴汗水就会有一分收获。所以，养成对人、对人力的倚赖与敬重，从而培养出许多以人力“战胜”自然和自然灾害的神，以“人文”改造“自然”的神。如尉天聪所说：“中国古代的神其所以为神者，实因为他是文明再造之祖。”[①]从而再次证明神话可以“传达全民族的经验，及其共同感情与认识”[②]。

这种观念完全是功利主义的；其升华，就是人文的、人本的精神。中国人的祖先神话，“文化英雄”（culture hero）神话特别多，有如论者所说：希腊人把神当作人，中国人把人当作神。立足点、出发点都不同。所以，中国神话和传说极难区分，神话的“传说性”很强，或者说神话被迅疾地传说化。鲁迅论“传说”有云：“传说之所道，或为神性之人，或为古英雄，其奇

① 尉天聪：《中国古代神话的精神》，见陈慧桦、古添洪编：《从神话到比较文学》，东大图书公司1977年版，第243页。

② 尉天聪：《中国古代神话的精神》，见陈慧桦、古添洪编：《从神话到比较文学》，东大图书公司1977年版，第242页。

才异能英勇凡人所不及,而由于天授,或有天相者。”[①]不错。但如果把这些英雄传说、祖先传说从中国神话里剥离出来的话,那中国的(能成“故事”的)神话就剩下不多了,纯粹的“自然神话”本来就极少。有如鲁迅所说:“华土之民,先居黄土流域,颇乏天惠,其生也勤,故重实际而黜玄想,不能更集古传以成大文。”[②]加上书写文具的繁重,文字的简约而又难于掌握,流传下来的有记录的“神话”大都短小、凌乱而又纷杂。

鲁迅甚至想用“神/鬼不分”,亦即“神话/传说不分”来解释中国神话不发达,保存者又零散、片断的原因。“中国旧时天神、地祇,人鬼,往往淆杂,则原始的信仰存于传说者,日出不穷,于是旧者僵死,后人无从而知。”[③]原生的“自然神话”自我增殖的力量太弱,不进则退,又为“传说”所取代,慢慢零落,甚至消亡,保存者极少。而所谓“新神话”往往与仙话、鬼话厮混在一起,而且常和民间粗俗的迷信拉拉扯扯,看起来邋里邋遢,“更无光焰”也。而且,即令是原生态神话,“传说化”的程度也很深,许多神话都和“五帝”以及后起的“三皇”的事迹黏附、混杂,又逐渐地“历史化”起来。(司马迁倒是把“神话”与“传说”做了区别,他暗示,“五帝”时代主要是“传说”,此前是神话,此后是“正史”)。

所以,我们说世界上最有代表性的神话走向三条路:

古代希腊——文学化

古代印度——宗教化

古代中国——历史化[④]

这三条演化的道路是有代表性的,世界上许多重要的民族神话大致上可以分别纳入这三条道路,这与他们所处的自然-人文环境、历史条件,特

① 鲁迅:《中国小说史略》,人民文学出版社 1973 年版,第 12 页。

② 鲁迅:《中国小说史略》,人民文学出版社 1973 年版,第 13 页。

③ 鲁迅:《中国小说的历史的变迁》,见鲁迅:《中国小说史略》,人民文学出版社 1973 年版,第 271 页。

④ 萧兵:《中国神话与中国文化》,载《民间文艺集刊》1988 年第 1 期。

别是性格-文化心理是分不开的。

中国神话的传说化，传说的历史化，除了与夏民族-国家建构过程特点（例如基本是“和平演变”等）有关联之外，很重要的是，黄土地-黑土地上的“华夏人”（后来的汉族）的文化/性格是“务实”而“趋善”，从实际出发又落脚于实际；所以，从神话里透出的中国的“天人观”“命运观”，主要是“天视自我民视，天听自我民听”的人本主义和原始性质的“人文精神”，皇天有命，唯德是辅，视人的行为而定（参看《论语的文化析疑》）。但也因为过分实际而功利，重实用轻理论，缺乏所谓最高的思索或“终极追求”，哲学和自然科学都不太发育，纯粹的“悲剧”“喜剧”极其稀罕，戏剧、史诗或长篇叙事文学晚起，整个文化显出早熟而又晚成，坚韧而又衰老，质实而又迟滞的样子。

东方神话的“宿命”色彩

与中国质实的“人本位”，希腊欢乐的“人性论”相比照，埃及人则不同：他们必须依靠自然，凭借有序的天象、天体或气候，特别是接受尼罗河的恩惠。他们在崇敬尼罗河神的时候，也把尼罗河里的鳄鱼“崇拜”为大神，甚至不阻止它吃人。他们也热爱生命，但是有时竟把动物的生命置于人之上；他们不是像希腊和中国那样以人去“同化”动物或自然力，而是以自然力或动物去“降低”人。这有些像印度人的神话和早期宗教。他们的神话里宗教性成分太大，迷信色彩太浓，缺乏强烈而光辉的人性，特别是缺乏优雅的审美风度和高扬的人文精神，而又不如印度神话的华丽。

费尔巴哈曾说：“希腊人充实的生命和对生命的爱，与印第安人孤寂的生命和对生命的蔑视，中间有多大的不同啊！”[①]这里当然不免带着民族偏见（印第安人神话-文化性格，也可以积极表达为勇敢与自豪感），但是古代埃及、古代两河流域乃至古代印度的某一时期的神话，确确实实是缺乏中国那样对人生的执着和希腊那样对人性的赞美。

---

① ［德］费尔巴哈：《宗教的本质》，王太庆译，人民出版社 1953 年版，第 43 页。

中国以外，东方的神常常是人的命运的主宰，他们的宗教乃至神话往往充满“宿命感”（在中国，“天命”或神的意志经常通过“人的行为”来实现）。巴比伦的神多数是阴郁的，像幼发拉底河、底格里斯河那样难以捉摸。尼罗河则比较“规则”，定期涨落，施予丰饶和友善，代表着许多埃及神的性格。但是一旦有变，则更加暴虐。印度教三大神也有这种“趋极”的倾向。这样，就使人驯服和庸惰。埃及的智慧大神托特（Thot 或 Thoth）称为“立法者”，不但决定自然的运作，也决定人的“智慧”；而且不知道为什么，化身为狒狒和白鹭。[1] 他虽然不像他的巴比伦同格神金古（Kingu）那样喜怒无常且残酷无情，却总是决定人类的作为与遭际。他还掌管语言、书籍和知识，有些像中国四只眼睛的“仓颉”；他的“盟友”是“真理女神”迈特（Mait）[2]——既然他能够决定一切，包括自然和人的命运，那么在古埃及，“真理”和“知识”的价值就可想而知了。

而像印度神话（以及某些宗教信仰）那样相对缺乏对人自身的热爱和注重，缺乏对人自己创造的经验、知识，特别是历史的敬仰和关心，结果是把自己的过去搞得一片混乱（有的传言他们的历史超过亿年，有的却说不满千年）；其严重后果之一，就是损害了现在与未来，像尼赫鲁所说：“对于事实，它产生了模糊的看法，与现实人生的分离，盲从轻信和思想含混。”[3]

中国以外的亚洲的神，性格往往趋向极端，有时竟是分裂的。像湿婆（Shiva），既充满生命力，又是大破坏者；既迷恋异性，耽于放纵的生活，又常常危害生命。正如马克思论印度宗教所说：“这个宗教是感官纵乐的宗教，同时也是折磨自身的苦行的宗教；是 Lingam（男根）宗教，同时也是 Juggernaut（指毗湿奴）宗教；是僧侣的宗教，同时也是［献身］舞女的宗教。”[4]其社会基础是导致社会“分裂”的小农业与家庭手工业全然融合的

---

① Arther Coterell, *A Dictionary of World Mythology*（《世界神话辞典》）, New York, 1979, p. 51.

② Arther Coterell, *A Dictionary of World Mythology*（《世界神话辞典》）, New York, 1979, p. 51.

③ ［印度］贾瓦哈拉尔·尼赫鲁：《印度的发现》，齐文译，世界知识出版社 1956 年版，第 118 页。

④ ［德］马克思：《马克思论印度》，季羡林、曹葆华译，人民出版社 1951 年版，第 8、11 页。

"村社"制度,以及"种姓"(Caste)对立。

这种可怕的村社(割裂)和种姓(隔离)制度,竟然与神话有血肉的联系,或者说被宗教利用且加以"合理的解释",使它获得权威性与合法性。《梨俱吠陀》里就写到巨怪布路沙被切割为宇宙万物,"其口转化,为婆罗门/两手制成,拉阇尼亚(案:就是后来"武士"阶层之刹帝利)/尚有两腿,是为吠舍/至于两脚,作首陀罗(贱民)"。后来的《百论疏》《提婆菩萨师楞伽经》等,也有类似内容。贱民是"不可接触者",婆罗门的食物被贱民看了一眼就不能吃,从前首陀罗的手不慎触到了贵族,就得由自己砍断……这怎么能不产生恶魔似的神,怎么能不造成社会的紊乱与断裂呢?怎么能不至今还向母牛、猴子和老鼠顶礼膜拜呢?

有一次,尼赫鲁、纳赛尔和铁托三位不结盟国家领导人聚首叹苦经。铁托说:"真要命,我们有几个加盟共和国就有几个问题。"纳赛尔苦笑道:"这算什么?我们埃及每一个社会集团都有每一个的问题。"尼赫鲁不动声色:"我们印度每一个人就是一个问题!"

他们的神话丰富而不免繁缛,超绝而又失之峻刻,严厉以致流于酷烈,最缺少的是对人、人生、人力、人性、人情的挚爱,而过分倚赖或屈从自然。一旦自然失去了它的"慈祥"而露出它的"残暴"——例如环境由于"天灾"加上"人祸"而严重恶化——他们就慢慢失去信心和韧性,不是像以前的印度那样陷入贫穷和屈辱,就是如古埃及、巴比伦那样悲惨地消亡,而不能像中国那样以强烈的历史感,积极的"中庸"和坚忍的劳作而保持其文明的延续和持久,不能像希腊那样积累下那样精妙高雅的科学、哲学和艺术而不怕没有后人来继承、转化和更新。

当然,作为东方古国,中国及其神话也不免于"宿命"或"迷信",但是却为其"人间性"和人文精神所淡化,所抵消(正像希腊人也震慑于"命运"或"神谕",其悲剧却充满抗争和深沉的思考);而且,中庸而又中和的中国文化长于"和合"和"凝聚",情愿"和稀泥"也尽力量避免"分裂"或"离断",都与其他的东方民族不同。

严峻的神导致武力迷信

《圣经》里曾用来指称"上帝"的 Eloah 一词(大致上相当于"安拉"),含有"畏惧"的意思,"意指大家敬畏的对象";pachad,也有"畏惧"之意,也曾用来指上帝。《圣经》里就常提到"以撒的恐惧"(《旧约·创世纪》)。阿拉迈克语"达什拉",意思也是"畏惧",成为该族公认的上帝的名字,或偶像的名字。可见闪米特的大神更要求人类恐惧,不像中国的神大都慈善,希腊的神"人味"较浓。马克斯·韦伯说:"犹太人的耶和华最初是一个能降暴风雨和自然灾害的山神。在战争中,他化作乌云和雷雨来帮助英雄,使人们感到他的[威严的]存在。他是那些为誓约约束在一起的共同体的统一神……"①

是的,以色列的所罗门王选择了"领悟的心",他们有了"智慧"。"以色列人智力的颖悟能力超过了非利士人的军事力量和腓尼基人的航海胆勇。"②正如耶和华所指出的,你选择了智慧,就什么都有了:财富、荣耀、"知识"和"权力"。也许他们太久地陷身危难,所以又迷信武力,迷信令人畏怖的上帝。

这位中东的"唯一神",全知全能的耶和华(Jahava),是严峻而横暴的。他们的宗教号称"极权宗教"(Authontarian Religion)。耶和华以雷电和荒山之神,转化为战神,并且升格为最高神或"天帝"(God),所以常常横施刑罚乃至杀戮。虽然由于它倡道"仁爱"和内在的"道德化"要求,可能像弗洛姆(Erich Fromm)《心理分析与宗教》所预期的那样,逐渐改造为"人文宗教"(Humanistic Religion),但是它的"神话"或故事里那种崇尚暴力、提倡复仇的训诫却始终极难消弭,就好像一场集体杀人而又被杀的噩梦那样。

---

① [德]马克斯·韦伯:《文明的历史脚步》,黄宪起、张晓琳译,生活·读书·新知三联书店 1997 年版,第52 页。

② [英]汤因比:《历史研究》(上册),曹未风等译,上海人民出版社 1986 年版,第 116—117 页。

耶和华如此说：我与你为敌，并要拔刀出鞘，从你中间将义人和恶人一并剪除。(《旧约·以西结书》21.3)

以致希伯来人光荣的子孙，在饱受暴力之苦以后，却时常情不自禁地喜欢使用暴力来欺凌“敌人”，乃至鄙视不愿意屈服于他们的“原则”和统治的普通人。

斯宾格勒在《西方的没落》里说，早期的“神”，由于人的力量较弱，大多以严厉的“物”的形式表现自然的横暴和人的恐惧；较晚的神，则多是“力”的形象化，表现人“征服”自然和征服“异类”或“文化他者”的意图。

这种“力”的膜拜或迷恋，特别明显地表现在西方（主要是欧洲）系统的神话之中，而绝不限于希伯来。宙斯就相当暴虐，常常用他的“雷矢”烧死人乃至神。庄严而理智的阿波罗也不时杀人。甚至美丽的处女神阿尔忒弥斯(Artermis，月神)，也因为青年猎手阿克泰翁误窥她的玉体而置之于死地。无怪乎郑振铎《取火者的逮捕》专写希腊神的横暴而有所影射。整个地看起来，希腊神话的“酒神精神”要压倒“阿波罗精神”，只不过烟笼寒水月笼纱一般披着美的外衣罢了。无怪乎他们的悲剧如此发达。悲剧尽管在宣泄、过滤、升华，却没有掩盖命运或神的粗暴与无情。尼采《悲剧的起源》曾经假设一个沉醉在希腊的大理石雕像和柱廊之美里的观光者的赞叹说：

快乐的希腊人们！如果阿波罗神认为需要这些令人销魂的东西来袪除你们酒神祭典中酣歌热舞之疯狂的话，就可知你们的狄俄倪索斯一定是多么的伟大！

可是，雅典人庄严地回答道：

但是，你这位非常的陌生者，我告诉你，你应该加上这个民族为了达到这种美所忍受过的多么大的痛苦！现在让我们一块儿去接触悲剧，并让我们在这两个神的神殿中献祭吧。[①]

可虑的极端

恩格斯曾经在斯堪的那维亚半岛史诗《克拉库玛尔》里看到“古代多神教的那种野蛮”[②]。

斯宾格勒称北欧民族（以日耳曼为骨干）是“浮士德型的民族”，是“历史的民族”，似乎是天赋神授给他们以“使命”和“世界精神”，“他们意识到他们的历史的方向”，并“因为追忆他们的条顿祖先而感到骄傲”[③]，亦即充满种族的优越感。

这是集体无意识与民族性格-文化心理的高度融汇。用荣格的警句来说，“不是歌德创造了《浮士德》，而是《浮士德》创造了歌德”；同样，是《查拉图斯特拉如是说》创造了尼采，而不是尼采创造了《查拉图斯特拉如是说》。它们都是“德国人灵魂”中发出的“回响”。

> 每当创造力占据优势，人的生命就受无意识的统治和影响而违背主观愿望，意识到的自我就被一股内心的潜流所席卷，成为正在发生的心理事件的束手无策的旁观者。创作过程中的活动于是成为诗人的命运并决定其精神的发展。[④]

北欧的神、英雄比南欧的更加身强力壮，更加凶猛，甚至嗜血。虽然耶和华、宙斯、黄帝、蚩尤等“主神”都具有“战神”格，但怎样也没有北欧的“奥丁”（Odin）那样峻刻、严厉而又残酷。

---

① ［德］尼采：《悲剧的诞生》，刘琦译，作家出版社 1986 年版，第 132 页。

② ［德］恩格斯：《爱尔兰史 · 古代的爱尔兰》，见中共中央马克思恩格斯列宁斯大林著作编译局编：《马克思恩格斯全集》（第 16 卷），人民出版社 1964 年版，第 566 页。

③ ［德］斯宾格勒：《西方的没落：世界历史的透视》，齐世荣、田农、林佳鼎等译，商务印书馆 1991 年版，第 321 页。

④ ［瑞士］荣格：《心理学与文学》，冯川、苏克译，生活 · 读书 · 新知三联书店 1987 年版，第142 页。

斯太尔夫人说，“恐怖是德国诗歌的重要手段”，其“想象”特别“粗糙”“怪诞”。

甚至他们的古典哲学都追求“绝对”，显得极端和独断，富于挑战性和排他性。

以他们最有名气的史诗《尼伯龙根之歌》为例。斯太尔夫人早就从中发觉，“那时的日耳曼民族可以看作是欧洲最好战的民族”。[①]

歌德称赞它“强壮，快活，健全”[②]。海涅也说它“气势磅礴，气魄雄伟”，使用的是“坚石一般的语言”；而且——

在某些石头缝里冒出几点红艳的鲜花，像是殷红的血滴，或者垂下修长的藤蔓，宛如翠绿的泪珠。[③]

它那骚动着的激情，它那烈酒一般的刺激，它那猛火一样的煽情，却挑起以前德国人心底深埋着的好斗与嗜血冲动。“在这种热火之中，它（血）比葡萄酒还好/你们也许在这里再找不到更好的饮料。”[④]日耳曼武士们觉得尸血“味美如饴”，“从没有人给我斟过比这更好的酒浆”[⑤]。特别是史诗的最后，鲜血横流的恐怖，烈焰冲天的毁灭，同归于尽的惨景，都让德国人热血沸腾。

希特勒就被华格纳根据史诗创作的歌剧《尼伯龙根的指环》弄得神魂颠倒，如痴似醉。美国记者威廉·夏伊勒，在探讨纳粹德国的思想-心理根源时，特别注重包括这首史诗在内的“民族神话”。因为“一个民族的神话往往是那个民族精神和文化的最高极和最真实的表现，这种情况在德国是

---

① ［法］斯太尔夫人：《德国的文学与艺术》，丁世中译，人民文学出版社 1981 年版，第 8 页。

② ［德］爱克曼：《歌德谈话录》，朱光潜译，人民文学出版社 1978 年版，第 188 页；［德］爱克曼：《歌德对话录》，周学普译，商务印书馆 1937 年版，第 199 页。

③ ［德］海涅：《论浪漫派》，张玉书译，人民文学出版社 1979 年版，第 131 页。

④ 《尼伯龙根之歌》，钱春绮译，人民文学出版社 1959 年版，第 434 页。

⑤ 《尼伯龙根之歌》，钱春绮译，人民文学出版社 1959 年版，第 434 页。

再确实不过了”[①]。史诗英雄们永远活在人们炽热的灵魂中。

> 齐格菲和克里姆希尔德、勃隆希尔德和哈根都是许多现代德国人喜欢引以自喻的古代神话中的男女英雄人物。就是同他们一起，同这个野蛮的、多神的尼伯龙根人的世界一起，一个尔虞我诈、暴力横行、血流成河、最后以Götterdämmerung（诸神的末日）告终的非理性的、英雄式的、神秘主义的世界，在沃旦历经盛衰之后纵火焚烧瓦拉拉时，在一场自我毁灭的狂乱中化为烈焰，同归于尽。这种毁灭，一直使德国人的心灵着迷，一直使他们在精神上满足了某种渴望。[②]

欧洲各民族神话，不仅是日耳曼神话，往往交织着铁、火与血。无怪乎继承了希伯来宗教、希腊科学哲学艺术和罗马法律的欧美人，也那样迷信“暴力神话”，一旦遇到困难或挑战便炫耀实力，甚至以武力来干涉或压服“文化他者”，而自居于世界中心霸权话语——他们是无法摆脱“欧洲中心”历史观和神话的梦魇的啊。

本章讨论题

(1)神话里有没有真实的历史？它为什么既“稳定”又“混乱”？

(2)我们有可能复原神话中的史实真相吗？

(3)原始思维里的“具象思维”与“抽象思维”与“感性/理性”有什么关系？能不能专门建构“神话思维”的概念？

(4)“神话思维”有哪些特征？

(5)人们为什么还喜欢聆听神话？神话在信息时代还有生命力吗？

(6)什么是“民族的灵魂”？为什么说神话是民族的灵魂？

(7)中国神话的“民族特征”是什么？和西方神话的主要不同是什么？

---

① ［美］威廉·夏伊勒：《第三帝国的兴亡——纳粹德国史》（上册），董乐山、郑开椿、李天爵译，世界知识出版社1979年版，第148页。

② ［美］威廉·夏伊勒：《第三帝国的兴亡——纳粹德国史》（上册），董乐山、郑开椿、李天爵译，世界知识出版社1979年版，第148—149页。

第五章　神话的研究

神话的研究从来就是多样和多元的。根据劳里·杭柯等的介绍,几乎所有现代学派的理论,古代(尤其古希腊)都有了萌芽。[①]

而自从18世纪末至19世纪初,“神话学”(Mythology)正式建立以来,学派蜂起,理论迭出,相互交叉,互为补充,也争执纷纭,至今不息。这里当然无力介入,只能简单介绍一下我们认为最重要的几种研究方法。这些方法,不但在学术史上起过重要作用,就是今天看来,也有许多可贵的、合理的成分,值得我们“批判地继承”(这是我们介绍的重点)。这也是所谓“在更深的结构中理解,在更高的层面上复归”的意思。扬长避短,去粗取精;继往开来,推陈出新。这是需要集体努力的事情。特别是,现代神话学已经绝不仅仅是有关神话的学问,正如多门科学纷纷“侵入”神话学一样,神话学也把自己的触角伸进许多科学的领域,并且“无情地”影响众多的学科。这是一门典型的边缘科学,跨界科学,开放科学,要求广大学者的批判和参与。

① [芬]劳里·杭柯:《神话界定问题》,见[美]阿兰·邓迪斯编:《西方神话学论文选》,朝戈金、尹伊、金泽等译,上海文艺出版社1994年版,第60—62页。

“自然主义”神话学与“三光”学派

历史上“自然学派”的本意是，把神和神话都归结为“自然”：不管怎样离奇的神或神话，都不过是自然现象的投影。例如，古希腊埃利亚学派的克塞诺芬尼（Xenophanes，或译为色诺芬，主要活动在公元前 570—公元前 540 年）就说，美丽的虹是女神（Iris），“然而这不过是一片云罢了”。有人称之为“自然主义”或自然主义“还原论”。又如有人说，宙斯那“牛眼睛”的妻子赫拉（Hera）本来是一只奶牛（她确实曾化形为奶牛，她的乳头被大力婴儿赫拉克勒斯咬痛，奶水喷到天上成了 the Milky Way，即银河）；但她的牛眼睛只是“晨星”。她又是人格化的风：风呜呜地吹，像女人那样絮絮叨叨，啰哩啰嗦。

这个学派认为，人不是神造的，神却是人造的。这个重要思想被唯物主义和无神论学者，尤其是费尔巴哈一派所继承。克塞诺芬尼说，黑人造的神是黑的，白人造的神是白的，其他可以类推；而如果需要，牛马和狮子同样能造出牛马和狮形的神来。[①]

这依然有“还原”出神、神话的本来面目的意思，却又不限于“自然”，倒有些“人本主义”的味道。

恩培多克勒（Empedocles）在讲到“四大”元素（elements）或“四根”的时候，曾用神名借代（《古希腊罗马哲学》61，苗力田《古希腊哲学》111）。

照耀万物的宙斯（Zeus）：火
养育万物的赫拉（Hera）：土
爱多纽（Aidoneos）：气
纳斯蒂（Nestis）：水

---

① 北京大学哲学系外国哲学史教研室编译：《西方哲学原著选读》（上卷），商务印书馆 1981 年版，第 29 页；北京大学哲学系外国哲学史教研室编译：《古希腊罗马哲学》，商务印书馆 1982 年版，第 46 页；参见苗力田主编：《古希腊哲学》，中国人民大学出版社 1989 年版，第 85—86 页。以下仅注页码。

也有人说,这在暗示:神不过是自然物罢了。

自然学派发展到高度,也被称为"自然主义学派",其中重要的是天体—气象学派。就好像费尔巴哈所说的:"一切神灵最后都化作苍茫的太空。"

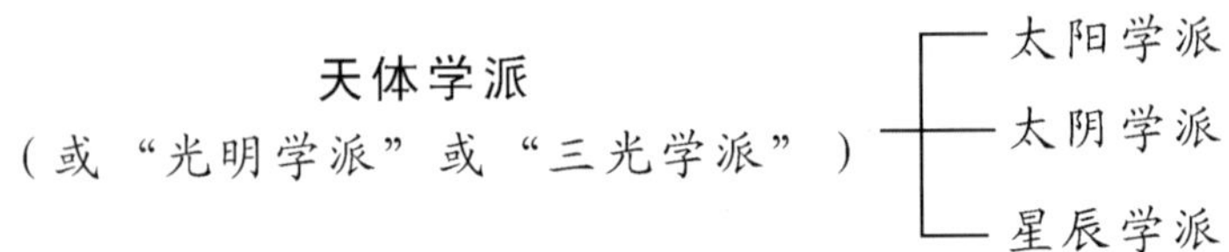

所谓"太阳学派"(Solar School),开头不过说太阳是天穹最显目的"中心",自然神话以太阳神为"天神长",许多民族的最高神(天帝或主神)都由日神升格而来;许多神话与太阳崇拜有关,或由其衍生出来。像倡导语言疾病理论的麦克斯-缪勒(Max-müller)就说:"一切在自然现象的基础上产生的神话,全部都是太阳神话,或者是与朝霞、晚霞相关的神话。"①

自然科学家海克尔早就指认,所谓"自然主义的一神论",其最高神或唯一神无非来自"太阳"这一辉煌的天体。人们"在一种宏伟的支配一切的自然现象中看到了神的化身"②。

他还指出,这是一切"有神论信仰"里最能与"自然哲学"相"结合"的一种形式。太阳确实是地球上一切生命和光、力、热的源泉。"太阳学派"的理论虽然受尽嘲讽,然而,正如帕尔默为缪勒《比较神话学》做的导言所说,人们在西亚、北非和美洲所做的原始宗教调查证明,太阳十分肯定而又确切地作为自然体系中的"中心",曾是早期宗教思想的核心对象。③

人类学派的创始者爱德华·泰勒也说,太阳是自然神话的中心,等等。

---

① 刘魁立:《欧洲民间文学研究中的第一个流派——神话学派》,见中国民间文艺研究会上海分会编:《民间文艺集刊》(第3集),上海文艺出版社1982年版,第23页。

② [德]恩斯特·海克尔:《宇宙之谜——关于一元论哲学的通俗读物》,上海外国自然科学哲学著作编译组译,上海人民出版社1974年版,第264页。

③ [美]A.斯迈斯·帕尔默:《导言》,见[英]麦克斯·缪勒:《比较神话学》,金泽译,上海文艺出版社1989年版,第8—9页。

拜伦也曾在《曼夫雷德》里歌唱：

> 最辉煌的太阳啊，在你创造的神秘被揭示之前，你是唯一的崇拜者！你是全能者最早的使节……你是自然的神明！你是未知者的代表，他选择你做他的影子！你是最重要的星——众星的中心……

对应着神话学上的“太阳学派”，语言学上也有所谓“居涅士-吉尔（Güneş-Dil）”理论，此术语的本意是“太阳的语言”。这个土耳其学派的理论认为最重要、最易发、最原始的元音是a（或ɑ），经过多次重复（a+a+a……）变成aĝ，是人类“母语”的词根；它是“原语词”里“太阳的标记”。凡表示运动、水、光、距离、力量等等的词都归根于“太阳”。[①] 源于苏美尔文aga的亚述-巴比伦语词agû，意思就是“太阳光冠之神”[②]，有些像中文的“皇”字的一解。而更奇怪的是，满语“太阳”发音为sun，黑龙江女真语为ʃou-un，赫哲语为ʃi-wg（喜翁），都和汉语中的“舜”（重华/太皞氏——太阳神）相似[③]，也和英语中的sun接近；而英语中的sun，来源于希腊语中的Solar（太阳，太阳神）……

前引麦克斯-缪勒认为，许多神话都是“日升/日落”或“明/暗”之战的“变形”。他认为，在雅利安语（印欧语系母语）还没有分化之前，就有表示“光”的词汇，“由意为‘照耀’的词根构成最初意为‘明亮的’形容词；到后来……又成为一个总称用来称呼早晨和春天里一切光明的力量，并成为与黑暗和冬天里所有黑暗力量相对的名词”[④]。

---

① ［土］唐古特：《Güneş-Dil理论的泛时间方法的语言学研究与史前学观点》，第5页；［苏］A. C. 契珂巴瓦等：《语言学中的历史主义问题》，高名凯译，五十年代出版社1954年版，第62页。

② ［捷］赫罗兹尼：《西亚细亚、印度和克里特上古史》，谢德风、孙秉莹译，生活·读书·新知三联书店1958年版，第192、249页。

③ 赵振才：《从民族名称看赫哲族的起源》，载《求是学刊》1980年第1期。

④ ［英］麦克斯·缪勒：《宗教的起源与发展》，金泽译，上海人民出版社1989年版，第3页。

"气象学派",其创始人威廉·施瓦尔兹(W. Schwartz)的一节话,与麦克斯·缪勒的说法有些相似:

> 大量的神话都反映了光明与黑暗进行斗争的主题……原始人看到乌云遮住了太阳,最后太阳又战胜乌云,看到风雨雷电同光明进行反复的较量,就必然会产生光明与黑暗殊死搏斗的观念……①

可见它和"太阳学派"息息相关。列维-斯特劳斯的"二元对立"理论也与之相干涉。其方法可资采择。

说"太阳"是自然神话注意的"重心",世界许多民族都有相当"健康"的太阳—光明崇拜,连英雄神话都与之相叠合,恐怕是事实。我们的《中国文化的精英》是比较研究"太阳英雄神话"的,有人便把我们归为"太阳-人类学派"。我们的合作者之一叶舒宪,研究西亚与中国上古史诗的专著也叫《英雄与太阳》。一个理论,只要不把它推到极端或"独断",从而封闭并断送了自己,总是有些"合理有据"之成分,值得借鉴。

太阴神话或月亮崇拜,在民俗神话里,当然也是较普遍的一种,哈婷为此写了《月亮神话》一书②。作为学派,却较特殊。1906 年左右,德国西克(E. Siecke)、波克伦(E. Böklen)和胡辛(C. Husing)等人在《神话学双书》里提出,所有神话都由"发光天体"生发出"三光学派",而月亮尤为"主体",以后更发展为单元论的"太阴学派"③。中国台湾的杜而未,就是太阴学派的著名代表。把一个学说演绎到极致,使自己的体系更加圆满,是许多学者的梦想;然而,一旦"圆"而且"满",便完成了形式上的"封闭",同时也就捉襟见肘,漏洞百出。各种含有"独断"或"单元论"倾向的学说或

---

① 刘魁立:《刘魁立民俗学论集》,上海文艺出版社 1998 年版,第 259 页。

② [美]M. 艾瑟·哈婷:《月亮神话——女性的神话》,蒙子、龙天、芝子译,上海文艺出版社 1982 年版。

③ 王孝廉:《关于杜而未博士的中国神话》,见王孝廉:《中国的神话与传说》,联经出版事业公司 1977 年版,第 301 页。

方法，往往备受指摘。马林诺夫斯基竟说，他们对自己的“月亮”着迷到几乎“神经错乱”的地步，“以致决不承认除了地球的夜间卫星——月亮以外，还能有任何其他东西能成为一出原始的游唱诗的表演题材”。叶舒宪则在《老子的文化解读》里说，杜而未等努力发现《老子》《庄子》等哲学书和佛经里的“神话式思维”，是开了风气，不必全盘否定。

所谓“雷霆理论”的奠基者，是库恩（A. Kuhn）和施瓦尔兹（W. Schwartz），他们主要是做印欧文化的研究。有名的雅各布·格林也“从大气现象，日夜交替，夏与冬的季节入手”，着重论述“雷霆”和“风暴”造成的神话。

施瓦尔兹说：“霹雳——几乎在所有人们之中最为普遍的和最早的神奇的灵物——看上去是天空降雨的来源……”[①]和宙斯同格的多纳（Donar），“被信奉为巨大的有魔力的神，穿往于云中，驱策他的雷霆骏马（或公羊）在肆虐的风暴中周游天空。云中闪电的光芒被视为他的眼睛的光亮，它被云遮住时就像被一顶帽子遮住一样。同时，闪电的光芒也可能是从高处掷下的矛枪，或闪亮的剑（引案：这样他们就自然地兼为战神或猎神）”[②]。这也是典型的“气象学派”的表述。

就天象而言，“雷”可以说是“阳光”以外最引人注目的；因为它声色俱厉，使人胆战心惊；何况它还能焚屋伤人，造成灾害（西南方兄弟民族多住在丛山环抱的“坝子”里，最怕雷雨诱致山洪暴发，他们的“雷公”约当中原的“共工”，是恶神）。卢克莱修《物性论》说天空有日、月，“令人敬畏的星座”，都是“神灵的住处”，崇拜的对象。

> 还有那些在夜间飘泊的空中的火把，
> 和飞动的火焰（引案：或指彗星、流星），云，雨，太阳，
> 风，雪，闪电，雹雨，急促的雷鸣，

① ［法］让·德·伏里：《“自然神话”理论》，见［美］阿兰·邓迪斯编：《西方神话学论文选》，朝戈金、尹伊、金泽等译，上海文艺出版社 1994 年版，第 44 页。

② ［法］让·德·伏里：《“自然神话”理论》，见［美］阿兰·邓迪斯编：《西方神话学论文选》，朝戈金、尹伊、金泽等译，上海文艺出版社 1994 年版，第 45 页。

和吓人的巨大的空虚的吼声。[①]

所以,雷是仅次于日、月被膜拜的天象。西方的一些"主神",如宙斯、丘比特、奥丁,多是太阳神兼雷神的"升格"。日本人认为,"太阳天火"是由雷送到地上的。所以创造之神以"十拳剑"杀子后,血溅岩石,同时化为两个日神、一个雷神。[②]

汉字的"神",原无偏旁,作"申","申"在甲金和《说文》古文里都大抵作§,是雷电闪耀之象,原来可指雷电之神,后来用来泛指一切的"神",可见其"特指"者之重要。费尔巴哈指出:

甚至在开化民族中,最高的神明也是足以激起人最大怖畏的自然现象之人格化者,就是疾雷迅电之神。有的民族除了"雷"一字以外,没有其他字眼来表示神。[③]

这样,雷电现象及其所引起的畏怖、敬仰和神秘传述、扩延,就成为自然学派神话学的重要"依据"或内涵。再走得远一些,像徐山的《雷神崇拜》,就企图论述其为中国神秘性文化的根基。[④] 从中可见,他们的方法容易带上"片面性"。

延森(Jenson)对"天体中心"或"光明崇拜"中心的自然(主义)神话及其学派的批评,也比较委婉而且通脱:"未开化民族的神话中心,经常是存在着其他的基本问题,纵然在某一民族中太阳或月亮神话最为重要,但也不能说这就是所有民族神话的核心。"马林诺夫斯基也说,仅就天体-天象神话而言,原始人[也]是把所有的天体聚拢来,从而酿造出他们的神话产

---

① [古罗马]卢克莱修:《物性论》,方书春译,商务印书馆 2011 年版,第 367 页。
② [日]安万侣:《古事记》,邹有恒、吕元明译,人民文学出版社 1979 年版,第 11 页。
③ [德]费尔巴哈:《宗教本质讲演录》,林伊文译,商务印书馆 1946 年版,第 30 页。
④ 徐山:《雷神崇拜——中国文化源头探索》,生活·读书·新知三联书店 1992 年版。

品的。[1] 固执于一端或一事，是不符合神话的“多元”发生和“多样”发展的。马林诺夫斯基还据他的田野工作揭示：

原始人很少对于自然界有纯粹艺术的或理论科学的关心；蛮野人的思想与故事之中，很少象征主义的余地；神话，实际说起来，不是闲来无事的诗词，不是空中楼阁没有目的的倾吐，而是若干且极其重要的文化势力。[2]

用自然科学方法研究神话

现代自然学派神话学一个重要贡献是，引进自然科学的材料、理论和方法，来解决神话里的疑难。这里撇开那些使用系统论、信息论以及“混沌学”、耗散结构理论等新兴科学理论来建构现代神话哲学的可贵努力不谈，仅在个案和具体问题研究上，这一学派已取得令人瞩目的成绩。大的，例如，王红旗等利用“冰川”遗痕，“海浸”或河床沉积等地质学成果来讨论世界性、区域性“大洪水”神话的背景或真伪（黄泛区的“深地考古”对神话传说的“复原”研究最具价值）；小的，如用“幻日”现象诠释“多太阳”神话，以“极光”来解说“光如白昼”的烛龙神话，将“女娲补天”神话的“自然依据”说成是地震、山崩、火山爆发及其所诱发的海啸，等等。运用如生物学、生理学、病理学的成就解释种种奇异生物、特异功能、生理畸形或“变态”的故事，更是成绩斐然，妙趣横生。

我们在《山海经的文化寻踪》等书里也尝试使用类似的材料与方法。例如，近年在大陆好几个地方发现的所谓“不明生物体”（植物学家或鉴定为某种高等真菌、黏菌），有人说就是古书里的“太岁”，有人说是“肉灵芝”

① ［英］马林诺夫斯基：《巫术科学宗教与神话》，李安宅译，中国民间文艺出版社 1986 年版，第 82 页。

② ［英］马林诺夫斯基：《巫术科学宗教与神话》，李安宅译，中国民间文艺出版社 1986 年版，第 82 页。

(见于《本草纲目》等),其实就是《山海经》屡见的“视肉”,有眼状孔隙,处理后能够食用或入药,最大的特点是有生命,能够不断地(自我)“膨胀”或生长,像所谓“大尾羊”(或讹为牛)的尾巴,割去了肥肉,还能恢复如故。我们觉得,应该允许这样的尝试。

仅就中国民俗神话学界而言,运用自然科学方法的不是太多而是太少。

包括我们在内的中国民俗-神话学者,大多自然知识水平较低,运用其成果与方法的成绩很小,而且显得拘谨,笨拙,牵强,粗糙。必须进一步努力才行。

自然学派的理论,自然科学的方法,又是有极大限制的。神话本来主要产生在人类的幼儿期,充满奇特、荒诞、野性的幻想、隐喻、象征或“意象”,除了各门学科的专家可以有限度地利用其为原始思维的标本、上古史的素材、民族性格的镜象等做枯索而烦琐的研究以外,对于一般人,它只是“少女的梦,孩子的诗”和“成年人的童话”,是用来审鉴或玩赏的。它的许多“荒谬”“疑难”,是用什么办法都“破解”不开,也没有必要“破解”的。对于这种充满感性、活性、野性的“口传文学”,主要的“释读”方法是体验,是欣赏,是感悟;纯粹的“理性”进击,不是钻进了牛角,就是碰上了坚墙(我们的某些“研究”就难免此讥)。有些事情,“您不说我还明白,您一说我倒糊涂了”;有些问题,即令说得头头是道,面面俱到,结果仍是云里雾里,一头雾水;有些疑难,即令一千次地宣布业已解决,“言今人所不敢言,发古人之所未发”,“破译”了千古之谜、万世疑案,结果仍是莫名所以,不知所云,最好的也不过焚琴煮鹤,清泉濯足,大煞风景而已。

比如说吧,有人批评我们的“羊人为美”理论仅以甲骨文为依据,说世间上没有“四只角”的羊。《山海经》里记载着“土蝼”之类的“四角羊”,却是真实存在的。这不但是个别的“畸变”,英格兰高地家畜公园里就养着一群“四角羊”,影视和画报上都见过的。神话学者、美学家,都要多学点知识,多长几个心眼,说“有”容易说“无”难。但是不能由此引申开来,说《山海经》里的所有怪物都是基因突变,“畸形”,或者由“幻视”所引起。我们既要知道那种种奇事怪物可能存在的背景、根据,又要承认它们确实是“超现实主义”的古怪而有趣的东西，满足着人们观怪猎异、赏奇析疑的“求知欲”，以及日常经验与常识之外的兴趣或情感诉求；不然，我们就没有“童话”与“传奇”可看，司马迁也不必因为《山海经》《禹本纪》所有怪物，“其言不雅驯”，而自命缙绅先生而“不言”了。“四角羊”是有的，但“多肢体”怪物多属神话修辞学的“前进的夸张”，是叠加法；缺肢体（例如一目、独足、单臂等）则是“后退的夸张”（或“缩小的夸张”），是递减法。这些也只供民俗神话学家参考。对于一般读者，更需要的是“考释以后更有趣，演绎出来更逗人”的供审鉴、可玩赏的“活成果”。为了驳回“文学的失落”的指责，我们特别请台湾的文津社出版《楚文化与美学》《楚辞与美学》“姊妹篇”，在大陆推出《楚辞全译》等，目的就在引起读者对民俗神话和楚辞学的兴趣。为了扩大内地的读者面，陕西师范大学出版总社将重新修订出版该书。

“神话”是活物，可玩而不可亵，可爱而不可渎。我们那自命“理智”而“尖锐”的解剖刀，虽然有时能解开“纠结”，割去“病疣”，然而更容易侵犯、伤害（至少是亵渎、骚扰）那纯洁而美好的肌体。“美人鱼”，那是多么可爱、多么活泼、多么美丽的“小妖精”；可是，我们老是说她只是“儒艮”（海牛之类的海兽）的“误读”，甚至只是“胼脚畸形”的“夸饰”：对于“研究”，容或有用；对于赏鉴，则纯属“危害”。（参看图文小册子《美人鱼》）。

当然，如果过分渲染神话的审美趋向，渲染“自然的诗化”，排斥现代性科学研究，那又可能从“理性主义”跌进“浪漫主义”，那又是另一种“极端”了。

历史学派

历史学派（不能称为“历史主义神话学”），包容与含义都较广：古典的，主要指把神话当作改头换面的“历史记录”，可以用“理性”加以“复原”（有人称之为“历史还原论”）；近世的，主要指用种种办法恢复神话、传说里的“历史真实”。

古典“历史学派”比较极端的，是出现在公元前3世纪左右的所谓“欧赫麦”(Euhemerus) 主义。这位希腊哲学家认为,几乎所有神话都是历史的“曲说”,当然不免受到嘲笑。他说,他航海到荒岛潘契亚(Panchaea) 发现记载神话时代的铜柱群,那正是失落了的上古史(他为此写了《圣史》一书)。主神宙斯实际是克里特国王,他敉平内乱,被曲说成打败巨人族。盗火的普罗米修斯,载地的阿特拉斯,不过是古代的陶工和天文学家。同样,北欧天神奥丁也曾被说成是亚西尔(Aesir)部落酋长,冰岛的史书《挪威王列传》也把太阳神弗赖(Frye)当成古国王。

后来的布克(Böckh) 等也说,作为人类文化史的一种体裁,“神话是一个民族的原始历史,用象征式的语言传下来的”①——他注意到了它的表述特点,“象征”; 但那内容,却都被当作“历史”或“历史性”的。

这种用纯粹的“理性”机械地“再造”神话里的“历史”的企图,古代中国也有。他们把一切的“神奇”都平凡化,一切的“神秘”都经验化,一切的“神圣”都世俗化,实际上是在阉割神话,把神话的所有趣味、活力、美好、智慧或奇思妙想都糟蹋得一干二净。

比如大家都知道,为帝舜掌握(巫术)乐舞的“乐正”夔只有一条腿,所谓“夔一足”,他们偏说这是讲“夔一[人]足矣”,何必多设庸臣?

有的“历史学家”,虽然没有这么极端,却说夔是断了一条腿的乐师,古人多用“残疾人”演奏乐器。有的“考古学家”则说,原始(性)的“侧面”画法,四条腿动物,“侧视”绘出只有两条腿,那么后肢发达的“恐龙”形状的夔便只画出一条腿,记述者便说是“夔一足”。这并非毫无根据,但多多少少,有意无意,都是将神话历史化,世俗化,平凡化。

神话的审美特质,就在于它的神奇性与神秘性;如果不“神”,也就无“话”。初民认为音乐非常神秘,带着巫术性,能够迷醉人兽乃至无机物。就像希腊的俄耳甫斯,舜、夔的音乐,能使“有凤来仪”,或“百兽率舞”,连石头都会唱歌。这样超人的乐师,当然具有“异相”,生来只有一条腿。

要是进一步看,“夔”本来也指三种动物:牛、猿猴或龙蛇。牛形的夔,见于《山海经·大荒东经》,“苍身而无角,一足,出入水则必风雨,其光如

① 芮逸夫:《人类学》,台北“商务印书馆”1971 年版,第 191 页。

日月”,它的模特也许是水犀或河马。“一足”,是“减式—后退夸张”(“平凡化”的说法是它的巨足在浑水里划来划去,看起来好像是一条腿)。因为“其声如雷”,就说它是鼓师。这里讲的同时又是“夔龙”,其模特是鳄鱼。扬子鳄吼声如雷,有“鼍鼓”之称;它的皮可以蒙鼓,几十面齐擂起来,确实“其声如雷”(山西襄汾陶寺新石器文化遗址就发现了“鼍皮木鼓”的遗迹,商代有鼍甲纹铜鼓传世)。所以这种“夔龙”或“夔牛”,又叫“雷兽”。其“象征讲述”颇为有趣:“[颛顼氏]令鱓(鼍:扬子鳄)先为乐倡,鱓乃偃寝(仰卧),以其尾鼓其腹,其声英英。”(《吕氏春秋·古乐篇》)夔的另一种动物形态是“猱”(亦即殷墟卜辞之“高祖夒”),或称“独脚山魈”。他们的“一足”都是其神圣证明,“人格化”“传说化”以后当然是一条腿的神秘音乐家;两条腿或大腿残断就是“人”,是“人话”而不是“神话”(当然以上也不免有“平凡化”之点)。

再一个就是“黄帝四面”,这也见于马王堆帛书《经法》,是很可靠的神话。明明是“四个面孔”,儒家后学偏要说这是称赞黄帝能够抚绥四方人民。据称,孔子答子贡问曰:“黄帝取合己者四人,使治四方,不计而耦,不约而成:此之谓四面。”(《太平御览》卷七九引《尸子》)

这实际是“太阳”神话。兼为太阳神,或由太阳神升格的大神或天帝,例如大梵天四个面孔,“大梵,太阳也”,见于《奥义书》(考据和插图,请参见《老子的文化解读》等);象征着太阳向“四面”放射它的光芒;四个面孔的黄帝具有同样的日神格。《旧约》里四面的“基路伯”,则是“怪化”的太阳神。不但“四面”,就是“四目”的方相氏,仓颉,蚩尤,“重瞳”的帝舜(重华),都同样意味着他们曾以“四”个“光源”向“四方”发射阳光,只是不同程度地被“卑化”或“世俗化”罢了(请参看《傩蜡之风》等)。

以上是我们参用自然学派、人类学派等的方法来诠释或重建神话,“平凡化”和“还原论”的成分是“难免”的,却也反过来证明,“神话”不是历史,却有“历史的真实”和“诗歌的真实”。

有如“神话的功用”一章所说,神话,尤其是祖先-英雄神话或传说,本来就是“上古史的上源”,其中的史迹、史影或“史诗”成分,不但不应该被抹杀,还应该小心翼翼地加以“复原”或“重建”。舍利曼的考古恢复了荷马史诗许多历史原貌，伊凡斯的发掘重建了前希腊的克里特-米诺斯文明，都是“证明”神话里的历史真实的典范，众所周知，毋庸赘言。

各个学派的神话学家也多赞赏这种研究。有的还相当强调神话传说的“史前史”意义或功能。例如，人类学派的朗格就强调说，神话是“关于宇宙起源、祖灵英雄等的故事”。他为《韦氏大辞典》写的“神话”词条说：

> 神话，一种故事，它涉及的是已被遗忘的事物的起源，这种起源显然与某些历史事实有关。
>
> 它的描述还带着这样的性质：解释一些“事实”（practice，“实践”，或可译“惯例”），信仰，风习，或者是自然现象。①

恩格斯认为，最早的神是自然神，首先是自然力为人类所同化和形象化，亦即生命化和程度不同的人格化，过了不久，种种似乎“不能解释”的“社会力量”（包括“命运”等），也以“超人间的力量形式”被形象化，并且与“幻想形象”的自然力相融汇，“以同样的表面上的自然必然性支配着人”；这样一来——

> 最初仅仅反映自然界的神秘力量的幻象，现在又获得了社会的属性，成为历史力量的代表者。②

神话因而获得越来越多的社会和历史内容。

如上所说，现代一般神话学者也都不否认神话传说包含着大量的历史残迹，时代真相，文化的“遗痕”（survivals）或“社会的活化石”，这些都可以依靠跨学科的材料与方法谨慎地予以“发掘”（有人称之为“文化考古”“精神考古”或“神话考古学”）。

---

① *Webster's New International Dictionary of the English Language*（《韦伯斯特新编国际英语辞典》），Springfield，Mass，1920，p. 1451.

② ［德］恩格斯：《反杜林论》，见中共中央马克思恩格斯列宁斯大林著作编译局编：《马克思恩格斯选集》（第3卷），人民出版社1972年版，第334—335页。

以《古史辨》为代表的“疑古学派”，推翻了宗法专制社会所“假托”的“上古历史”和“泥古史观”，解放了人们的思想，扩充了大众的眼界，它的意义和作用怎样估价都不会太高，它的影响更超出历史学、神话学和文化史的范围。但是，由于早期“科学史观”难免的幼稚、粗疏或偏激，他们几乎把古史文献和神话传说里的“真实”与“珍异”都“否定”光了，就好像粗心的母亲替婴儿洗澡，把小孩子和脏水一起倒掉一样（这是高尔基的比喻，也很适合“后现代主义”）；以致为帝国主义、殖民主义和“欧洲中心论”者所摭拾或利用，制造出所谓“古史抹杀论”和“民族虚无主义”。考古学和民族学的肇兴与渐进，慢慢改变了这种令人痛心的，只剩下“白茫茫一片大地”的局面，“考古学派”和“释古学派”随之建立。近年更因为考古学、古文字学和邻近学科的成绩辉煌，中国人正在一步一个脚印地“走出疑古时代”，并且有“夏商周断代工程”的可贵尝试。海峡两岸的学者也多次联手进行中国文明的起源，上古史和史前文化，以及考古学和历史学的“整合”研究，出版了一些优秀著作和论文集。台湾有学者评价说，考古学家运用器物类型学，配合层位学，辅以碳 14 等多种测年法，完成中国考古学文化的“区系类型理论”（以苏秉琦氏为代表），参以民俗神话学和比较文化学、描写人类学的成果，中华各民族乃至东西方和太平洋两岸文化在上古时期的接触和交流，就能逐渐露出真相。（参见《楚辞与太平洋文化》的介绍）。

早在 20 世纪的 20—30 年代，大略与《古史辨》学派同时，由于殷墟发掘和甲骨文等新史料的发现与刺激，许多敏感的学者已开始神话传说的整理和上古史重建的努力。特别是王国维，他既考订文献也利用文物，提出地下/案头“双重证据”的理论；而且还大胆地引用包括《山海经》在内的神话传说材料，把《史记·殷本纪》和殷墟卜辞里多数商代先公先王的名号和重要史迹都考据了出来，证明司马迁确实掌握了大量信实的原始材料，《殷本纪》乃至《夏本纪》都有许多可靠的地方（现在已证明，夏文化确实存在，商代 20 位先公先王也只有一两位找不到头绪）。

20 世纪末 21 世纪初，世界历史科学已进入“多重证据”的时代（有人，例如杨向奎、饶宗颐和叶舒宪，明确提出，是“文献/考古/民族志”三重证据),跨文化、跨学科、跨语种的“综合”研究态势已初步形成,神话传说的“历史学研究”也方兴未艾,只是不为正统史观,“以论代史”的保守史家,以及谨慎小心的传统学者所正视罢了。

“多重证据”当然“多”,不过目前主要是这几项:

——文献学证据;

——考古学证据;

——语言和文字学证据;

——人类学、民族学、民俗学、神话学、传说学等包含田野调查作业在内的“历史辅助科学”的证据(或称为“中程理论”);

——自然科学证据(不仅限于考古学常用的碳 14、热释光、太空和水下考古技术,还有天文学、气象学、地质学和电子计算机等方面的成果和技术)。

上述“文明”早期或夏商“史实”,在史书上记载缺如或零乱、贫乏,却在神话传说里得到珍贵的保存,可见作为“上古史源头”的神话传说,可以帮助我们恢复某些被失落、被遗忘、被漠视的历史真相;而历史学、文献学、考古学、民族学、语言学等的研究,又能揭开神话传说朦胧的面纱,让我们窥见隐藏在历史深处的人物与故事,从而重估或确认神话传说的史料价值。①

合之则双美,离之则两伤。

语言疾病学说

广义的语言学派,指使用语言文字学的理论、材料和方法研究或诠释神话,已将文献学、史料学,特别是所谓考据学的工作包括在内。由于中国

① 参见叶舒宪:《中华文明探源的神话学研究》,社会科学文献出版社 2015 年版;王倩:《神话学文明起源路径研究》,中国社会科学出版社 2015 年版。

考据学的畸形发达,这项工作从汉代就已零星开始,到清代乾嘉学派手里粗具规模。他们的主要贡献是清理了有关神话,尤其传说的“文本”,在版本、年代、作者、学术源流等方面做了许多基础性的工作,特别是对有关的语言、文字做了极其重要的训释(这两方面的成绩和成果远远未被当代神话学界所珍视)——这就是所谓“叙述层次”的破解。没有这项“基础”研究,什么“理论”,什么“体系”,什么“学派”,通通是建筑在云端,七宝楼台,璀璨夺目,拆将下来,不成片断。我们自己数十年的工作,30 本书,一千万言,绝大部分也是为了廓清这个“表层”,解决一些语言文字的疑难,亦即“考证”,并没有多少理论的贡献。

西方学术并非没有考据。黑格尔《哲学史讲演录》每议论一个学派、一位学者或一本文籍,总要用简约的文字,“考证”或论述一番它的年代、源流、著作、版本等。语言学派的史学研究(包括神话学),更重视“考据”,特别是有关语源、物源的“考据”,“言必称希腊”,语必用拉丁,现在是直溯梵文,间及西亚,旁涉中亚和东亚。原始汉藏语、原始汉语(所谓“太古音”)的比较分析与构拟,已卓有成就,对神话“文本”和“词源”的考证意义极大(我们在《山海经的文化寻踪》里尝试使用了它的一些成果)。涉及欧亚非大板块的、争议极大的“诺斯特拉语系”(Nostratic Languages)理论也已提出,类似的涉及人类“共同母语”(或所谓“原语言”或“原语词”)的研究,将从根本上革新神话的比较研究和总体研究。19 世纪(比较)神话学的重大成就,是建立在比较语言学的花岗岩体之上的。语言学材料,即在今天看来,也是仅次于考古学的实证性、决定性论据,语言学方法仍是研究人文和历史科学的最重要方法。

但是,话还得说回来,在别的方面成就辉煌的乾嘉学派,在神话“本文”的整体研究上贡献不大。这首先因为传统学者都迷信圣贤及其经典,它们的“解构”,有待于《古史辨》学派的勇敢怀疑。其次,他们的精力集中在“经籍”方面——有数百册的正续《皇清经解》为证,而不重视“缙绅先生所不言”的,充满“怪、力、乱、神”的神话(即使现在,也有一些自居“正统”的学者看不起“旁门左道”、民间文体的神话研究)。远逝的大师们当然不可能掌握现代性的如人类学这样的学问，理论与方法。[①] 这样，甚至伟大的《楚辞》（它是神话的宝库），除了少数几位，如王夫之、蒋骥、丁晏、林云铭、马其昶者流的著作尚称可观外，号称执乾嘉之学牛耳的戴东原，他的《屈原赋注》几乎是开口便错，涉及神话较多的《九歌注》更是错得一塌糊涂（参看《楚辞的文化破译》有关《九歌》的“寄托”部分）。这不是因为他们学术水平不高，而是因为不懂，也没法懂神话。最后，并非不重要的是，那个时代考古学也不够发达，许多文物、文献，包括甲骨文还没有“出土”。而现在离开甲金文的材料与成果，中国神话简直就没法研究。

狭义的语言学派，指使用语言学，首先是比较语言学材料、理论和方法来研究神话的学者群。例如，列维-斯特劳斯的“结构主义”，便以索绪尔语言学为先导，这等到“神话的构造研究”一节再讲。这里只简单介绍麦克斯-缪勒所代表的“语言疾病”的理论。这个理论看起来很古怪，其实根基深厚，影响邃远。更早的不说，德国格林兄弟对印欧或雅利安“原始共同语”（Ursprache）以及“共同神话”（Urmyth）的构拟或建构，就是这个学派的可贵尝试。麦克斯-缪勒有极高的语言修养与学识，著作等身。他提出，包括神话在内的远古文学艺术创作仅仅是古老“语言的模糊回音”，认为语言史上的“神话时代”是“人类思维早期阶段的真实存在”，可以通过残存的语言文字材料加以修复。这确实是真知灼见。后人撮述他的想法，大意是：

> 在各个民族形成之前，原初雅利安语中的每一个词都是一则神话；每一个静词都是一个形象；每一个名词都是一定的人物；每一个前置词都是一出小戏。由于音系的衰减，静词失去原初的丰富性，而成为专有名词；一切展示生、死以及自然界永恒更新的所谓戏剧性情节，则与之相联属。[②]

---

① 参见萧兵：《文学人类学介入经学：超越乾嘉的尝试——读〈神话历史〉丛书有感》，载《百色学院学报》2011 年第 4 期。

② ［英］麦克斯·缪勒：《比较神话学》，金泽译，上海文艺出版社 1989 年版，第 68 页。

这个情况，与华夏-汉族的“象形表意”或“引譬连类”的文字非常相似。汉语古时字词多不分，每一个带有实义的字同时是一个词，许多还内藏着一则或大或小的故事，而涉及所谓“神名学”的研究。“尧”是头上顶着两只陶瓶的制陶“发明家”；“舜”是认同于太阳的“太阳花”；“禹”更是蛇虺或“四脚蛇”的形象（从前被人大肆嘲讽的“禹是一条虫”实在大有深意），而《周易》的“易”也确确实实地是一条大蜥蜴。我们甚至有意向传统学术界挑战，为“中”字写了一部近百万言的“一个字的思想史”（案:《中庸的文化省察》）。

那个时代的“笨重”而“复杂”的词——就像中国繁复的象形或象意的文字那样——具有真实的“原生性”，其内涵非常丰富，“远远超出它们所应说的东西”；但是，与正常的语言相比，它往往“变态”，加上错误的解说和引申，简直就是生了一场大病，看起来面目全非，好像是“谵妄”和“荒诞”。但是，这一点也不可怕，就好像林黛玉有病，依然有她特殊的美和（时代）“象征”的作用那样——

> 神话是语言生病的结果，
> 犹如珍珠是蚌生病的结果。（麦克斯-缪勒）

当然，这种“语言疾病”极其古老、繁杂而又隐晦，如果没有语言学家和神话学家的诊断与恢复，就不知道它们往往是“隐喻”，是“秘语”，是“象征讲述”。

> 我们对于神话学语言中的千奇百怪，只能理解为会话的自然成长过程。在我们的谈话里是东方破晓，朝阳升起，而古代的诗人却只能这样想和这样说：太阳爱着黎明，拥抱着黎明。在我们看来是日落，而在古人看来却是太阳老了、衰竭或死了。在我们眼前太阳升起是一种现象，但在他们眼里这却是黑夜生了一个光辉明亮的孩子，而在春天，他们会真的以为太阳（或天）和大地热

烈地拥抱在一起，并把巨大的财宝滋润于自然的怀抱之中。①

这不是珠蚌经过“疾病”的折磨，贡献给我们的璀璨明丽的“珍珠”又是什么呢？

一个标本——达芙妮、阿路那、嫦娥与“月桂”的故事

我们最熟悉的，中了丘比特金箭的阿波罗，热烈爱上并紧紧追求小河神达芙妮，她因为中了小爱神的银箭变得凛若冰霜，逃跑不了就变成一棵月桂——诗神阿波罗用“她”编了一顶桂冠戴在头上（“桂冠诗人”的典故就是这么来的）。麦克斯-缪勒说，她本来是印度神话里的黎明女神（有点像《东君》“暾将出兮东方”的“暾”），“除了她父亲之外，她被天上的所有明亮俊美的男神们爱恋着；据说（《梨俱吠陀》i，115，2），太阳在身后追求她，就像一个男人（引案：例如赫利奥斯-阿波罗）追求一个女人（例如达芙妮）一样”②。而希腊语“Helios”原是雅利安语的“太阳”；梵语 Dahana（朝霞或曙光）则转换成希腊语 Daphne（达芙妮），于是“朝霞为太阳所追赶并且死去”，就转换生成为发光者“阿波罗追求达芙妮而造成她的‘变形’（死亡—再生）”。这又是语言患“病”以后，却结出“珍珠”的生动例证。

这里最令人着迷的是“朝暾”女神，她在印欧民族的神话里曾不断改变名称或性格，然而有的是“音变”，有的是“语讹”，有的是“误读”，万变不离其宗，其基本格位或“结构”却是稳定的。据语言学家和比较神话学家的提示——

她在印度《吠陀》文学里是“晓天”Ushas，演变为“广延天女”（Urvaśī）；又被称为 Ālūnā或 Arura-Eos（Ios），是“日出前的红色相”，亦即曙神；又曾“兼义”为红色莲花（就像达芙妮变形为“燃烧的月桂树”，嫦娥认同于桂花树）。她的神格与名称可以远溯西亚的“乌喜什”（Ûshish）女神（参见赫罗

① ［英］麦克斯·缪勒：《比较神话学》，金泽译，上海文艺出版社 1989 年版，第 68—69 页。

② 黄石：《神话研究》，开明书店 1931 年版，第 46 页。

兹尼等)。

她就是希腊的曙神 Arura-Eos 或 Ios (化形之一是长着玫瑰色兽爪的幼儿),罗马的黎明之神 Aurora——她们又即女神 Leucothea-Matuta。她们与"月桂/达芙妮"的关系有待澄清和整合。

这个建立在比较语言学基础上的"语讹"理论被批评一百次,却一百次地生出新的意义和兴趣——这也正是"神话/诗歌"具有审美的繁殖性和"无穷魅力",而"解释"又可能具有开放性、多元性的证明。

我们在《山海经的文化寻踪》等书里再次比较了印度、希腊、中国、埃及的"曙光(神)/太阳(神)"复杂关系的神话。这里只说一点:中国至迟在战国就有"月中桂树"神话(月桂和桂花树当然是两种植物,可是古人没有分别得那样清楚);如前所说,太阳神东君曾经抓起"北斗"在月亮(谷)里舀了满勺的"桂浆"(这就是"吴刚捧出桂花酒"的"桂花酒",相当于印度的月中仙露 Soma)。"桂"被看作是芬芳的、热烈的,桂花还是金黄色的,就像《梨俱吠陀》里的桂树,易燃、炽热,与"通红的黎明"或"玫瑰色的曙光"乃至"晚霞"的性格非常相似。而且,缪勒的后继者补充说,"beq"一词既是"橄榄树"又是"光明",可以代表"拂晓时的曙光"——橄榄枝和月桂一样可以象征诗歌,胜利以及胜利后的光荣与和平(月桂-橄榄又曾换位为"葡萄树")。

"曙光"或"朝暾",被"太阳/发光者"赶到了西方,变成"晚霞"——晚霞"误读"或者"置换"为燃烧的"月桂/橄榄树/葡萄树"。"月桂"有时被"错译"为"月中桂"(相当于印度和中国的月中桂花树)。这就暗示着"朝暾/曙色"被"发光者"追逐得筋疲力尽而"死"去,然而她作为"晚霞"又再生为月亮里的芬芳的"光明树"(桂树)。

希腊的达芙妮(月桂),印度的"晓天"或"广延天女"(葡萄树),美洲的安嫩……是否变成月中神树或月亮女神呢? 不大明确。

然而,中国神话却为其补写了下半出:人间的小太阳"后羿"追求霓裳羽衣的嫦娥而不得,她偷吃了 Soma 酒那样的灵药,逃进了月宫,认同了月亮和月中桂树,成为中国的达芙妮。

可惜,她和"曙光/朝暾/晚霞"的关系不明确,有"缺环";然而如果全都首尾齐全，完整无缺，那还要“神话工程师”干什么？

甚至于年轻的太阳神东君“操余弧兮反沦降，援北斗兮酌桂浆”（“桂浆”就是月宫佳酿“桂花酒”），都可以释读为太阳对自己那“一半”的月亮的无限眷恋；他想痛饮月亮谷里的“女儿红”，不也可以破译为企图永远“占有”那逃逸的桂树女人（嫦娥）吗？这虽然可能陷入“过度诠释”，但是，神话比较本就是一件危险的事；如果没有语言学的援助或拯救，的确很容易掉进“文化陷阱”，咱们要相互提醒。现代神话学对 19 世纪的“比较神话学”的批判是相当严厉的。从“古典”人类学派的泰勒和朗格等开始，就提出“共同心理”学说与“影响学派”相对抗，因而又被称为“心理派”，他们企图用“进化论”取消“播化论”（我们认为，至少在“因子”水平上，不但亚欧非板块或东西方之间，乃至太平洋-大西洋两岸，民俗、神话是有传播和交流可能的）。实际上，这两个学派当时都还处在“草创”期，粗糙和偏激是难免的。（当代神话学又“成熟”了吗？）

不过，我们看到阿波罗和达芙妮故事，在印度神话里的确有稍微不同的表达，其内容依然是“晓天”（曙光神）和“太阳（神）”的恋爱。或说，在吠陀文学里，“晓天”成为“广延天女”，日神也称“大号哭”（Purūravas）[①]。名作家迦利陀莎把它演绎为神话剧《勇健与广延》（Vikramorvaśī）。同样是追求，受阻，遇难，但最后按东方模式“大团圆”。最值得注意的是，如同达芙妮变成月桂，广延天女曾变为“葡萄树”，它似乎相当于《吠陀》里易燃的桂树或橄榄树（beq，意又为“光明”）。因为兼有“光明/燃烧”之义，这些树又被“误读”为“曙光”和“晚霞”（或“曙光— 晚霞”所转化的月亮之树）。

让我们惊讶的还有，古代美洲也有太阳兼东方（风）之神追求少女安嫩的故事，她后来变成与曙光伴出的晓星。朗费罗写到他们在天上携手同行，“那就是瓦本（太阳）和那颗晓星（安嫩）”[②]。可惜这部戏也少了下半部：不知道被太阳追逐的明星是否变成月亮（中国与美洲古人都认为晓

① 许地山：《印度文学》，商务印书馆 1931 年版，第 77 页。

② ［美］朗费罗：《海华沙之歌》，王科一译，新文艺出版社 1957 年版，第 23—24 页。

星即“启明”，到了傍晚的西方成了“长庚”，也就是死而重生的女神）。

这些太阳追逐“曙光”，曙光或“晓星”变成“晚霞”（燃烧之树）和月树（月宫“光明树”）的神话，可以表解如下（参用“结构主义”的方法）。

太阳神（“发光者”，追逐者）	被追逐者—（被）照明者		
	曙光之神（或兼为晚霞女神）	与月之关系	与植物之关系
Helios-Apollo（“发光者”）	Dahana（朝霞）—Daphne	月中之“月桂树”	月桂树（或橄榄树）
Punūravas（大号哭，日神）	Ushas（晓天）—Urvaśī（广延天女）		红色莲花或葡萄树
瓦本（东风与朝日之神）	安嫩（晓星—暮星；启明—长庚）		
后羿（人间小日神，约当东君）	暾（朝日）	嫦娥（奔月）	月中桂花树

从本质上看，这些神话仍然是在“象征讲述”太阳和月亮的故事。太阳和月亮本来极像“阴阳合体”的自然神，以后“分裂”为热的太阳和冷的月亮，然而“热”的“发光者”仍在死死追求“冷”的“（被）照明者”——中间穿插以月光蜕变为“曙色”“晓星”和“晚霞”“暮星”的节目——却永远追求不上（所谓“日月相避隐、相代出为光明”而绝不碰撞）。一个是“长河日落晓星沉”，另一个是“碧海青天夜夜心”！男人（太阳）的一半是女人（月亮），女人的一半也是男人啊！

美国的“登月”火箭为什么叫“阿波罗”呢？原来他是去追求他的月亮，他的安嫩、他的达芙妮、他的嫦娥啊！

中国的“语讹”理论

中国学者有时也（不自觉地）“运用”语讹理论。茅盾指出，朱熹《楚辞辩证》就说，所谓羲和（日母）生下“十日”，无非是《尚书·尧典》里“出日/纳日”的“误解”，“口耳相传，失其本指，而好奇之人，耻其谬误，遂乃增饰附会”，编出一段“故事”及其“解释”，使之与经典一致[①]（但我们同样也可以推导出，《尧典》羲和不过是日母羲和、日御羲和的“历史化”遗形），这是一种不自觉的“语言疾病”的诠释。

又如，鲁迅所注意到的清人姚东昇研究神话的稿本《释神》（现只影印出版），也常常用“语言疾病”去诠释某些次生态、再生态的“民间神”及其故事。[②] 最有名的是“关索”，据《黔书》说，本来是山高“置索”以挽货过“关”，所以滇黔有“关索岭”之名，经由“麦克斯-缪勒经典过程”，讹变成关羽第三子关索或“花关索”（陈寿《三国志》，根本无此人），《水浒》还有个“病关索”，云南再演化出“专演”《三国》故事的“傩戏”小品种“关索戏”来（参见《傩蜡之风》），这真是一件令人慨叹不已的事情。

姚氏书序把这种因“语源误解”而导致“神祇”的混杂与紊乱描述得颇为生动。

> 更可怪者，杭有杜拾遗（杜甫）庙，村学究题为“杜十姨”，遂作女像（引案：沈起凤《谐铎》还将其展开为有趣的“艳遇”故事），配以刘伶（杨升庵说）；“水草大王”乃五代时诙谐之语，指为金日磾（《因话录》）；邺中西门豹像，像后出一豹尾；
>
> 春陵象（舜弟）祠，塑一象垂鼻形（引案：象弟确与夷殷驯象有关，是“自然学派”的研究成果）；丹朱频，盖尧子封域处，乃塑一猪（朱）形；北方有牛王庙，画百牛于壁，而中牛王曰（孔子门徒）冉伯牛（《席上腐谈》）；
>
> 灌口二郎庙，乃[祀]秦李冰之第二子，而曰“杨戬”（《封神演义》）。
>
> 羽林，军名，讹为“雨淋”，而[祠]不覆屋：
>
> 三孤，地名，讹为“三姑”，而肖以三女郎（《代醉篇》）
>
> …………

① 茅盾：《神话研究》，百花文艺出版社 1981 年版，第 162 页。

② 马昌仪：《〈释神〉与“语言疾病说”》，载《活页文史丛刊》1984 年第 9 辑第 200 号，第 7—8 页。

这就是“低级”的“语源误解”而诱生“新神”。还可以举出：

椎：终葵——钟馗（参见胡万川的研究）

“伏波”将军（马援）——镇水之神

伍子胥——伍髭鬚

这真是“身后是非谁省得，满街听唱蔡中郎”了。

人类学的方法

人类学（Anthropology）本质上是比较的（comparative），因为它面对的是整个人类（及其文化），它的研究就不能不是跨民族、跨文化的，使自己成为一门“全球性”的总体科学。早在20世纪的20年代，号称“人类学之父”的爱德华·泰勒就把他的《人类学》一书副标为“人及其文明研究导论”，不仅包括“体质人类学”（Physical Anthropology），还包括了“文化”的研究，世界神话的思考。

人类学本质上又是历史的。因为它要从纵/横两向把“人类”（及人类史）整合为一个有序的机体或系列。它要从人类及其文化的“全景”里展现其发展演化的“阶段”和“秩序”。古典人类学还把重点放在后进的群团或人类的“传说”时代，力图把考古学/历史学/民族学“焊接”起来，“弥合”起来。

人类学要追问人类及其文化的每一义项：

它是哪里来的？它到哪里去了？

它以什么形式躲藏于“过去”？它用什么形态遗留于“现代”？它借什么形样展示于“未来”？

所以，人类学不但珍视新发现和再发现的人类活动的“记录”和“状态”，更加重视文化的“遗迹”（survival），亦即恩格斯所说的“社会的活化石”,力求在人类的神话传说民俗里发掘人类的过去、现在,直至未来。

人类学派的创造者之一泰勒说:“神话起源于极古老的人类野蛮状态之中。”他最重视由(现存)后进群团的生活和思想去恢复人类的过去(包括神话)。因为,作为“象征和历史”,“神话的虚构,也像人类思想的一切其他表现一样,是以经验作基础的”①。

安德列·朗格和泰勒同样重视文化“遗迹”的研究和复原,茅盾用更明白的话转述他们的意见说:

> 一切神话无非是原始的哲学、科学与历史的遗形。从原始的哲学,蜕化为诸神世系及幽冥世界等等粗陋的宇宙观;从科学,成为解释自然现象与禽兽生活的故事;从历史,则创为记述某种宗教仪式,部落典礼,与风俗的故事,此种仪式典礼及风俗的起源是早已被忘却了的。②

这应该与“神话的功用·上古史的源头”章节一起参读。

比较神话学

比较神话学的背景或基础是人类学,而人类学的神话学也必然是比较的。它面对的是整个人类及其(神话学)文化,不能不是跨民族、跨国界和跨语种的,不能不进行比较和比较之后的“整合”。

18—19 世纪以来,建立在比较语言学基础上的比较神话学贡献巨大(参见上文介绍)。有位文化史家甚至说,19 世纪有两门科学的影响最为深远:一是进化论,它在纵的方面把人类的自然史改造为有序的结构;二是比较神话学,它在横的方面把人类的社会生活整合成有机的整体。地球只有一个“人类”,人类具有共同的起源,种属(人科动物)上的共同体征和

① [英]爱德华·泰勒:《原始文化》,连树声译,上海文艺出版社 1992 年版,第 273 页。
② 茅盾:《神话研究》,百花文艺出版社 1981 年版,第 14 页。

“特质”;早在所谓“史前”或远古时期,他们的神话、神话结构和神话性思维便有许多趋同的地方,有些还可能有所交流。

和“比较文学”(Comparative Literature)一样,20 世纪的比较神话学大体可以分为两大派:一个是以法国、德国为代表的“古典”学派,他们注重在“播化论”启示下的“影响研究”(或称交叉研究),认为远古-上古的神话可能在邻近的民族或人种、语言“同源”的群团之间或直接,或间接地交流、传播;另一个是以美国、苏联为代表的“现代”学派,他们提出应该在“进化论”指导下开展“平行研究”(或称“无影响研究”),他们认为人类不管怎样划分都存在“共同心理”构造,那些看起来大同小异的神话不一定是传播、交流的结果,应该对它们进行整合性、理论性的观照,寻找它们共同的规律、规则或构造,从而大大扩充了比较研究的覆盖面,大大提高了它的理论水平。

更重要的,古典的“共同心理”学说,在现代神话学和文化理论里,已经与精神-心理分析学“集体无意识”和“原型”的归纳,构造研究的“历时/共时结构”分析,“元语言”模式推绎等有机地融合,或者被替换、被充实,显得生气勃勃,信心百倍。这里只引证坎贝尔的小结式表述就可以明白这一学派的归趋。

> 神话原型跨越了这些文化区域的疆界,它们并不局限于某一两个文化区域,而是在[世界]所有区域中形态各异地体现出来。死后复生(参见后文的“永恒回归”图式),这大概是人类固有的观念。全人类共有的还有圣地、仪式的功效、庆典中的各种饰物、祭祀牺牲、巫术、神怪,超验的、无所不能的力量(如 mana 等),梦境与神话国度之间的关系,入会仪式和仪式执行者等等,诸如此类,不一而足。①

① [美]约瑟夫·坎贝尔:《生物学与神话:神话学导言》,[美]维克雷编:《神话与文学》,潘国庆、杨小洪、方永嘉译,上海文艺出版社 1995 年版,第 63 页。

现在把它们的主要特征表示如下。

古典学派	现代学派
影响研究	无影响研究
(交叉研究)	(平行研究)
播化论的	进化论的
邻近民族间,或“同文同种”者	超民族、超国界或全人类的
追索“交流史实”	寻求“共同心理”
历史性较强	理论性较强
以法国、德国为代表	以美国、苏联为代表

严格说起来,两派都还处在“草创”或“探索”时期,近年又有极大变化,这样的划分是粗疏而不免机械的,只是为了醒目,做些提示罢了。

例如,所谓“播化学派”的神话学,还与人类学—民族学的“文化圈”与“文化区”研究相联系,近年“萨满文化圈”与“环太平洋文化(区)”学派(例如中国台湾的凌纯声、陈其禄、文崇一等人)的研究成绩辉煌;还有比较极端的“播化论”文化核心区的主张,例如:

——泛埃及主义
——泛巴比伦主义
——泛太平洋主义
——泛地中海主义
——泛中亚主义
——泛玛雅主义
——泛中国主义

等等,大致认为人类的许多(或竟所有)文化创造(物),包括神话,都是从一个“核心区”向外辐射、传播并经过移植、改造而成为目前所见的样子。

理由之一是，“人类”只有一个，共同“起源”于非洲。这当然很难说服人，但也不乏精彩，这里无法一一介绍。

两大学派互有短长：“交叉研究”不免烦琐，搞不好穿凿附会；“平行研究”易流于空疏，免不了漫无边际。现在是经济-文化“全球化”时代，信息、通信技术高度发达，各国、各科的学者完全应该携起手来，捐弃成见，跳出局限，调动国际“互联网”的优势，广泛利用世界各地存储的资料，“去粗取精，去伪存真，由此及彼，由表及里”，坚持实事求是的精神与态度，采取多元化的方法，利用多重化的证据，开展多样化的“写作”，肯定会取得相当的“突破”和喜人的成绩。

如上所说，“人类学”本质上是个总体性、比较性、交叉性的学科，它试图整合人类的文化与“文明”，试图成为人文-社会科学以及自然科学（比如人的自然史或体质-生理人类学等）的桥梁，这样它不能不是跨学科和超学科的，不能不使用“多重证据”和多样方法，进行理论与实际兼顾、“边缘”与“综合”并重的研究（我们所持的是“因子播化论”）。

然而，人类学派的神话比较方法，也许比任何的“比较”都要严格，既要求高度负责的科学态度，又要求相对缜密的理论指导，还要求多多益善的综合“实证”。因为神话本来就是“虚无缥缈”的“象征/符号系统”，它的研究虽然要求诗情和想象力，但更希望以实证虚，由“有”观“无”，如果一味地信马由缰，凌空驾虚，那就是以空对空，无中生有，真正把“梦白日”变成“白日梦”，乃至大白天活见鬼。

我们在中国科技大学的演说里曾提出“比较方法三原则”：

整体对应性

多重平行性

细节密合性

其核心是严谨和周密。但我们在实际工作中也常常身不由己地逞臆任情，这大概因为神话幻想的煽惑力、感染力太大了。希望共勉。

社会学的尝试

从巴霍芬、摩尔根到韦斯特马克、罗威、缪勒·利尔,以及恩格斯、普列汉诺夫、保罗·拉法格,他们对宗教、神话、民俗的研究,基本上是社会学的(这里我们主要举著作有汉译者)。“历史学派”与“人类学派”或“文化(史)学派”关系很大;照我们看,神话学上所谓“社会学派”,主要属“人类学派”,部分是“历史学派”。因为神话的社会背景、社会内容以及其中的社会冲突、社会行为,对于我们实在已经是“历史”,而社会学的方法确实非常重要,人们在对神话进行历史学、人类学、文化学的研究时,已经在运用(神话传说所反映的)称谓、婚姻、家庭、宗教和社团组织、政治结构等的案例审查、统计分析,等等,有人归为民俗学或文化人类学研究,有人认为是社会史的工作,现代神话学更是离不开它。中国的田兆元、尹荣方等正朝这个方向努力。

罗伯逊·斯密斯曾提出,宗教(含神话—仪式)是整个社会集体的事业,而绝不是个人的事。这是社会学派的光辉宣言,也被看作宗教人类学的先声。涂尔干《宗教生活的基本形式》也说,社会具有超过个人的力量,也只有群体的行为才有理论的价值;个人的行为、心理,只有具备代表性、普遍性意义者,才是科学研究之靶的。个人,乃至世间万物,在生活中的位次,“级别”,价值,都只能在群体里确定。

> 我们不仅将它们从社会中取了出来,而且还将它们投射到了我们的世界概念之中。恰恰是社会,为我们提供了充满逻辑思维的轮廓。①

而人类学的田野作业,主要对象也是群体或群体里的个人,纯然“变异”的、缺乏典型性的个案没有理论意义。被视为“人文科学”的人类学本

① [法]爱弥尔·涂尔干:《宗教生活的基本形式》(第1卷),渠东、汲喆译,上海人民出版社1999年版,第195页。

质上也是社会学的，只有把两者结合起来才能取得可信的结果。

功能主义神话观

马林诺夫斯基曾经感叹道："对于蛮野人，一切都是宗教，因为蛮野人恒常都是生活在神秘主义与仪式主义的世界里。"[①]所以，据梅列金斯基《神话的诗学》的看法，马林诺夫斯基具有里程碑性质的"功能主义"也属于人类学派，尤其是与"仪式"理论相关。

> 神话使思想法典化，使道德强化，使一定的处世准则得以确立，使种种仪礼获致认可，使社会体制合理化并获得认证。[②]

神话被看作具有"实用性"的工具，能够"调节"人与人、人与自然的关系。马林诺夫斯基的贡献还在于，他把田野作业当作第一位工作，原始性群团的神话被看作具有独立生命的"活着的实体"，而不再是希腊罗马或西亚北非神话的附庸、佐证或参照物。人类学真正从书斋走向野外，但又绝不仅仅是"描写"，而是记述里有分析，讨论中具实证。他指出，神话具有"纯实践功能"，以"超越"现实的"史前"故事"来维系部落文化的传统及其延续性"。这些结论都是原始部落的行为和"心理"活动所提供，绝不是为了体系的完满构拟出来的概念游戏。

> 人类学家不必限于不完整的文化遗痕，片断的简板，尘封的文字，或者破碑残碣。他用不着用连篇累牍的但同时是猜想的疏证来填平很大罅隙。人类学家有神话制作人在肘腋之下。他不但可以记录下当地存在的说法——各种说法，而彼此参证，使无

---

① [英]马林诺夫斯基：《巫术科学宗教与神话》，李安宅译，中国民间文艺出版社1986年版，第8页。

② [苏]梅列金斯基：《神话的诗学》，魏庆征译，商务印书馆1990年版，第37页。

疑点;他也有一群当代的注疏家,可以听取他们的批评;更在一切之上,他有神话所自产生的生活完全摆在眼前。①

这些都是警世箴俗的金玉良言。可以略作补充的是,必须像弗雷泽们那样尽可能多地利用已有的作业报告,细心地加以分析、比照、甄别,去伪存真,去粗取精,再把它们与自己的调查所得和案头工作,特别是考古学、语言学等方面的证词结合起来。因为,所谓"文本",也该是多元化和多样化的。

马林诺夫斯基说:

巫术与宗教不仅是教义或哲学,不仅是思想方面的一块知识,乃是一种特殊行为状态,一种以理性,情感,意志等为基础的实用态度;巫术与宗教既是行为状态,又是信仰系统;既是社会现象,又是个人经验。②

尤其重要的是,他提醒说,艰苦卓绝的原始生活有其平凡、现实的方面,能用经验和技术解决的,绝不用宗教和巫术;经验与技术不行了,才借用巫术、巫术仪式,包括"援用"神话和宗教。他们承认"自然势力"与"超自然势力","两者并用,以期善果"。巫术、仪式和神话具有应对艰难生活的(假想)功能,是一种(虚拟的)实践或"能量交换",纯粹用以审美、娱乐或"纪实"的神话是少之又少的。神话多半是用来"解决"人与自然之间、人与人之间的"关系"或"冲突"。许多神话、民俗与"仪式"一样,具有实用的价值、实践的功能,绝不单单是愚蠢和有害的迷信(这说明功能主义和实用主义有些关系)。

结构主义者列维-斯特劳斯,在他的田野工作回忆录里,也发现了神话

① [英]马林诺夫斯基:《巫术科学宗教与神话》,李安宅译,中国民间文艺出版社 1986 年版,第 85 页。

② [英]马林诺夫斯基:《巫术科学宗教与神话》,李安宅译,中国民间文艺出版社 1986 年版,第 9 页。

与仪式这种“神圣”性质和“世俗”应用的奇妙统一。波洛洛“男人会所”(及其仪式生活),不但是社会与宗教生活的中心,“不但是村落的结构允许各个不同的制度之间相互影响,它同时也综述保证人与宇宙的关系,社会与超自然界的关系,生者与死者之间的关系”①(这些还是结构主义集中注意的“二元对列”关系);而且,这些都被视若当然,是生活之中自然而然、“随随便便”进行的事情;圣/俗,天/人,死/生,一切的本该绝对分离的事情,都被融合得亲密无间。

很少有像波洛洛人那样具有深沉宗教情操的民族,也很少有人具有他们那样复杂的形上学体系。但精神信念又和日常行动结合得如此紧密,土著似乎毫不自觉地在两个自由体系之间自由移动。②

他们融化在宗教—神话“活体”之中,神话—宗教“活体”也融化在他们之中。这些考察显然较前引涂尔干的“圣/俗”截然“二分”前进了一大步。云贵川桂的学者在这方面取得很大成就。

所以,现代人类学的田野操作,最重视的是体验和参与。同吃同住同劳动,同样文身和装饰,融入一切生产、生活和宗教、艺术活动,使用部落的语言说话乃至“思考”(所谓“诗学人类学”也在这种背景之前建构出来)。有如马尔库斯们所说:

当代实验[人类学]更为深刻地认识到,没有对情感和经验的文化差异和表现形式进行细致的考察,我们就无法直接领悟它

① [法]列维-斯特劳斯:《忧郁的热带》,王志明译,生活·读书·新知三联书店2000年版,第296—297页。

② [法]列维-斯特劳斯:《忧郁的热带》,王志明译,生活·读书·新知三联书店2000年版,第294页。

们的本质，更无法将之从一个文化传达到另一个文化。[①]

剑桥学派：神话与仪式的关系

作为“宗教人类学”或“社会人类学”的先驱，罗伯逊·斯密斯（W. Roberson Smith）在《闪米特人宗教讲演集》里说，要研究宗教之“表象”（representation），必须由研究群体性的宗教“活动”（action）开始。因为，即令教义变了——如同法国人杜德（E. Doutté）所说——“仪式仍像软体动物死后的化石那样固执地持续着，有助于我们确定地质学上的纪元”。所以，哈里森（Jean Ellen Harrison）在《希腊宗教研究导论》里强调，她的研究必须由“仪式”开始。与宗教、神话互为表里的是仪式。

> 要了解一个民族的思想，一条线索——也许是最可靠的线索——就是考察这个民族为其所敬奉的神所做（does）的一切。要想对希腊宗教有一个科学的认识，首先就要对其仪式进行详细的分析。[②]

卡西尔也说，神话的“动机”（mythical motive）始终贯串在原始（性）群团的生命运动和生命形式里，并且首先和明白地表现在他们祭典或仪式里，此时——

> 人不是处在全然的思辨或冥想的气氛中。他不是沉醉于对自然现象的冷静分析。他活在情绪的生命而非思想的生命［中］。显而易见的，仪式在人的宗教生活里，要比在神话里来得

---

① ［美］乔治·E. 马尔库斯、［美］米开尔·［美］M. J. 费彻尔：《作为文化批评的人类学：一个人文学科的实验时代》，王铭铭、蓝达居译，生活·读书·新知三联书店 1998 年版，第 73 页。

② ［英］简-艾伦·哈丽生：《希腊宗教研究导论》，谢世坚译，广西师范大学出版社 2006 年版，第 4 页。

更深切更能持久。[1]

社会学派的拉德克利夫-布朗说:“无论在神话还是在仪式场合,所表达的感情均是那些对该社会存在而言的最基本的感情。”这也说明,所谓“仪式学派”,不但是古典人类学派的重要分支;作为方法,它也为心理学派或社会学派或符号象征形式研究所继承与发展。据梅列金斯基介绍,作为人类学派最古老、最重要的学说,这个“仪式”理论上承历史学—社会学的研究,下启心理学的神话“内在”机制的分析,旁涉功能主义,兼及神话“构造”之剖解,承前启后,影响至今不歇。

威斯顿(L. Jessie Weston)的《从仪式到传奇》也说,古代的叙事文学往往联系着表演神的死亡与再生的神秘仪式(最明显的是希腊的酒神祭典),这种仪式的神圣实质是再现并“创造”土地的沃饶和庄稼的丰收;所以用祭献的牺牲(公牛)的肉来“分食”或埋到地里,就能得到人丁和谷物的蕃庶。默雷(Gilbert Murray)论戏剧起源时也说,戏剧植根于宗教仪式,其中心是“神/自然”的死亡与再生。所以,如“神话的发生”一章所介绍,希腊“悲剧”(tragoidia) 本意是“山羊之歌”(狄奥倪索斯等酒神、农神曾化形山羊),它直接导源于“酒神颂”(dithyrambus)。

弗雷泽的巨著《金枝》则以专卷论述了安东尼斯“生—死—生”神话与仪式在本质上的对应性与一致性。这些学者大都出身剑桥大学,所以又有“剑桥学派”之称。

据称,德国人康拉德·普罗伊斯(Konrad Theodor Preuis)《神话的宗教形态》《原始人的宗教崇拜》诸书也提出,神话与仪礼本是同根生,它们都要再现、重演“史前期”(Ur-zeit)的“事件”或“行为”,这种“重现”是为了确认,维系“宇宙⇌人生”的秩序。后来的延森、居斯塔夫,以及地位显赫的埃利亚德,也承继并发展了这个思想,揭示:初民举行某种仪式、展演某个神话,都是为了使群团融进宇宙,纳入自然—生命运行的轨道和秩序,使人类的行为与宇宙的运作同步,协调,谐振,从而保证群团的延续与发

---

① [德]卡西勒:《国家的神话》,黄汉青、陈卫平译,成均出版社1983年版,第39页。

展——这也是"神话—仪式"具有"圣典"或"法制"（charter）功能的重要依据。换言之,仪式和神话一样具有"神圣性",像涂尔干所描述的,"某些［仪式性］语词、表达和惯用语只能出自圣人之口;某些姿势和动作是任何人都不可做的"[①]。这些仪式行为像简・哈里森所说的,是为了"重构一种情境"[②]。而且,仪式比艺术"神圣"得多。有如 S. H. 胡克所夸称:"离开了仪式,神话就会死亡!"

加斯特(Theoder Gaster)甚至说,一个故事是否可称为"神话",首先要看它与仪式有没有"直接联系"。大卫・利明等批评这个定义过分"狭窄"。但是,他们的《神话学》的描述性定义除了肯定神话是神圣事物的故事以外(参见"神话的界说"一章),同样强调"神话的真正环境是在宗教的仪式和礼仪之中";因为它们都要确定神圣事物及其"秩序",防止世界陷入混乱,所以要再现人神所创造的业绩,让部众一次接一次地温习,确认,效仿,崇信。而加斯特反复强调神话必须是在仪式中"履行"其神圣(或巫术性)的职责,否则只能是一般的故事。"展演"仪式,并且把仪式的(巫术)作用"讲述"出来,使其达到(或圣或俗的)"目的"者,就是神话;否则就不是神话(参见"神话的发生・'巫术言语链'的自增殖"一节)。他认为:"神话和仪式是互为本体的。"[③]离开仪式,就无所谓神话。连《吉尔伽美什》都不是神话(显然,这是片面的,并不是所有的神话都和仪式有直接关系)。比较准确的说法是,艺术尤其神话,与仪式"关系密切,不仅可以相互阐发和说明,两者其实就是一母所生,源于同一种人性冲动"[④]。

这些与人们对后进群团或"原始民族"所做的田野调查也有一致之处。据斯宾塞和吉伦等的报告,在澳大利亚——

① ［法］爱弥尔・涂尔干:《宗教生活的基本形式》,渠东、汲喆译,上海人民出版社 1999 年版,第 43 页。

② ［英］简・艾伦・哈里森:《古代艺术与仪式》,刘宗迪译,生活・读书・新知三联书店 2008 年版,第 13 页。

③ ［美］西奥多・加斯特:《神话和故事》,见［美］阿兰・邓迪斯编:《西方神话学论文选》,朝戈金、尹伊、金泽等译,上海文艺出版社 1994 年版,第 154 页。

④ ［英］简・艾伦・哈里森:《古代艺术与仪式》,刘宗迪译,生活・读书・新知三联书店 2008 年版,第 7 页。

> ［神话］仿佛是对举行的仪式本身所作的解说。仪式的程序通常是由举行仪式的人们扮演各种角色，把神话中叙述的那些事情再现出来。①

苏联学者乌格里诺维奇据以称："神话和仪式原本是同时产生的，并且看来最初是一个尚未分解的整体。"②

克拉克洪（Clyde Khruckhohn）则从"符号/象征"的角度对上述的看法加以概括："神学是一种词的符号系统，而祭礼则是一种事物和行为的符号系统，它们两者的符号化进程都与在同样情况下产生同样的效果模式有关。"③神话虽然多是"神圣"的，然而，有些神话从未在庆典中演示，而有些仪式则强调与神话格格不入的内容。④ 神话与仪式并不全然一体化。

"过渡"仪礼与"收养"仪式

如所周知，仪礼（包括幼稚阶段的巫术仪式）大都与人的生命里程的"转折点"，社会身份的"变换期"，亦即所谓"过渡"节期相一致，所谓"仪式-民俗神话"也大都记述、诠释这些仪典，所以可当"仪式"的案例考察。克劳雷（Crawley，1869—1924）的《生命树》，根纳普（N. Van Geunep）的《通过仪式》，都是这方面的重要著作。哈里森的《忒米斯》也说："宗教所集中注意的对象，大部分是人生的重要事件，例如生育期、青春期、婚嫁期、

① ［苏］C. A. 托卡列夫：《什么是神话》，载《宗教和无神论历史问题》（第 10 辑）；见［苏］德·莫·乌格里诺维奇：《艺术与宗教》，王先睿、李鹏增译，生活·读书·新知三联书店 1987 年版，第 66 页。

② ［苏］德·莫·乌格里诺维奇：《艺术与宗教》，王先睿、李鹏增译，生活·读书·新知三联书店 1987 年版，第 66 页。

③ ［美］克莱德·克拉克洪：《神话与仪式中的一般理论》，见［美］约翰·维克雷编：《神话与文学》，潘国庆、杨小洪、方永德等译，上海文艺出版社 1995 年版，第 88 页。

④ 朱狄：《原始文化研究：对审美发生问题的思考》，生活·读书·新知三联书店 1988 年版，第 692—693 页。

死亡期等等。”在这些生命的转折时期，总要举行相应的仪式，并且有若干的神话来讲述或“配合”（上述这些，也是所谓社会学派的重要研究内容，涂尔干就非常强调作为信仰“行为方式”的通过仪式在宗教生活里的重要作用）。

当然，绝不是所有神话都与仪礼相关，但是有一部分神话和神话性民俗，是可以借助生命转换仪式的启示来“破解”的。

倡言神话是一种逻辑“符号/象征”的卡西尔也承认：

> 出现在人类社会和组织里的生命的循环，其根本的本质也在自然中呈现。四时的轮替并非仅赖于物理的自然力。适时的轮替与人的生命密不可分地结合在一起。自然的生与死，乃人类死亡及复活的大舞台剧中的一部分。①

人与自然的生命活动的对应，以及它在转换仪式里的体现，正是《金枝》的主题。卡西尔特别强调，“几乎所有宗教的生长仪式，都颇类似加入仪式”。所谓“成丁”或“入社”仪式（华夏-汉族谓之“冠礼”，西南有些民族叫“穿裤子/穿裙子”典礼），生命在转变时刻最软弱，像爬行动物在蜕皮，那绝不仅是“成年”，而简直是“死亡”，置之死地而后生，就好像大自然的死亡与复活一样，所以仪式里常常借助某种生物（尤其谷物、蜕皮动物等等）来做“譬喻”或“道具”，以暗示这是一种困难而危险的蜕变，必须通过“死亡”的模拟，以达到一种新的生存，新的生命形态。

甚至连巫师继承职务、传习仪典，都要经历一次虚拟的“死亡”或“断身”仪式（从而诞育着新的解释性的“仪式神话”）。

> 巫师传授的仪式，往往包括新门生的神话般的死亡，以及由于和地方性集团的图腾融合在一起的、他们的祖先的精灵而发生的复活。正像斯宾塞和吉伦所告诉我们的那样，有的神话传说，

① ［德］卡西勒：《国家的神话》，黄汉青、陈卫平译，成均出版社1983年版，第28页。

新门生做梦或陷入神志不清的癫痫状态时(引案:这又涉及梦魇迷幻等刺激神话的发生),他的内脏被换成了新的……①

神或英雄的"受难"或"牺牲",也是一种生死考验(仪式)。安什林援引尤利尔与莫斯的《宗教史汇编》说,神话"把神(引案:或英雄)从考验中活着救出来,只是为了要让他再接受考验,并且说明神的生命是不断地忍受一连串的苦难和复活"②。后稷(庄稼神)的"三弃三收",奥西里斯(Osiris)的被脔割,进入地府和麦穗那样的"春风吹又生",安东尼斯(Adonis)的几度死亡和再生(参见《中国文化的精英》等书),都是与"过渡仪式"相关的神话。

"成丁—入社"典礼是生命里程上一次最重要的"复活",是获得一次崭新的、"完整的"生命,是一种神圣的生死"考验"。

那么,参加另一个"氏族"或"宗教团体",被"收养"为新部落成员(后来的入教、入会等也一样),同样也是一种"死而复生",许多相关仪式就是扮演"新成员"重获生命的过程。这种"仪式"里藏着许多神话的秘密,而许多神话又是用来诠释、表演、再现这种仪式的(这是剑桥学派理论的核心)。这种也许"变形"了的神话,还用来解说"祭物"怎么变作"圣体","人牺"怎么变成神,以及祭祀的理由与来源。用马林诺夫斯基的话来说,就是"证明仪式的功效而有实用的规律以指导人群",并且"复活"荒古的"史实"、仪礼和风习,以与当今一致。

大家知道,大舜"驯化"弟象,从自然学派的观点看,是夷殷群团驯化野象过程的象征讲述;从社会学的视角看,则是象部落酋长或战士为鸟部落(舜族)所收养的"史事"的"镜象"。易洛魁的一般的"入族典礼",依照摩尔根-恩格斯的转述,即令是俘虏,通过某种"宗教仪式",也可以获得本"氏族和部族的一切权利";然而,此前还有一种"特殊的宗教神秘仪式",

① [法]沙利·安什林:《宗教的起源》,杨永、丁璇贞、宋家兴等译,生活·读书·新知三联书店1964年版,第69页。

② [法]沙利·安什林:《宗教的起源》,杨永、丁璇贞、宋家兴等译,生活·读书·新知三联书店1964年版,第113页。

白种人称为 medicine-lodges（巫术集会），相当神秘而隐晦。入族者参加这种秘密仪礼，往往要扮成“死人”，然后让他再生。《楚辞·天问》说：“舜服厥弟（象），终然为害；何肆犬体，而厥身不危败？”“肆”就是割裂牺牲（如犬）的身体。《周礼·春官·大宗伯》说：“肆者，进所解牲体，谓‘荐熟’也。”《楚辞新探》认为，这是大舜肆献犬牲给天帝，换来了厥身不危败。现在更体味出，这“犬体”可能是代表“象弟”，割裂了犬体等于脔割了弟象，使他“死”去一次，复活并入社后就不会造成“恶害”，大家也都厥身不危败。

列维-斯特劳斯对这种“杀死—再生”的入社仪式的世界共通性感到极大惊讶，并给予很好的解释。

> 无论在非洲、美洲、澳大利亚，还是在美拉尼西亚，这些仪式都遵循同样的程式：首先，把未入族者从他们的父母处带来，象征性地把他们“杀死”，并藏于森林或树丛中，让他们经受来世的考验，然后他们就作为社群的成员“再生”了。[①]

在舜象冲突故事里，“杀死”象弟是以“肆解”犬体来替代的，显得隐晦罢了。

一直到春秋，还要举行这种扮演“死亡”的“入族—收养”典礼。《吕氏春秋·赞能篇》记载，管仲本是齐桓公的死敌，为了顺利“转入”齐国集团，要把他的“拳”用套子套起来，还“胶其目”，而且“盛之以鸱夷（皮口袋），置之车中”，经过火薰血淋，才能“转社”。这就是使他经历一次死亡，又像婴儿睡在子宫一样裹在皮囊（鸱夷）里再“生”出来。这极像希腊人的做法。据弗雷泽等介绍，天后赫拉要收养大力神赫拉克勒斯，就让他脱光了身子，扮成胎儿，钻进天后宽大的袍服，让他由她的两腿之间“爬”出来——再经历一次“分娩”和“诞生”才能被收继。在印度，有时活人忽然“昏厥”或竟“假死”，那么救醒他以后便要举行“再生仪式”，他“回来的第

① ［法］列维-斯特劳斯：《野性的思维》，李幼蒸译，商务印书馆 1987 年版，第 303 页。

一夜,要坐在盛满了脂水的盆中,在盆里他蜷曲着一声不响,像胎儿一样”,那仪礼“就如庆祝妊娠一样”[①],理由是他又经历了一次生命。列维-斯特劳斯也注意到再生—入社仪式里,父母模拟胎儿“新分娩”时所经历的“一切过程”[②]。

商汤收伊尹也一样,不但要“爝以爟火,衅以牺猳”,拿火燎他,用猪血泼他,以“祓除”其由“异类”带来的“不祥”;还要让他拿着用桑木做的“哭丧棒”(伊尹名挚,挚之言“执”,执杖也;伊尹生于空桑,执以桑木,桑之言“丧”,哭丧棒也),目的就是扮演一次丧葬仪式,用“桑/丧”之木殴击可能“危害”这个仪式和伊尹们的恶鬼(古人谓之“武装出殡”)。“桑”还有与它所喂饲的蚕同样的“再生”或“变形”功能。手执桑木,绝不仅是为了丧亡,而是为了保证其新生,并顺利参加新的群团及其会社。

神话的精神-心理分析

以心埋学,尤其病态心理学来研究神话的,最著名的当然要数奥地利医生弗洛伊德。他创造的“精神分析”法,很重要的一个贡献,是填平“心理学”与“人类学”的鸿沟(参用卡西尔的说法)。作为“心理/语言病变”的神话研究,有时竟可以在医院或实验室里进行(例如对脑部做病理分析),有时还借重仪器,以经验事实来“验证”,有时还能得出“可重复”的结果(例如,某种迷幻药可以多次诱发“小人幻视症”,可借助其推知“小人国”故事和某些鬼魂故事的“诱因”,等等)。“弗洛伊德站在神话的病榻旁时,他的态度和感情与站在普通病人的床边没有什么两样。”(卡西尔)当然,他的办法和纯粹自然科学的方法或“机械论”仍然有质的不同。他要深入到人类超验的“本能”和“无意识”里,从心理的“形而下”发现神话的“形而上”。“[这]是一个特别的领域,有它自己的欲望和表示方式,以及特殊的

① [英]弗雷泽:《交感巫术》,李安宅译,商务印书馆 1931 年版,第 19—20 页;[英]弗雷泽:《金枝:巫术与宗教之研究》(上册),徐育新、汪培基、张泽石译,中国民间文艺出版社 1987 年版,第 24 页。

② [法]列维-斯特劳斯:《野性的思维》,李幼蒸译,商务印书馆 1987 年版,第 303 页。

心理机制。”[①]

卡西尔说，许多原始性部落，并没有西亚、北非、东南欧那样比较成熟的“神/英雄的勋绩”或神的谱系，却“透显出生命形式一切众所周知的特质，神话动力(mythical motives)深深地贯透生命形式，并完全决定生命形式”，这是一种原始情绪的撞击，非从意识深处，亦即“无意识”，尤其叔本华、弗洛伊德说的“性本能”里开掘，不能知道其动因。尤其是弗洛伊德认为，生殖(器)崇拜几乎是一切宗教和神话的根源。

卡西尔说，他们只是为神话研究开拓了新领域，提供了新“题材”(subject-matter)，却“不足以了解它的本质和特性”。它们与自然主义神话学一样容易陷入“单元化”或“独断论”。什么是这种“原始情绪”或潜意识那被“独断”的“内核”呢？性。这是弗洛伊德心理-病理学的最大贡献和最大问题。

中国人说：“食、色，性也。”(《孟子·告子》上篇)又说：“饮食、男女，人之大欲存焉。”(《礼记·礼运篇》)

西方人说：“爱情和饥饿控制了世界。”

这是不可分割的一枚硬币的两面。所谓“本能”(instinct)或“潜意识”，包含着两种不可遏制的原始力量撞击：饥饿冲动(urge)和性欲冲动(impulse)。现代社会心理学家认为，它们体现为两种最底层也最基本的需求：“求慰藉”(gratifcation)和“求安全(security)”的需求。

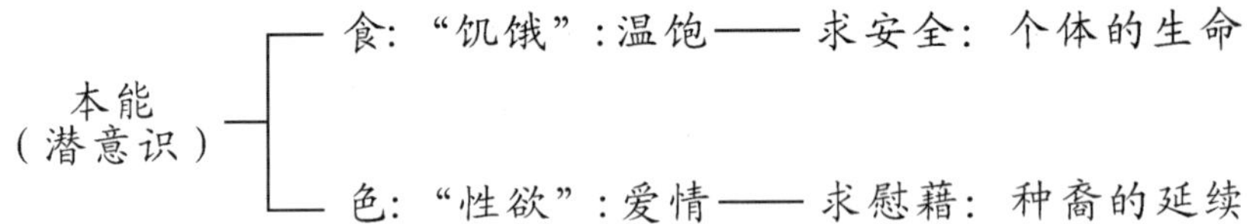

所以，人类要从事两种“生产”——物质资料和人本身的生产，就像隔壁大嫂子既要下地“生产”又要在房里“生产”那样。两者互动互补。印度人的“祭祀”一词，包括“ya, ja, na”所组成的一句话，原义是“他们聚在一

① [美]弗洛伊德：《精神分析引论》，高觉敷译，商务印书馆1986年版，第164页。

起，传宗接代”；但又绝不止此，所有吠陀文献都强调“祭祀”的目的即“他们聚在一起，生产食物并多生孩子”[①]。神话当然也为这两个动机所左右。

18—19 世纪的唯物主义者，逐渐发现了“吃饭”在人类文化—文明史上的决定性作用；接着，弗洛伊德发现了“性”的意义，也是伟大贡献。可是他只讲性，不管吃饭；况且，在这两件人生大事之外，还有许多事情对文化-文明（包括神话）发生作用。亚里士多德早就说过：“人在基本需要满足之后，就会向更高层次追求。”

现代所谓“文化多元主义”和“文化相对主义”，探讨的就是这种多重的、体现为立体交叉的文化合力。而弗洛伊德则沉迷在他的“性梦”之中（他也说过，神话与梦都试图“解决”多重目的之欲望）。他的重要贡献，是对“梦/神话”乃至一切艺术创造的病理-心理学解释，发现以“性本能/性欲望”为核心的潜意识（或“无意识”）的动力学作用。他说，梦的“倒退作用”（the regression in dreams），能够把“思想译成一种原始的表现方式，而且唤醒了原始的精神生活［引案：包括神话］的特点——自我的古老的支配权和性生活的原始冲动”[②]。这就是说，可以从梦和梦的解析追溯神话及其发生的真相；而且可以重估“象征”这一古老的“理智财富”的作用、价值，并解析其特殊机制（参见“神话的界说 · 什么是‘象征讲述’”一节）。这也为“潜意识”或“原始冲动”在人类心灵发展史和神话民俗“释义”中的地位、功能确定了崭新的视角（假如不夸大、不封闭、不特化这些大胆见解的话，它在今天仍有价值）。弗洛伊德从希腊神话和悲剧里推绎出来的伊底帕斯“弑父恋母”的冲动，这种种可怕的“性本能”（sexual instinct）或“情结”（complex，或译为“情意综”），常常以“变形”的梦或神话或“伪装”或“倒置”地出现在小孩的“愿望”和大人隐蔽的“无意识”中（后来荣格将其补正为“集体无意识”）。对它的“抑制”和“冲决”导致精神病，“防民之口，甚于防川”，必须让它有机会宣泄或升华；梦/神话和艺术创作都是“宣

① ［印度］R. P. 萨拉夫：《印度社会：印度历代各族人民革命斗争的历程》，华中师范学院历史系翻译组译，商务印书馆 1977 年版，第 87 页。

② ［奥］弗洛伊德：《精神分析引论》，高觉敷译，商务印书馆 1986 年版，第 164 页。

泄”，后者尤其是“升华”（不仅像古典作家说的那样是“净化”）①。弗洛伊德认为，这种种欲望、本能、冲动，是打开神话藏宝洞的“咒语”（如上所说，他把这种“性话语”推到极端、独断的地步，变成治疗一切的“万应灵丹”，然而，“芝麻”是“开”不了所有的“洞门”的）。他认为，这种实质上是乱伦的性本能，才是真正的“原罪”（SIN）。在原始部落里，酋长就是“父亲”（很有点像猴群里的“猴王”），他逐渐走向衰老，却占有着许多女人，“儿子们”嫉妒、仇恨他占有包括“母亲”在内的女性，时时想推翻他，杀害他，吃掉他（这是对“金枝”式的杀死老酋长的性心理解释），这就是“杀父”情结的“社会根源”——后来，所谓的“图腾”（totem）置换了这些男性家长。这就涉及弗洛伊德对神话民俗的另一精彩结论：作为“父亲”影像的替代物，“图腾”制度起源于对近亲性关系，亦即“乱伦”的恐惧，从而防止了血族通婚和人种的退化②；由此而形成的某些“禁忌”（taboo），也为法律的发生，准备了出发地。这些“禁忌”，主要包括禁食“祖灵动物”（totem），禁止（或真实或假想的）“血族”的性关系，还有对“禁忌者”本身的“禁忌”；往往因而发生“强迫性禁制”等精神疾病。而仪式、神话等，则提供着“补偿”“替代”“宣泄”或“升华”等渠道③。这个学派认为：

> ——他们希望与被杀的“父亲”和解，于是他成为崇拜的对象。对于父亲的怀念，是宗教感情的根源。
>
> ——“伊底帕斯情结”，作为“原罪”，昭示着宗教、道德和艺术的起源。精神官能症，这是变形了的宗教狂热。（以上散见此派的著作）

这项结果，由于近年“图腾”的“普遍性理论”遭遇挑战而受到责难和

① ［奥］弗洛伊德：《论升华》，见奥弗洛伊德：《弗洛伊德论美文选》，张唤民、陈伟奇译，知识出版社 1987 年版，第 171 页。

② ［奥］弗洛伊德：《图腾与禁忌》，杨庸一译，志文出版社 1975 年版，第 19 页。

③ ［奥］弗洛伊德：《梦的解析：揭开人类心灵的奥秘》，赖其万、符传孝译，志文出版社 1973 年版，第 318 页。

质疑(但也并非一点可取之处也没有;其具体学理上缺乏根据或前提谬误,可以参看克罗伯等人的评述,以及《艺术的起源与发生》)。

弗洛伊德对某些神话(例如伊底帕斯神话)的解说,则颇见精彩。这不但是“恋母杀父”情绪或情结之类的发现(正如诸家所指出的,这种“情绪”或情结确实存在,但并非“普遍”,而多与个人童年不幸经历相关),其可取之处主要在于检查、遏制、伪装、转移、升华等心理机制的再发现。比如,恺撒梦见“恋母”,古罗马人就说是“他拥有大地(Mother Earth)的预兆”[①],这和神话民俗观念一致。

进一步延扩开来,英雄所反叛乃至杀害的父亲,乃是“原父”(Primal Father)或大神的形象。

> 儿子们(引案:例如杀父的宙斯,挑战天帝权威的后羿与赫拉克勒斯)希望取代父亲——神——地位所作的努力逐渐明显。尤其,由于农业社会的到来,他们在家庭中的地位更趋重要。因此,他们开始用一种象征性的方式来表现出他们那些具有乱伦倾向的原欲(libido)。[②]

这已经涉及此类“弑父”神话的历史-社会背景(他认为,这和杀食图腾的intechuma仪式有叠合关系)。

这位“原父”,在神话里往往是“创世大神”(世界的创造者和人类的祖先)。“他是每一个儿子的典范,既是被惧怕的典范,又是受尊敬的典范。这个事实后来导致禁忌观念的产生。这许许多多的个人结果却联合起来,杀死了这个父亲,把他碎尸万段。”[③]如果产生新的“父王”,待他衰老时,新兴的儿子必定挑战并杀死他,从而构成“金枝”式的递嬗衍变,以永葆群团的活力与青春。“仇父”情结,再加上由集体性“受害妄想”(或称“受虐

① [奥]弗洛伊德:《精神分析引论》,高觉敷译,商务印书馆1986年版,第164、165页。
② [奥]弗洛伊德:《图腾与禁忌》,杨庸一译,志文出版社1975年版,第187—188页。
③ [奥]弗洛伊德:《弗洛伊德后期著作选》,林尘、张唤民、陈伟奇译,上海译文出版社1986年版,第146页。

狂”）而产生的强迫性“焦虑”和过分“关爱”，就会造成对“祭司王/原父”的禁制和杀害。这就为原始性群团常见的“杀死老王”（或“弑君”）的故事或仪式提供了一种精神病学的新诠释。但是，正如马林诺夫斯基所指摘的，所谓“父权—母权—新父权”的递变，在社会学和历史上是一片“混乱”的“臆测”；所谓“恋母情结”构成“原罪”，至少是倒果为因；“杀父”的儿子，因“追悔”和“自赎”而创造了人类“文化”，更是与人类学研究完全相悖，“乍一作出，即行跌倒”的“假定”①。

集体无意识和原型理论

瑞士的荣格，则在“扬弃”精神分析学的理论、方法之后，建立了对当代神话研究、文学批评影响至巨的“心理分析”学说。它的重心，是所谓“集体无意识”（collective unconsious）和“原型”（archetype）理论，而联系着社会学派的“群体心理”以及象征符号形式理论的解析方法。作为“本能自身的无意识形象”或“本能行为的模式”——

> 集体无意识并不依赖个人而得到发展，而是遗传的。它由各种预先存在的形式即原型所组成，这些原型只能次生性地变为意识，给某些心理内容以确定的形式。②

他认为，无论神话抑或其他艺术作品，其中所蕴藏着的种种“意象”（image），都有最原始或最古老的、世代相传的“本源性”图式或“模型”。例如，神话所写及的水、土地、葫芦、山体等往往是“母亲”原型；而英雄的受难、除害、救世、死亡等，一般属于“生命”原型（包括“自然⇌生命”的诞育、演进、衰死与复活，等等）。这被梅列金斯基讽刺为心理学的“目的论”。

---

① ［英］马林诺夫斯基：《两性社会学：母系社会与父系社会底比较》，李安宅译，商务印书馆1937年版，第156—162页。

② ［瑞士］荣格：《集体无意识的概念》，王艾译，见叶舒宪译编：《神话-原型批评》，陕西师范大学出版社1987年版，第105页。

荣格论“原型”说：

> 原始意象或原型是一种形象，或为妖魔，或为人，或为某种活物，它们在历史过程中不断重现，凡是创造性幻想得以自由表现的地方，就有它们的踪影，因而它们基本上是一种神话的形象。[①]

换句话说，这些不断出现或“重复”的意象，在“最早的文学”（神话）里就已初步形成，它给祖先们的无数“典型经验”以“形式”或“形制”（form），所以是“无数同等经验的心理凝结物”。它呈现出并分化为“各种神话世界中的形象的普遍心灵生活的图画”，并在各种“文本”里转译为“概念语言”。它是“集体无意识”的形象结晶。“每一个意象中都凝聚着一些人类心理和人类命运的要素，渗透着我们祖先历史中大致按照同样的方式无数次重复产生的欢乐与悲伤的残留物。”[②]

荣格在各处给出的约等式是：

> “原型”≈基本主题（或母题）≈“原始意象”（类型）/“集体表象”（列维-布留尔）≈“想象范畴”（休伯特·毛斯）≈“原始思维（性）”元素（阿道夫·巴斯蒂安）……

这表示，它与各派思想的联系，“并不是孤立的和毫无凭据的”（梅列金斯基）。在他的“分析心理学”观照下——

> 原型出现在神话和童话故事中，正像它出现于梦幻和精神病患者的妄想之中……就个体而言，原型为无意识过程的本能表现，这种过程的存在意义只能由推测而知；而神话所涉及的是年

---

① ［瑞士］荣格：《论分析心理学与诗的关系》，朱国屏、叶舒宪译，见叶舒宪译编：《神话-原型批评》，陕西师范大学出版社 1987 年版，第 100 页。

② ［瑞士］荣格：《论分析心理学与诗的关系》，朱国屏、叶舒宪译，见叶舒宪译编：《神话—原型批评》，陕西师范大学出版社 1987 年版，第 100 页。

代无从考证清楚的传说。[1]

简言之,“原型”就是本源性和延续性的意象(丛集)。

下文就会看到,《老子》的“道”——相当于 Logos 或“圣言”之元语词(word)——就是一种既是具象又是抽象的 idea(理念),是一种原型性的“范式”;而构成“道”的物象基础的“道路”、水/谷神、玄牝/女阴/母体、朴/匏/葫芦”等就是“意象态的原型”或“原型性的意象”。

与弗洛伊德不同,荣格将“无意识”分为两个层次:较浅表的,与个人经验联系较紧的“个体层次”,它可能贮存心理-病理“复合体”;较深藏的,主要仰赖传承,并且为社会成员所共有的“集体层次”,包括所谓“群体表象”或“集体无意识”,这才是神话和一切艺术“原型”的“隐蔽所”和诞生地(即令是精神分析学也承认,“梦”是在暴露、宣泄、“解决”多重目的秘密欲望)。因为“人类心理绝不能区分(割裂)开来,它是一个整体,它拥抱着意识,是意识的母亲”[2]。神话与文学则是[群体]意识的孩子。

许多艺术作品,看起来似乎出于“自主情结”(autonomous complex),其实并不纯由个人的(自觉)意识所控制,而是“集体无意识”的驱动,或者是“民族记忆”和历史经验在个人创作中的投影。神话尤其如此。许多原型性的母题、形象、情节在其中反复出现,而且历久常新,不但体现“民族的灵魂”,而且表现人类“集体的梦”、心理情结和“创造性的幻想”。这对理解“心理学派”的名言——“神话是集体的梦,梦是个人的神话”——是很好的提示。

神话具有这种“集体”性质,浅近地说,是因为它经多次创作才“完成”,或竟“未完成”;它的“传播”过程,实际上又是创作与再创作的过程;它的“接受”更加是多次性的、多重性的,更加是“创造性的重构”。罗兰·巴特说过:“作品是复数。这不仅意味着作品具有多种意义,还表示它完

① [瑞士]荣格:《儿童原型心理学》,见[美]阿兰·邓迪斯编:《西方神话学论文选》,朝戈金、尹伊、金泽等译,上海文艺出版社 1994 年版,第 327 页。

② [瑞士]荣格:《探求灵魂的现代人·弗洛伊德与荣格的对比》,苏克译,贵州人民出版社 1987 年版,第 139 页。

成意义的复数本身；一个不能减少的复数。”神话以其“创作—传播—接受—再创作”的“待完成性”，更突出地表现出“作品”这种“复数的特征”。它证明，神话的讲述，是真正的“展演”（performance），有待于多次“接受”与再创作，而不会完结。

原型批评

荣格说，人类的“无意识心理”（集体层面之潜意识）强烈地要把外界的变化“同化”为一个“心理事件”，也就是要把——

物理与心理
无机物与生命形态
自然与人类

整合或“同化”（assimilate）为一个相互对应的“过程”（并从而形成若干“原型”）；这样，自然与生命所共有的节律性、周期性变化，就最容易被随机地“对位”。

加拿大的弗莱，在其理论基础上建构出“原型批评”，将其运用在包括神话在内的文学研究之中。他说：“一天日出、日落的循环，一年不同季节的循环，以及人的生命的有机循环，其中都具有同样意义的模式（pattern）。”这一“宇宙⇌生命”的周期性循环，被“神话”象征讲述为神/人（英雄）的“生—死—生”的永恒变化。

> 依据这一模式，神话环绕某个形象（figure）构成了具有中心地位的叙述——这形象一部分是太阳，一部分是茂盛的草木，一部分是神或原型的人。①

① ［加］弗拉亥：《文学的若干原型》，庄海骅译，见伍蠡甫、林骧华编：《现代西方文论选》，上海译文出版社 1983 年版，第 345 页。

神话叙述的中心形象是“神/英雄/人”及其与自然对应的生命历程。“仪式是一组先后有序的行为,其中蕴涵着有意识的含义或意义”,所以是“叙述的起源”①。而神话(神话意象)是仪式的原型;作为“中心力量”,“它将原型意义赋予仪式,将原型叙述赋予神谕”。②

弗莱给出了“宇宙生命循环”里最突出的“太阳”运动和“英雄”命运转折的种种神话、传奇整体对应图式。

1. 黎明:春天/英雄的出生

英雄诞生:万物回复更生

创世:黑暗,冬天和死亡的失败

2. 日行中天:夏日/英雄的婚姻,胜利

神圣婚姻

[除害,救世]

成仙成神:进入天堂

3. 日落:秋天/英雄的[挫折]死亡

失败

天神之死

英雄孤军奋战

横死,牺牲

4. 黑暗:冬天/[英雄]毁亡

冬天和黑暗势力得胜

洪水/回归混沌

英雄消失[毁亡]

诸神毁灭(酝酿再生)

---

① [加]诺思罗普·弗赖伊:《文学的原型》,见[美]约翰·维克雷编:《神话与文学》,潘国庆、杨小洪、方永德等译,上海文艺出版社1995年版,第53页。

② [加]诺思罗普·弗赖伊:《文学的原型》,见[美]约翰·维克雷编:《神话与文学》,潘国庆、杨小洪、方永德等译,上海文艺出版社1995年版,第54页。

在这个“公式化”的循环系统中,英雄命运(转折)的母题和自然生命(运动)的动机,在各个层面上两相“对位”(当然不是机械一致),从而凝聚为神话和许多文学作品的“原型”。这与我们下文要做的“弃子英雄”故事构造的解析基本一致。

它的运用之一,就是叶舒宪所“发掘”的苏美尔史诗英雄吉尔伽美什(Gilgamesh)的(生命)旅行路线,它是严格按照太阳的运行而安排的;史诗也按照一年十二月来分段,一共用十二块楔文泥版来记录每一段/月的行程。

> 随着英雄的脚步,我们不断看到这样一些意象:白天与黑夜、日出处和日落时、阳世与阴世、死亡海与生命山、深邃的黑暗与太阳的光线,等等。[①]

这种鲜明的“对位”与“比照”,也符合结构主义的“二元对立”的图式(例如生/死)。这些原型性的意象都是“集体无意识”所锻铸出来的(生—死—生)最基本的“符号/象征”。“这些含有原型意义的意象似乎不断向人们暗示着:‘亘古就没有这原型不变的东西。’……超越[死亡]的唯一途径便是与太阳相随而行,脱离有限的死海,加入无限的循环。”[②]

另一个“巧合”,就是中国最重要礼制建筑“明堂”的结构分析。“明堂”的本义是“光明之屋”(Light House),亦即太阳原型意象的“物化”形式。它有十二个“堂”,按照一年十二个月布置,相当于苏美尔的十二块泥版;“君,日也”,君王以“人间太阳”的身份每一个“月”住进一室,完全与天日之运行一致,其目的在于与宇宙循环同步,融入天地洪荒,获得“乾坤”的元气、寿命和权威(如果有第十三个月,“王”只能住进“门”中,所以“闰”字从“门中王”作,此王国维等已言之);这种“轮居制”还有“隐避”的

---

① 叶舒宪:《英雄与太阳——〈吉尔伽美什〉史诗的原型结构与象征思维》,见刘守华、黄永林主编:《民间叙事文学研究》,华中师范大学出版社 2005 年版,第 88 页。

② 叶舒宪:《英雄与太阳——〈吉尔伽美什〉史诗的原型结构与象征思维》,见刘守华、黄永林主编:《民间叙事文学研究》,华中师范大学出版社 2005 年版,第 88 页。

功能,不让妖邪鬼怪入侵危害"太阳王"[①]。后来,叶舒宪也从"原型批评"之视角揭发:明堂是古人精心构造的宇宙模型。四个方向的"四庙"正是(根据太阳位置划分的)四季:春(东),夏(南),秋(西),北(冬);"十二室"对应"十二月","由于天道的原生形态就是太阳的运行,那么天子——人间的小太阳——在人工的太阳堂中效法太阳的运行,也就毫不足怪了"[②]。那时,我们还没有联系,却都从"原型"的视角得出基本一致的结论。

结构主义

以列维-斯特劳斯为代表的结构主义的重要贡献是发现神话"故事下面的故事"。他在代表作《结构人类学》里说:

> 它(神话)的本质不在于其风格、最初的音乐性和句法,而在于它所讲述的故事。[③]

"故事"往往千变万化,在传播、交流、迻译的过程中被增删、润色、改造、"歪曲","总是许多变体同时并存",呈现为"一束关系";但那框架,那被索绪尔所重视的"基础"语法,亦即基本框架,却是大致稳定的,这就是神话的"结构",亦即"故事下面的故事"[④],要由神话学加以剖析、推导、归纳、重现。如果说"故事"由"符号"构成的话,那么,"故事下面的故事",就是"符号"构成的原则、规则或法则("语法"),就是整体之中的各个"部分"或"元素"之间的"关系"。

---

① 萧兵:《明堂的秘密:太阳崇拜和轮居制——一个民俗神话学的考察》,见[日]御手洗胜等著,王孝廉主编:《神与神话》,联经出版事业公司 1988 年版。参见《中国古代神圣建筑》。

② 叶舒宪:《中国神话哲学》,中国社会科学出版社 1992 年版,第 153 页。

③ [法]克洛德·莱维-斯特劳斯:《结构人类学》,谢维扬、俞宣孟译,上海译文出版社 1995 年版,第 226 页。

④ 张隆溪:《故事下面的故事——论结构主义叙事学》,载《读书》1985 年第 6 期。

索绪尔在《普通语言学教程》里划分"语言"(langue)和"言语"(parole),揭示:前者是社会的、抽象的、概括的,后者是个人的、具体的、特殊的。

"语言本身就是一个整体、一个分类的原则。"①大体相当于神话学所谓"故事"和"故事下面的故事";"整体"是"故事",是叙事系统,"分类原则"则是其"结构"。

作为符号系统,语言有"历时(性)"(diachronie) 和"共时(性)"(synchronie) 两种结构。神话也一样。

神话—语言(符号系统)
- 历时结构:动态的、变化的,系统构成要素的演变(现象)
- 共时结构:静态的、相对稳定的,符号系统的抽绎(规则)

结构(尤其是共时结构),系统诸元的关系或构造规则,就是"普通语言学"和"理论神话学"的主要研究对象。我们不会像神话创造者那样创作或讲述神话,甚至也很难读到纯粹原生的神话,但可以发掘它的构造。正如"我们虽已不再说死去的语言,但是完全能够掌握它们的语言机构"②。因为,如列维-斯特劳斯所说,(已被说出来的)"言语"在时间上不可逆,(整体的)"语言"却在时间上可逆。

神话以不同面相的"重叙",能够"让神话的结构展现出来"。这样一来——

> 神话的历时—共时性结构允许我们将其纳入历时性的结果……但这些结果是应当共时性地阅读的……③

---

① [瑞士]索绪尔:《普通语言学教程》,高名凯译,商务印书馆 1980 年版,第 30 页。

② [瑞士]索绪尔:《普通语言学教程》,高名凯译,商务印书馆 1980 年版,第 36 页。

③ [法]列维-斯特劳斯:《神话的结构分析》,见史宗主编:《20 世纪宗教人类学文选》,金泽、宋立道、徐大建等译,生活·读书·新知三联书店 1995 年版,第 428 页。

而且，神话还是“第三种时间系”，第三种状态，第三种“标准”。

神话总是涉及被说成是很久以前就发生的事情。但使神话获得操作价值的乃是，被描述的这种特殊的模式是不在时间中的；它说明现在和过去，也说明将来。[①]

它展示的是一个事件、状态或过程。诗不可译，神话却可译（例如可以四处流布、播散、转述、重构或再创造，但其性质与“框架”都基本不变）。它是一种特殊的语言。神话是故事，构成故事的是比语言单位（如音素、词素等）要“大”的单元，即“神话素”，可对其进行结构或“关系”的提炼、抽绎和分析，尽力达成“解释的简约性；结论的一致性；以及从断片中重建整体和从前阶段推论后阶段的可能性”[②]。

结构主义和符号学都很注意故事或语言底下“规则”的寻访。罗兰·巴特早就在《什么是批评》里提出，“批评”的任务“不在于辨析所研究作品的意义，而在于重新构造组成这种意义的规则和戒律”。这种结构“规则”，体现着（多项）事物的“关系”。有如迈克尔·莱恩所说，结构主义“坚持只有存在于部分之间的关系才能适当地解释整体和部分”。它绝不孤立地分析系统诸元，而着重研究诸元间的“关系”或“复杂网络”，以期从部分的“联系”（不仅是加法而且是乘法）去把握和重现“整体”（整体从来都大于部分之和）。这就是在“故事”下面发现“故事”（框架），再由这个“故事”（框架）推绎更多更大更完整的“故事”（所以，“构造神话学”本质上是比较神话学）。

这“故事下面的故事”，就是“话语”，就是具有（独立）“支配”力量的语言。“话语”先于世界（这是德里达和罗兰·巴特常说的话）。语言“创

---

① ［法］列维-斯特劳斯：《结构人类学》，见俞吾金、吴晓明总编，黄颂杰主编：《二十世纪哲学经典文本：欧洲大陆哲学卷》，复旦大学出版社 1999 年版，第 730 页。

② ［法］克洛德·莱维-斯特劳斯：《结构人类学》，谢维扬、俞宣孟译，上海译文出版社 1995 年版，第 226 页。

造”世界(如前所说,世界被人“命名”以后才成为人的对象)。话语或语言支配个人,支配“故事”。法国诗人阿那丢尔·兰波说,不是“我在说话”(Je suis un Autre),而是“话在说我”(他的诗题就是 Je est un Autre)①。前面说过,上古人认为,神话与诗歌都是“天与神授”的,是“灵感”或“灵性”通过人来说话;将其“现代化”,就是:说话的“主体”并没有在控制语言,而是语言在控制说话的人。换句话说,就是“结构”制约着故事。说故事者或“我”,只是“语言体系”的一部分,是“语言说我”,不是“我说语言”——这就是神话(学)和语言(学)上的“结构主义革命”了②。

“千面英雄”

“结构”(structure)是原初的、基本的、内蕴的,就好像“语言”里面的“语法”,是相对稳定的。

> 也许,所谓结构主义的态度就是对不变性的探寻,就是对表面差异中不变因素的探求。③

“故事”与“言语”一样千变万化,复叠纷纭,但是其间的“关系”或“秩序”是大体不变的,可以像语法规则那样把它抽绎出来。

神话里许多英雄、君王、祖先神、仙圣等,出生时都曾被丢弃(据我们《中国文化的精英》的统计,世界性的“英雄弃子”多达百人左右),被动物或猎户、渔翁等所救援或收养,经历无数的艰难困苦,而后成为无敌的英雄或圣王,杀怪,除害,夺宝,救世,最终却悲惨地死亡,再升上天空,成为

---

① [法]德里达:《结构,符号,与人文科学话语中的嬉戏》;见王逢振、盛宁、李自修编:《最新西方文论选》,漓江出版社 1991 年版,第 134 页。

② [法]德里达:《立场》,余碧平译;见俞吾金、吴晓明总主编,黄颂杰主编:《二十世纪哲学经典文本:欧洲大陆哲学卷》,复旦大学出版社 1999 年版,第 836—866 页。

③ [法]克劳德·列维-斯特劳斯:《神话和科学的汇合》,载《现代外国哲学社会科学文摘》1982 年第 2 期。

神祇。

这就是坎贝尔《千面英雄》的主题:英雄们有一千种经历,一千张面孔,到底还是英雄,他们的故事的结构大同小异,夸张地说,只是“一种”①。

叶舒宪在《庄子的文化解析》里构拟“千面混沌”的概念,也是此意。大卫·利明等甚至称(史诗)英雄神话为“元神话”,文化英雄为“元宇宙英雄”②。“元”就是基元、根本和“形而上”。他把英雄生平故事划分为八个段落:(1)发生,(2)成年,(3)隐修,(4)探索(或修炼),(5)死亡,(6)降入地府,(7)再生,(8)神化(与未知世界重新合一)。“从心理上说,亦即从神道最基本方面来说,他们的故事是同一个故事。英雄在探索中的苦闷,反映了人类在情感与精神成长过程中的苦闷。……诸多的文化英雄只不过是‘元宇宙英雄’的不同化身而已。”③所以,按照分析心理学的“原型”理论,英雄的一生,不但是人类历史的缩影,而且是个人心灵与宇宙运行对应的历程不同的段落。“在(引案:从生到死)这个循环期的每个阶段,都有一些英雄故事的特别形式适合个体在发展自我意识中的特殊问题。这就是说,英雄意象以反映性格进化的各个阶段的方式发展起来了。”④

坎贝尔在《神的面具》等书里以巴比伦王萨尔贡一世(Sargon I)为例,归纳出此型故事有以下的模式或框架(我们稍作修补):

(1)(变相的)处女生子;

(2)其父或是神(尤其山神);

(3)生下即被弃于水滨(或山间);

① J. Campell, *The Hero with a Thousand Faces*(《千面英雄》), Princeton University Press, 1949;[美]约瑟夫·坎贝尔:《千面英雄》,朱侃如译,台北立绪文化事业公司1997年版;[美]约瑟夫·坎贝尔:《千面英雄》,张承谟译,上海文艺出版社2000年版。

② [美]戴维·利明、[美]埃德温·贝尔德:《神话学》,李培茱、何其敏、金泽译,上海人民出版社1990年版,第108页。

③ [美]戴维·利明、[美]埃德温·贝尔德:《神话学》,李培茱、何其敏、金泽等译,上海人民出版社1990年版,第108页。

④ [瑞士]约瑟夫·汉德逊:《古代神话与现代人》,见[瑞士]卡尔·荣格等:《人类及其象征》,张文举、荣文库译,辽宁教育出版社1988年版,第90页。

(4)由种植者(或动物)收养;

(5)弃儿成为农艺(等)方面的伟人;

(6)他为天神所钟爱(或帮助)。[1]

陈炳良指出,这跟中国的周弃(后稷)故事几乎全合。[2] 这也就是"故事下面的故事"(基本叙事构造)。拉格兰(Lord Raglan)的《英雄》,更从世界英雄神话传说里归纳出22项模式(有的是"原型"),其中(6)出生后往往被其父或外祖所加害(例如丢弃);(7)被援救;(8)为异方收容,成为养子;(9)神秘地死亡;(10)往往死于山巅……[3]与中国的英雄弃子群的事迹尤其相合。这也是从故事及其模式探求结构的努力,证明着神话/英雄的历史与人类的命运(乃至个人心灵和宇宙的历程)是一致的;这种神话是世界性的,共时结构性的。

我们在《中国文化的精英》(增订版)里也将世界神话传说里近百位英雄被丢弃这一义项划分两大型式(少量是综合型):

山野:物异型

河海:漂流型

可以说,纵使"千面",英雄婴儿时被丢弃,基本不出这两种有内在联刻的模式,看起来简直只是"一位"。这就是故事底下最稳定的基本结构。正如列维-斯特劳斯所揭发:

神话故事也[许]是,或者看起来是任意的、无意义的和荒谬的,然而,它们也一再在全世界重复出现……我的问题是试图发

---

① J. Cambell, *The Masks of God: Oecidental Mythology*(《神的面具——西洋神话学》),Viking Press, 1964, p. 73;见陈炳良:《神话·礼仪·文学》,联经出版事业公司1985年版。

② 陈炳良:《神话·礼仪·文学》,联经出版事业公司1985年版,第121页。

③ Lord Raglan, *The Hero* (《英雄》),Vitage Books, New York, 1956, C. 16, pp. 173-185.

现在这种表面的杂乱无章后面是否有某种秩序，仅此而已。①

秩序总是有的，“意义”（meaning）也是有的，假如它们是“故事”的话。它们都等待我们去开掘，去重建。但更重要的是：“没有秩序，就不可能表达意义。”

解构主义

“解构主义”（或称“后结构主义”）是“后现代主义”的主要研究方法（论），应用在神话里，就是不但“剖析”其结构的诸层面，而且消解其“外加”的“意义”，尤其是挑战其所谓“深层意义”，“人类一思考，上帝就发笑”。

后现代主义是一场革命。它是“否定之否定”的“否定之否定”……有如德里达所说：“结构要被破坏、解开，沉淀物要排除掉。”这可以用一个字来概括：平。

平等：人与人（国与国、族与族）、文化与文化的平等；

平民：艺术、学术的“平民化”；

平面：文体的“平面化”（或“深度模式的消失”）。

它解构着虚假的“神圣”，自封的“中心”，膨胀的“权威”，险恶的“正统”，虚伪的“原则”，假想的“终极”……让一切自以为、别人也以为的“最后真理”摊在平面上，暴露其真实的本相。它是很可怕的“颠覆”力量，却能警世救人。“大神死了——上帝死了！”连“人类中心主义”都死了！

从笛卡儿的思辨“分析”和百科全书派思想“启蒙”以来，“绝对”的“神圣性”一直在被“科学”解构着，其重要手段就是“符号化”：上帝被符

① ［法］克劳德·莱维-斯特劳斯：《神话和科学的汇合》，载《现代外国哲学社会科学文摘》1982年第2期。

码所替代。据德语专家介绍,马克斯·韦伯所用的"符码化"(entzauberung),意思就是"神秘的消失",亦即"非神圣化"(desacralization)——把一切"神圣"和"神秘"都看成神话或神话的产物,同样也就没有什么"神秘"和"神圣"。一方面,"人类一思考,上帝就发笑";另一方面,"上帝一发言,人类也发笑"!

解构主义希望在这个基础上把一切,包括符码在内都平面化,平等化,平民化。"反对阐释"(苏珊·桑塔格一本书的书名)。尤其反对那种玄之又玄、故作高深的解释。"您不说我倒还明白,给您一说我倒糊涂了。"有如施太格缪勒所夸饰的:"任何一个追求某种事物的本质的人都是在追逐一个幻影。"任何的"绝对",任何的"终极真理"或其"最后解释",都是自由思想的敌人。

福柯说,他的"知识考古学"(亦即新写法的"思想史""文化史"和"科学史")着重的"话语实践",差异性和多样性——

> 他并不想在话语中寻找隐藏着的规律,被掩盖着的、它揭示即可的起源;它也不想依靠自己和在自身的基础上建立普遍理论,而那些话语可能(引案:被当作)是这一理论的具体模式。[①]

他希望,"展开一种永远不能被归结到差别的惟一系统中去的扩散,一种与参照系的绝对轴心无关的分散;要进行一种不给任何中心(引案:从上帝到逻各斯到'道')留下特权的离心术"[②]。

弗·杰姆逊介绍说:

> 解释的古意是"秘密之神"、"消息之神"赫尔弥斯(Hermes——引案:这位脚上长着翅膀的交通之神、传媒之神,同时也

① [法]福柯:《知识考古学》,谢强、马月译,生活·读书·新知三联书店1998年版,第264页。

② [法]福柯:《知识考古学》,谢强、马月译,生活·读书·新知三联书店1998年版,第264页。

是小偷和外交官的保护神，所以不完全可信；“解释”本身就带着解构“解释”的意味）。人们一个坚定的信念就是在表面的现象之下必有某种意义，正如苏格拉底，虽然是又矮又丑，但却是个聪明绝顶的人。在古希腊有一种盒子，外面有些绝丑的画，但里面却是价值连城的宝石……①

于是产生了对“解释”的迷信与相思。而“所有当代的理论（引案：尤其后结构主义）都抨击解释的思想模式，认为解释就是不相信表面的现实和现象，企图走进一个内在的意义里去”，特别是文学，重的是体验，“玩的就是心跳”。“文学的刺激性就是目的”——所谓“一点正经没有”——“而不是要去追寻隐藏在后面的东西”②。

德里达说，所谓“思想”只是“断片”；所谓“诗”只是省略号（……），像一对蜷缩的“刺猬”，“没有纯粹的诗……没有所谓作品中的真理”。“反对解释”（连“意义”都没有，文本还需要您“解释”吗?）。杰姆逊说，后现代作品“一般拒绝任何解释，它提供给人们的只是在时间上分离的阅读经验，无法在解释的意义上进行分析，只能不断地被重复”③。那么，印儿部神话的“文本”或“断片”就是了，还要“神话学”干什么？“你不能替代古人说话……”；“你不能替代‘土著’居民说话……”；“你不能……”推到极致，是连话都不能说了，连人都不要做了。因为不但“神”死了，“哲学”死了，“艺术”死了，连“人”都死了！不知道怎样搞的，解构主义会被推到如此的“极端”，本来只是解构“人为万物之灵”，“人是世界的中心”，却弄得我们不敢说话，不敢做“人”；打倒一切权威的结果是大树特树一个新的绝对权威——后现代。

---

① ［美］杰姆逊：《后现代主义与文化理论——杰姆逊教授讲演录》，唐小兵译，陕西师范大学出版社 1986 年版，第 183 页。

② ［美］杰姆逊：《后现代主义与文化理论——杰姆逊教授讲演录》，唐小兵译，陕西师范大学出版社 1986 年版，第 183 页。

③ 韩雅丽：《詹姆逊的后现代主义理论研究》，黑龙江大学出版社 2010 年版，第 69 页。

“道”：描摹和消解

在神话学以及神话(式)思维相关的文化、哲学、思想的研究上,可以举出老子的《道德经》。老子的“道”是一个“绝对”,是“终极真理”,是“宇宙观念”,是“最高范畴”,是“普遍规律”,不可言说,不可限制,不可怀疑。专家们指出,它很像思想史上的——

“上帝”(God)及其“语言”(Word)
逻各斯(Logos/道路/语言/规律)
大梵(Brahaman)
理念(Idea;柏拉图/黑格尔)
“大”或太一(道家后学/新柏拉图主义)
理性:型式因(赫拉克利特)
菩提(Bodhi),或利塔(Rita)
物自体(康德)

这些都是人类思维—心理构造里最基本的“元语词”(或“原始词”)。

雅克·德里达们曾经给以讽刺性的谥号:(这些都是)“逻各斯中心主义”(logocentrism)。是由言语霸权构筑起来的“独断”和虚妄,实在是精神疾病性的“情结”(complex-logos complex),是谁都不需要的虚妄的“解”。

德里达愤怒地揭发,整部西方哲学史,恰恰“是一系列‘中心’对‘中心’的置换”[①];神,上帝,逻各斯,理念(或“理性”,话语),男性(男性中心主义的男性直到阳具),原父……走马灯一样,你方唱罢我登场,而且存在一种“命定”的差序格局,或“粗暴的等级制”,“在两个术语中(引案:例如心/物,思维/存在,现象/本质,在场/不在场……)一个支配着另一个(在

① [法]德里达:《结构,符号,与人文科学话语中的嬉戏》,盛宁译;见王逢振、盛宁、李自修编:《最新西方文论选》,漓江出版社 1991 年版,第 134 页。

价值论上，在逻辑上，等等），或者有着高高在上的权威”[①]。这些“仿佛是一条由逐次确定的中心串联而成的链锁。中心依次有规律地取得不同的形式和称谓”[②]。例如，在印度，这至高无上的“中心”被称为“梵”（Brahman 或 Brahma），为“自我”（Atman，“原神”），为“菩提”，为“佛”，为“利塔”；在中国，就是“道”，“大/太一”，“气”，“理”……解构主义就是要解构、颠覆这些压制人类及其自由思想的哲学暴君或专横的“上帝”（东方哲学主客、物我界限不像西方那样泾渭分明，曾受到卡普拉等的赞扬，但它们至少被“后学”们所封闭与独占）。

在神话学视野里的“道”或“大”（太一），用荣格学派的话说，这是一种很像“混沌”（chaos）的“浑然整体”的“原型”。《老子》说：

> 有物混成，先天地生。寂兮寥兮，独立而不改，[周行而不殆]，可以为天地母。（第二十五章，据帛书本）

这种“整体”是不可解的，却又非解不可，于是陷入了“二律背反”。

这个充当“天地母”的物，应该是原气（chaos/混沌），甚至能够与“原初的太阳”（未爆炸的气团）相对位，是物质性的，可以无疑。然而《老子》又暗示其即是观念性的“道”。“吾未知其名，字之曰‘道’，吾强为之名曰‘大’”（案：“太一/一/道”）。”这就是过去指摘老子属于“心/物二元论”的“客观唯心主义”的原因。我们可以说，他的“道”呈现为“气/律二象性”（实即“物/心二元性”）。但从“原型意象”的结构/解构里，可以看出它实在是一个很难疗治、很难平复、很难理顺的自我纠结（自相矛盾的“最高命令”和“最终理想”），并不是什么不可侵犯的神圣，不能言说的绝对，不便怀疑的真理（在解构主义看来，真理也许是有的，但不是“最后”“最高”“最好”“最普遍”，重要的是实践和追求，有点像考茨基，“运动就是一切”）。

---

① ［法］德里达：《立场》，余碧平译；见俞吾金、吴晓明总主编，黄颂杰主编：《二十世纪哲学经典文本：欧洲大陆哲学卷》，复旦大学出版社 1999 年版，第 848 页。

② ［法］德里达：《立场》，余碧平译，见俞吾金、吴晓明总主编，黄颂杰主编：《二十世纪哲学经典文本：欧洲大陆哲学卷》，复旦大学出版社 1999 年版，第 848 页。

“道”是不可言说而又不得不言说的。这又是一个“死结”。用荣格的话来说,作为原型性象征或概念或“原始词”(海德格尔的“命名”),《老子》的“道”——

> 无论用符号还是用比喻都不可能把它们彻底地翻译出来。正因为它们是含糊暧昧的,充满了半露半隐的意义,最后还是不可穷尽的,所以它们才是真正的象征。[①]

这,我们很可以感受到老子的窘迫和“两难”处境。他说,“道”是“非常道”“非常名”,不可道又不得不道,不能名又不得不名,解决的一个办法,就是“容”(描摹),从而暴露出其“神话(式)思维”的“病灶”和“诗性智慧”的“罪错”。

> 古之善为道者,微妙玄通,深不可识;
>
> 夫唯不可识,故强为之“容”(引案:形容,描写,隐喻,象征):[曰]
>
> 豫兮若冬涉川;犹兮若畏四邻;俨兮其若客;涣兮其若凌释;沌兮其若朴;旷兮其若谷;混兮其若浊。(《老子》第十五章,据通行本,个别依帛书本)

“容/描摹”的“前提”是:“道”本身就是多义的,博喻的,可以解构出其多重的原型(性)意象:玄牝/女阴/母体;谷神/水;匏/朴/葫芦;原气/混沌;道/路/Hodos;语言/言语/原始词;太阳/日月运行之轨迹;赤子/婴儿;自然/宇宙万物……

这样,这个看似至高无上的符号就是在拓扑学空间里“飘浮”着的了。

---

① [瑞士]荣格:《心理学与文学》,冯川、苏克译,生活·读书·新知三联书店1987年版,第90页。

这是具象，也是抽象；这是原型，也是理念；这是物象，也是规律；这是矛盾，也是统一（当然，这样一解构，“道”的神圣性与绝对性，也就成为“问题”了）。

其根本，就是深藏在诗性哲学里的“神话”和“神话（式）思维”，是蕴藏着多元性和多次解的“博喻”。

可以看出，这种神话式思维的“容”或“描摹”，也是一种“解”，却解构了或“神圣”或“绝对”或“圣经”式的“解”；它也是一种“释”，是尽可能近似本真、近似“所指”，却又不是一次完成、最终解决的“释”（这后一点已经离开“解构主义”了）。真正的“解”或“释”，是开放的，延续的，无尽的，是由创作者、传播者、接受者共同去“进行”的。然则，什么“解”、什么“释”都不要，行不行呢？恐怕不大行。并不是一切艺术、一切文学、一切理论都很好懂的——“解构主义”就难懂得要命。这也是在又“解”又“释”（不然就是制造印刷垃圾），它只是反对那种唯我独尊的武断的解释，而尽力把不大好懂的“古典”和“今典”拉到平面，拉到平等，拉到“平民”（里）罢了。不然，解构主义可能逻辑地走向虚无主义、取消主义和自我的“解构”，自我的消亡。

“解构”这种革命性的说法，本身也有被极端化的危险。就像德里达反复陈述的“文本之外，别无他物”；因为“游戏的规则已被游戏本身替代”。甚至“联系”——也许还包括“层次”或“关系”——都“消失”了。主体、本体、本质、本源都被消解了，玩的只是心跳。而且，“心跳”比“心”更重要。或者，只要“跳”，不要“心”。哈桑在《后现代转折》里说：“后现代主义者只是割断联系，他们自称要持存的只是全部断片。”原生的神话倒是多存“断片”，可是许不许拼缀、联系、复原、重建呢？“逻各斯中心主义”“人类中心主义”之类是当然应该被消弭或颠覆的；然而，有如作家韩少功所描写，在解构主义的刀笔之下——

世界不过是一大堆一大堆的文本，充满着伪装，是可以无限破译的代码和能指，破译到最后，洋葱皮一层层剥完了，也没有终极和底层的东西，万事皆空，不余欺也。[1]

就好像达达主义画派的口号，“怎样都行”，“圣徒和流氓，怎样都行；唯一不行的，就是反对‘怎样都行’之行”。什么都可以解构，就是解构主义不能解构。

建构主义猜想

但解构者终将被解构。否定者亦将被否定。

所谓“建设性的后现代主义”，已经感觉到这种危险，而向往一种可替代物，既避免哲学与现实中的“极权”，又不致陷入“绝对的相对主义”。格里芬说：“它并不反对科学本身，而是反对那种单独允许现代自然科学数据参与建构我们世界观的科学主义。”作为修正了的“后现代主义”的建设性的思想，“它愿意从曾被现代性独断地拒斥的各种形式的前现代思想和实践中恢复真理和价值观”[2]。它既不害怕也不排拒意义。它更不畏惧解构主义火力强大的冷嘲热讽。何况，“解构主义”也是形形色色，良莠不齐；那些跟着“起哄”的末流，既不曾建设什么，也不知破坏什么。他们只是超级市场里的赶热闹者：“街上流行红裙子”，他们就穿红裙子；街上时兴光屁股，他们就光屁股，而且要求大家全都光屁股。他们不但把孩子和脏水一起倒掉，而且偷偷把你的孩子抱回家，要你把脏水喝下去。

如今是“人人讲解构，个个后现代，样样是文本，时时要颠覆”——当革命变成“时髦”的时候，它将带给我们什么呢？

“结构主义”分析对象构造之诸层面，追寻其相对稳固的构造、“规则”和秩序（或“语法”，或“故事下面的故事”）；后结构主义（解构主义）不仅解析对象诸层面之构造，而且“颠覆”其“意义”，尤其所谓“深层含义”和

---

① 韩少功：《夜行者梦语》，载《读书》1993年第5期。

② ［美］大卫·雷·格里芬：《后现代精神》，王成兵译，中央编译出版社1997年版，第236页。

“最高规律”，努力追求“深度模式的消失”，目的是质疑“逻各斯中心情结”和绝对主义独断论。

建构主义（如果你愿意的话，也可以叫它“新结构主义”），是在前二者的理论基础之上尝试一种“剖析/推绎”或“解译/读码”的方法，着重于对象诸层面意义、价值、功能的在更高层次上的重建或探寻。这项“方法”还在草创时期，国内外研究家和创作者正在探索，是所谓“新现代主义”在方法（论）方面的理论追求，并不与结构—解构方法相冲突，相背离。它所面对的依然是“后哲学”所谓的“拓扑学空间”。

人类学界的前辈们早就涉及“重建”的机制。博厄斯说，任何一个民族学家写的“原始民族史”都不能不是一种“重建”。列维-斯特劳斯欣赏他的这个见解。他引用他的一句警言是：

> 把神话世界建立起来似乎只是为了再度摧毁它，并从断片中建立新的神话世界。[①]

简直是在预言“结构主义—解构主义—建构主义”的递嬗演变（虽然他们所说的具体内容并不一样）。列维-斯特劳斯说，不能以纯粹的“形式分析”为满足，“在神话学中亦如在语言学中一样，形式的分析便直接提出了意义的问题”，这就暗示了“建构”的必要，和“重建”21世纪神话民俗等研究方法的需求。

“建构”也可以视为一种“构拟”（formulate）。

> 人类学家不能直接看到、听到或摸到一种模式；模式，就像规律一样，是一种依靠智力的建构，而不是认识到的事物。构拟模式或规律是为了解释事物，反过来，认识了的事物为构拟模式和

① ［法］克洛德·莱维-斯特劳斯：《结构人类学》，谢维扬、俞宣孟译，上海译文出版社1995年版，第221页。

规律提供基础。[1]

因为模式一旦“近似”地构拟出来，就使文献和田野所得的具体而又零乱的事实获得“秩序”，并且具有逻辑性，变得更好理解。这也因为文化是一个系统，是蕴含着意义、象征、价值和观念的系统，只有找到了凝聚着该系统的生成及转换规则的内在模式，这个系统才能得到理性的把握。这种“内在”而又“开放”的模式就是叶舒宪和我们下文要说到的人类“元语言”的“原型模式”。解构主义不时在颠覆这些模式，我们却和大家一起努力选择、批判、筛汰、建构这些模式。重要的是“实践”的检验。

德里达就真心实意提倡“结构”之中可“解构”，“解构”里面有“建构”。

> 解构不单纯是拆除某种建筑结构，也是拆除基础（引案：似指“基础主义”）、封闭结构，以及整个哲学建筑体……这并不意味着把它拉倒，而是重组。[2]

他又申明，这和传统的“批判”有所区别。“解构亦是一种写作方式，它提出另一种文本，这也是解构区别于传统的怀疑与批判的原因，批判总是依据某种权威式的判断，解构则不然，它没有最后的裁判。”[3]这倒是有些像黑格尔所说的“扬弃”（aufheburg，或音译为“奥伏赫变”，大抵有继承的批判、有批判的继承的意思）；但即令是“扬弃”，也必须加以“限制、中断和消解”，才符合这个方法的革命精神[4]，才能够因应方兴未艾的“新世纪”或“新现代”的诉求。

---

① 见叶舒宪：《中国神话哲学》，中国社会科学出版社 1992 年版，导言，第 6 页。

② ［法］德里达：《解构的踪迹》；见尚杰：《解构的文本》，中国社会科学出版社 1999 年版，第 119 页。

③ ［法］德里达：《解构的踪迹》；见尚杰：《解构的文本》，中国社会科学出版社 1999 年版，第 121 页。

④ ［美］詹明信：《晚期资本主义的文化逻辑：詹明信批评理论文选》，陈清侨译，生活·读书·新知三联书店 1997 年版，第 338 页。

“新现代主义”的崛起

所谓“新现代主义”，是在20世纪盛极一时以形式主义、抽象主义为表征的“现代主义”，“世纪末”警世救人的“后现代主义”之后，继起的一种思潮（有人戏称之为“后后现代主义”），大体属于21世纪。它的核心是“破坏”之后的“建设”，“多元”前提之下的“整合”（建设什么，怎样整合，众说纷纭，但最重要的是再也不霸占“中心”，而憧憬“人”的意义、价值、行为、生活与理想的重建）。如果说“现代主义”是所谓“现实/历史”的否定，“后现代主义”是“否定之否定”的话，那么，“新现代主义”就是肯定之中有否定，否定之中有肯定。例如，中国大陆文学界，以刘震云、池莉、方方等为代表的“新写实主义”，以江苏省青年作家群（叶兆言、苏童、周梅森、毕飞宇等，也许还应该加进余华和莫言）为代表的“新历史主义”，其实都可以列为“新现代派”。而如果说王朔、冯小刚是“后现代”的杰出代表的话，那么，张艺谋、陈凯歌和某些第四代、第五代导演的电影也能够称作“新现代（主义）”艺术。

新现代主义的旗帜是“声情并茂，德艺双绝”，是雅俗共赏，文野融通（建构主义的神话研究，则加上汇合中外，穿透古今）。近年的艺术实践，似乎与后现代主义背道而驰，而与新现代主义并驾齐驱。仍以人们熟悉的电影而言，好莱坞所谓“大片”，不但依然注重组织故事，营造气氛，煽动情绪，依然是模式化生产，依然是该死的性、暴力和金钱；然而，它们居然也“刻画”人物性格和“内心世界”，居然也追求“社会意义”（尽管常常是“俗不可耐”的揭露黑暗、歌颂正义，用善恶到头终有报，天下有情人皆成眷属之类来安抚和欺骗观众）。从《魔羯星一号》到《空军一号》，从《真实的谎言》到《拯救大兵瑞恩》，莫不如此。哄得不敢看脱衣舞的大学教授，包括“后现代主义”吹鼓手在内，都躲在家里看大片的VCD。余秋雨称这种雅俗共赏的娱乐性文化为“低熵文化”，受众的“收入”虽不大，但“投入”的也不多。它究竟和看过就丢的“瞬变文化”（blip culture）不大一样。它多少还留给你一点儿东西。这和欣赏“成人童话”或神话很相似。

在史学方面，与“后现代主义”合拍的“新历史主义”其实该叫作“后历史主义”。新现代主义思潮中坚的“新历史主义”，则主要指用多元化方法和多重证据，重建历史或历史的真实，重构历史的意义、功能与价值，提倡跨文化、跨国界、跨民族的比较与整合，提倡多样化、多色调的叙事模式等（易言之，就是“建构主义”在史学各科之运用）。这，目前许多史学家，特别是青年史家，正在探索与营造。在新文体写作方面，余秋雨涉及历史的“文化散文”，所谓“学者散文”里的历史小品（优秀的如潘旭澜的《太平杂说》，唐德刚、何满子、张中行、金性尧的短文，蓝英年的苏联作家小传等等），张建伟的“历史报告文学”，张承志关于“历史的心灵”的探索，等等（他们的“偏激”为我们所不取）。这些都大致可以列为“新历史主义”史学的探求或准备。人类学更是正在进行这种体验或叙述的改革和多样化，以求尽量体现经验的文化差异。为这一感受所激发，其他的实验已更为彻底地转向表达的不同风格和手段。①

多层面和多元化的“解”

以上，如果加以表解，大致是：

文化思潮	方法论	历史（文学）写作
现代主义	结构主义	“非”历史主义
后现代主义	解构主义	后历史主义
新现代主义	建构主义	新历史主义

那么，神话学上的“建构主义”，也是对神话、神话“文本”诸层面结构和“内容”的解释与重建。

试举例说明之。前述《老子》对“赤子/婴儿”的一段诵读可以看作“诗性哲学”里的特殊神话文本。

① ［美］马尔库斯、［美］费彻尔：《作为文化批评的人类学：一个人文学科的实验时代》，王铭铭译，生活·读书·新知三联书店1998年版。

含德之厚者，比于赤子。蜂虿虺蛇弗螫，攫鸟猛兽弗搏，骨弱筋柔而握固。未知牝牡之会而朘怒，精之至也，终日号而不嗄（哑），和之至也。……（第五十五章，据帛书本）

可以借鉴结构主义方法，将其分解为四个层面或层次：

叙述层次：表义：所指
意义层次：原义：所指
象征层次：隐义：所指2
背景层次：衍义：参指（参照义）

第一层的“破解”是最基础、最重要的。多少神话学家、思想史家，由于不读懂或读不懂“文义/叙述层次”，就大做文章，结果是把自己的“理论”建立于沙滩之上而摔得头破血流。例如，这段话（前半）明明是说毒虫猛兽鸷鸟伤害不了“婴儿/赤子”（这是其“能指”），注释家却偏偏说这里讲的是“善摄生”的“真人”或“得道的神人”或有“赤子之心”者，绝不是婴儿，这至多是所指2，象征；或者，这里暗藏“巫术”，隐指“气功”；或者，仅仅是譬喻，参考义，和小孩子没有关系，等等。而“赤子”的能指只能是童幼。

后现代主义是只要“破”不要“解”的，建构主义则追求更新的“回归”，追求多层面、多次项、多元化的“解”。

如果要解“含德”之“德”，则还非用“语言学的方法”或训诂音韵之术，参以甲金，说明“德”之言“得”，得之于天（自然），或得之于道，是“赤子/婴儿”固有的一种生命的灵性或竟“生命力”（接近于民俗学所谓 mana），它以“抟气致柔”之“气”为背景，以“精之至也”的“精”为（物质）基础；“元阳未泄”的婴儿的精气道德深厚……写上几万字也不为多。简单说，就是“赤子/婴儿”具有由“道”派生，或与道异质同构之“德”，亦即得之于天、与生俱来的（生命）灵性，所以凶物不敢侵犯。这里显然具有前面说的“弃子英雄”神话的背景或观念，这是其“参照义”或“参指”，证明《老子》里确实暗藏着神话性“文本”或神话式思维。

将前面的意思代入“四层次”,就是——

> 叙述层次:恶物不敢侵犯“赤子/婴儿”(表义:能指)
>
> 意义层次:含德或得道者不畏强暴(原义:所指)
>
> 象征层次:守柔曰强。“常德不离,复归于婴儿”(隐义:所指2)
>
> 背景层次:英雄婴幼期多曾经历恶物侵害之考验(衍义:参指)

罗兰·巴特并不否认作为“文本”或“语言系统”的神话具有“意指”。虽然“神话”(广义的或泛义的神话)的消费者“把意指当作一种现象系统……当作一种只叙事实的系统来读”;然而,“任何符号学系统(包括神话)都是一种价值系统”,或“归纳系统”,都具有或明或暗的“意指”[①](或前述四层面的意义),可以通过多样而复杂的方式加以“释读”(“现代神话”更强迫消费者接受它的意义,尤其其“隐义”和“衍义”)。

神话是(原始性)“想象”的产物。感受、体认、欣赏神话,也要求“想象”和“想象力”。据说,法语的“intelligere”(想象)一词来自拉丁文的 inter(在内)加上 lego(阅读,理解);再由法语衍变为英语的 intelligence;intellect(to read inside),都包含有“深入理解”的意味[②]。没有“想象”,就不能“理解”;没有(深入的)“理解”,也不能(美好地)“想象”。神话和艺术鉴赏,恐怕都是如此。而“深入理解”的含义,并不是关注所谓“本体论许诺”设定的“最高本质”,也不是陶醉于某种“一次完成”的“解”,而是努力追寻各层面的意义,包括连后现代都不否认的“边缘意义”。它的理解方法是多层面、多视角、多手段。当初有人问刘伯承什么是最好的“方法”。老帅笑着回答说:“多样化的方法就是最好的方法。”不管黑猫、白猫,捉到老鼠就是好猫。

---

① [法]罗兰·巴特:《罗兰·巴特随笔选》,怀宇译,百花文艺出版社 1995 年版,第 117 页。

② [法]约瑟夫·祁雅理:《二十世纪法国思潮》,吴永泉、陈京璇、尹大贻译,商务印书馆 1987 年版,第 20 页。

罗兰·巴特就竭力告诉我们，“神话”（或者其广义“文本”）的“意指”或“意义”是多样的、变动的——像符号那样“飘浮”，像墨滴那样“扩散”，像拓扑学空间那样“涌动”。

> 神话是一种双重系统，它有一种普遍存在性：神话的起点由一种意指的到点构成。……神话的意指是由某种不停运转的转盘构成的，它可使能指的意思与其形式、一种言语对象与一种元语言[参后]、一种纯粹表意的意识与一种纯粹形象的意识互相交替；这种交替在某种程度上由概念来聚拢，这种概念利用这种交替，就像利用既是智力的又是想象的、既是任意的又是自然的一种含混的能指。①

对于这样不断“游动”和“伸缩”着“意义的触手”的活体，是很难一下子就“抓牢”的。多元化的“意指”，只能够通过多层面和多样化的办法去认知。

这样，“神话（性）文本”诸层的结构与内容都得到不同程度的“破译”（当然文化破译不是“唯一性”的，不能保证解码的完全精确）。既不是剖析以后得到几根干巴巴的“骨头”，舍血肉而不顾，也不是颠覆之余一片瓦砾，血肉模糊，惨不忍睹。“我们无法占有真理，但我们却不能放弃对真理的探索。”②我们不认为这是“普遍价值”或“终极意义”，而认为这种多层次的“结构”与“意义”，是我们探索的“起点”或“某点”。我们一起“摸着石头过河”吧。“赤子”不怕毒蛇猛兽，假如您愿意，还可以就此演绎、推扩。这是大卫战胜哥利亚、武松醉打蒋门神、孙悟空打倒巨灵神的喜剧，小能制大，弱能胜强。就像小老鼠一般的原哺乳动物代替了垄断着世界霸权话语的恐龙那样，新生的“弱小”能够打败老朽的“庞大”；《老子》是耕稼

---

① [法]罗兰·巴特：《罗兰·巴特随笔选》，怀宇译，百花文艺出版社 1995 年版，第 108 页。

② [法]茨维坦·托多洛夫：《批评的批评》，王东亮、王晨阳译，生活·读书·新知三联书店 1988 年版，第 174 页。

民族(消极)防御战略的“代言人”……天马行空,天花乱坠,爱怎么折腾就怎么折腾,但那“四层次”的解释是很难舍弃的,尤其是要誓死捍卫前面两个层次,不然摩天大楼是要坍塌的。

“元语言”和模式推绎

有些研究原始思维或从事“心理分析”的神话-文学专家认为,在荣格-弗莱的“原型”之上还有一种更根本、概括更大的“基型”(prototype),可以给出人类思维-心理的最基本图式,这样,对“心理”与神话-文学的构造分析,就有代表不同层次的概念(由于诸家使用术语或译语有异,不免疑义丛生,莫衷一是;这里我们只界定我们近年所试图规范使用的概念)——

母型(model,即“模特”或“模子”,典型所据现实之物/人)
典型(type,主要是文学概念;文学人类学则有“典型群”)
模型(pattern,通译为“模式”,叙述性图式)
原型(archetype,原始性、基本态的意象、图式)
基型(prototype,基本类型)

“基型”的研究还没有成熟和普遍,近年罗马尼亚裔、喜欢用法文写作的美籍宗教-神话学家埃利亚德,在《比较宗教学模式》等书里,试图建构人类思维-心理构造的最基本的范式或“基本类型”(略近于 prototype),并且在他卷帙浩瀚的著作里做了具体的论述(最重要的几种已有汉译,我们所知较少)。这一派借鉴了现象学、符号学的理论,其基础是所谓“元语言”(metalanguage)及其语法与“元语词”的建构与推绎。这与所谓“原语言”的研究完全不同。“原语言”略指人类的共同母语,目前还纯粹是理论假设,确凿无疑的只有“妈妈”(mama)一个,也许还有“爸爸/pater”“sun/舜/solar”“民/man/们/mi/mao” 等寥寥的几个,还有一些可能属于传播的生物名词,如“木/mut/wood”“蜜/bee”“牛/ngu/nga”等,试图建构欧亚非板块原语词的“诺思特拉假说”，受到普遍的质疑。“原语词”不是“元语词”。

语言学家对“元语言”的解说是，“用来分析和描写另一种语言[被观察的语言或目的语(object language)]的语言或一套符号”[①]，亦即人为的“二级语言”。语言学常用“元语言”的图式、规则、符码来解析“对象语言”，同样可以用来解析作为“语言(系统)”或“文本”的神话。

“元语言”倒有些像后现代主义所说的“元话语”“元陈述”，但是又不具有那种形而上的独断论的味道。利奥塔说：“谁也不会说所有的语言，没有普遍的元语言。”是的，它不存在于生活中，却存在于“集体无意识”，特别是神话里，它是假定的、后设的、人为的，又是开放的、模拟的；它与所谓的“最高规律”“最后真理”完全不同，甚至也并非纯粹理性、严格科学。“死而复生”是人类的一种“元语言”，却不是哲学判断。建构它说不定就是为了解构它——就像维特根斯坦所说的：

> 我无意找出所有我们称为语言的某种共同点，我要说的是：这些现象没有一个共同点能使我们用一个同样的词来概括一切的，——不过它们以许多不同的方式相互联系着。正因为这种联系，或这些联系，我们才能把它们都称为“语言”。[②]

罗兰·巴特曾从符号学的角度讲解过“神话”和“元语言”的关系。他说，神话是一种“符号系统”，它用普通的语言建构自己的“故事”，是正常言语活动；“再一个系统就是神话本身，我称之为元语言”。元语言是“二级语言”(包含着集体无意识的“原型模式”)，可用来说明日常使用的“普通语言”(故事或其讲述)。这就使我们透过“能指”(语言形象)和“所指”(概念)，窥知作为“符号”(符号系统)的神话的“意指”(大体上就是我们

---

① [美]R. R. K. 哈特曼、[美]F. C. 斯托克：《语言与语言学词典》，黄长著、林书武、卫志强等译，上海辞书出版社 1981 年版，第 213 页。

② [奥]维特根斯坦：《哲学研究》，汤潮、范光棣译，生活·读书·新知三联书店 1992 年版，第 45 页。

所说“四层面”的“综合”意义)——“因为神话实际上具有两种功能:它表意和告知,它使人理解并强迫人理解。”①

因此,所谓“元语言”,主要指人类基原性、普遍性、假设性、贯串性的“话语”系统,也叫作“第二语言”,或“后设语言”,大体接近于思维-心理的“基本图式”或“基本类型”(prototype);很有些像人们常讲的“共同语言”。听起来颇为神秘,说起来倒也简单。比如我们都知道,也常说,“人(或生物)总是要死的”,最好能够晚些死(长寿,不老),或者能够不死(长生,成仙,成神),如果不能不死,那么希望(或者断定)能够“复活”。这是古往今来,人类最基本、最共同、最普通的“神话语言/符号系统”构成。加以归纳和抽象,就是人类思维—心理的一大“类型”或“图式”,亦即“元语言”。

生—死—生
“永恒回归”(eternal return)

元语言是形而上。尼采著作里就常常论证这种生命(或生命形态)的“永久循环”。埃伊利亚德有个小册子《宇宙与历史:永恒回归的神话》,专门讨论了这一点(杨儒宾已作汉译,在台北出版)。

永恒的回归

柏拉图《蒂迈欧篇》说,时间使世界成为永恒。“人生如梦,一樽还酹江月。”人的一生是短暂的;灵魂却负载着“记忆”,飘游在永恒的海洋。人死以后,灵魂又翱翔在永恒之海并回归到理性世界而得到净化。这是某些“死亡神话”所指后面的能指,表义之中的原义。正如祁雅里所说,这种永远在回归着的“理念世界是幸福者的世界,有点像佛教的涅槃”。“知识”

① [法]罗兰·巴特:《罗兰·巴特随笔选》,怀宇译,百花文艺出版社 1995 年版,第 101 页。

是什么呢？“知识就是回忆”[1]，就是生命或灵魂的永恒回归。御手洗胜认为，邹衍的“五行生尅”的知识体系也是一种永恒的“回归”[2]。

这种“永久的循环”，有时由太阳的东升西落或者一年四季的周期性运转来体现；或者，如像前举荣格—弗莱所描述的，由英雄的“生—死—生”来做相对应的演出。这样，英雄的受难（通常是其死亡）向人类揭示了一条摆脱人生悲剧循环的道路，死亡变成了通达复活与永生的道路。[3] 这样的话语本身也是说不尽、道不完的。“这种模式也就是世界的永恒创造、毁灭和再生的模式”；因为“个人和集体的生活[同样]具有一种宇宙创生论的结构”。[4]

这种“宇宙/历史；集体/个人”的永恒回归，也有其“消极”形态。西西弗斯推巨石上山，到了山顶巨石又滚下，不得不再把它推上去……这一类神话（很像“吴刚砍树”），是“原罪形式”的“永恒回归”（有人译作“永劫回归”）。但是，阿尔培·加缪（1913—1960）仍然从中看出了悲剧性的壮美或英雄意识。“真的，如果他每跨一步都有成功的希望在勉励他，那他的苦役又算得了什么呢？……这种清澈的自我意识构筑了他的苦痛，同时也使他居于境遇之上，他的痛苦帮助他战胜了命运。没有什么命运能不被这种叛逆所轻蔑和战胜的了。”（《西西弗斯的神话》）经过重构和再解的这一类神话当然包含着批判和抗议，包含着对诸神、暴君，对他们所倚赖的强权机器的憎恨——就好像卓别林用笑来挑战现代的“流水作业”一样（传送带就是诸神对人的“惩罚”或恶作剧，带上奔跑着的零部件就是西西弗斯的“巨石”）。

上面所谓的“建构主义”，很想通过多元的方法与“证据”，建构、推演

---

① [法]约瑟夫·祁雅理：《二十世纪法国思潮：从柏格森到莱维-施特劳斯》，吴永泉、陈京璇、尹大贻译，商务印书馆 1987 年版，第 5 页。

② [日]御手洗胜：《中国古代诸神——古代传说研究》，东京创文社 1984 年版，第 703—705 页。

③ [加]弗拉亥：《文学的若干原型》，庄海骅译，见伍蠡甫、林骧华编：《现代西方文论选》，上海译文出版社 1983 年版。

④ [美]伊利亚德：《宇宙创生神话和“神圣的历史”》，见[美]阿兰·邓迪斯编：《西方神话学论文选》，朝戈金、尹伊、金泽等译，上海文艺出版社 1994 年版，第 194 页。

这种人类“元语言”或人类思维-心理的基本图式（并且再发现其诸层面的意义或价值）。笔者（与叶舒宪、臧克和、王子今、郑在书等合作）的《中国文化的人类学破译》系列，就是试图重建蕴藏在古代经典或元典里的人类“元语言”或普遍图式，重建其“原型意象”和“讲述结构”诸层面之“意义”或“价值”，并且借助它的解码或推绎功能，使远古文化、上古文化的某些原型性、意象性的“密码”得以“破译”（参见上节对“道”及其原型意象的解析）。

例如，《老子》书说：

含德之厚，比于赤子。（第五十五章）
我独泊兮其未兆，如婴儿之未孩。（第二十章）
常德不离，复归于婴儿。（第二十八章）
抟气致柔，能婴儿乎？（第十章）

这太难懂。它的意义潜伏得太深，“飘浮”得太快，如托多洛夫所说：“模棱两可、多重的意义以及阐释的无穷性，构成了现代的共同点，很难循着它们准确的踪迹。”但我们顽固的灵魂，仍然喜欢在杰作里探险。

这里的“婴儿”［与“玄牝”“谷神”“母（腹）”等同类］，看起来是老子反复使用的“隐喻”，是威尔赖特《隐喻和现实》所说的“个人性的象征”；但是，它逐渐为人们所普遍接受，而在文化里长久传播，就成了“原型性的意象”或象征，并且以“集体无意识”凝聚的“表象”生长为“人类元语言”里的“元语词”，从而表露出它越来越深邃的意义和价值（而“意义/价值”总是和“功能”或“效用”在一起的，前些年就有“结构—功能主义”的兴起，兹略）。

为什么要复归于“婴儿”呢？结合前引第五五章，表面看，婴儿幼嫩，天真，可爱，单纯，“诗人者，不失其赤子之心者也”（尼采/王国维）；再进一步看，婴儿柔软而生命力强大，老头子就浑身发硬，尸体更硬，“柔弱胜强”，婴儿比大人还有力。然而，为什么“毒虫不螫，猛兽不攫，攫鸟不搏”，为什么毒蛇猛兽鸷鸟“害怕”或“回避”婴儿呢？这是隐喻又不仅是隐喻，而是一种背景广阔的“象征讲述”。原来，神话里许多的“婴幼”或“婴幼神”，都比常人蕴蓄着更多的“气/精”或“mana/德”，许多英雄弃子都经过凶物的“试炼”，像后稷(周弃)的“三弃三收”，不但“牛羊腓字之”(用奶喂他)，而且“鸟覆翼之”(鹰鹫用翼翅捂热他，以免其在冰面上冻死)。赫拉克勒斯在摇篮里，就“骨弱筋柔而握固”，活活地捏死天后派来吃他的两条大蟒蛇。原来这些具有原型性意义的神话，便是上古“诗性哲学”象征话语可借以对译的“密码本”；所谓“守柔曰强”的母性哲学，就是在这样的神话民俗观念背景之下构建出来，并且展示其“隐义”或“衍义”的。

然而还不止此。复归于婴儿，就是复归于母腹(假如不知道神话原型、神话意象或“元语言”或“意指”，就会像香港某作家那样情绪化地得出“中国文化就是死亡或走向死亡的文化”的结论)；复归于母腹，是为了得到更新的生命，得到更好的，像“凤凰涅槃”那样的再生。

就和盘曲成胎儿样子的“屈肢葬”那样，“复归于婴儿”，是回归母腹，回到“地胎”即“大地的子宫窝”(womb of earth)，准备“再生”；又像内华达山的科济人(Kogi)的萨满妈妈，把“重要的”尸体放进“生命子宫/坟墓”里，而且模仿“胎儿时的位置”[①]，以使死者获得新的生命状态、生命境界，而绝不是单纯的死亡。如埃利亚德所说：“在每一个传统社会中，死亡都被或曾被人们看作是一次再生，亦即一个新的、精神的存在的开端。”[②]

——原来，《老子》书里，作为“道”的原型意象之一的“婴儿/母体”，所要“讲述”的正是“生—死—生”的“永恒回归”的基元性“生命话语”，或人类的“元语言”的图式啊。这能不能看作文本“象征层次”的“隐义”呢?

这些原型性的因子、母题、意象或模式，都是由这“哲学—神话”讲述之诸层面解析并建构出来的，就此而言，结构主义/解构主义/建构主义是相反相成、互为补充的。

建构主义这种重建“原型/模式”或对象构造(诸层面)的意义或“价值系统”的努力，有些像葛尔德《现代文学中的神话意向》把荣格的原型再解

---

① [美]米尔希·埃利亚德：《神秘主义、巫术与文化风尚》，宋立道、鲁奇译，光明日报出版社1990年版，第46—47页。

② [美]米尔希·埃利亚德：《神秘主义、巫术与文化风尚》，宋立道、鲁奇译，光明日报出版社1990年版，第48页。

释为一种“转换模式”(a transitional model),一个“向着反复发生的意指活动开放的符号,而不是封闭的和客观的真实”①。正如叶舒宪等所说,这种重构和再解释,使我们有可能深入文本中的“本文”,“能指”内的“所指”,“讲述”里的“意指”,主观叙写下的“客观意义”,“叙述层次”所深藏的“意义层次”或“象征层次”。

> 经过这种半是现象学、半是结构主义和符号学的改制过程,原型仍然是某种预释的方式,它对我们发现的内在的意义提供外显化的表达和阐释模式。②

这也许就是所谓“解释人类学”(Interpretive Anthrology)要做的事。然而正如吉尔兹所告诫的:

> 解释只能达到近似值,而且必须具有开放性。

① 叶舒宪:《破译与重构:原型批评的发展趋向》,载《上海文论》1992年第1期。
② 叶舒宪:《破译与重构:原型批评的发展趋向》,载《上海文论》1992年第1期。

后 记

写书难。写理论书尤难。写神话理论书更难。这主要是因为前人已积累下丰富的思想材料,不要说继承、批判、创新,就是浏览、介绍一下都不容易。近二三十年来的革命性的“后现代主义—解构主义”,更是为理论写作设置了许多障碍和炮火,写书人举步维艰,动辄得咎。不管你是讲什么“性质”“本源”,抑或试探何种“意义”“价值”,都会遭遇一阵接一阵的轰击与批判,弄得你连话都不敢说;开口便错,沉默是金,“一字不著,尽得风流”。不然,种种的讽刺挖苦解构颠覆,管叫你身败名裂,无地自容,猪八戒照镜子里外不是人。据说,当年霍元甲与外国人比武,外国人讲究规则,又知道中国功夫了得,躯体的任何部分都能发挥出意想不到的功能,战略特征是尽量不打,不打则已打则什么办法都能用务求置敌于死地,于是提出要求,除了不能拳打脚踢以外,还规定不许用屁股撞、辫子甩、胳膊肘顶、肚皮冲、嘴巴拱、牙齿啃……霍元甲急了:这叫我怎么打呀——干脆躺在地上让他打好了! 后现代语境里的写书人就和他的困窘差不多。热衷于打破清规戒律的解构主义者,再也不会想到,他们竟为写作者设置了这么多的牢笼和镣铐。

但是,道可道非常道,名可名非常名,“道”是不能言说却又不能不言说，我终于为自己想出了一条出路：先不管人家怎么说，尽量把自己认为必须说、可以说、应该说的话说出来，静待读者和批评家的选择和批判。光听着蝼蛄叫，庄稼还不种了哩。我先介绍一下几乎人所共知的“神话”有异于其他原始性文学的特点，为便于解述的“分类”，以及神话发生的语言-心理机制，这些绝大部分都是比较陈旧的传统理论，新意不多，更没有什么语不惊人死不休的地方；之所以要简单讲讲，除体例需要外，我觉得，这些看似“过时”的成说，还能帮助初学者建立一些印象，不至于把研究题目搞得漫无边际。当然还要“罗列”一下神话和神话学的“效用”，为什么到了信息时代、航天时代，还不妨读读神话，讲讲神话学。王婆卖瓜，自卖自夸。做学问的人，总喜欢把自己的专业夸张成什么领头学科、前沿学科，病态心理学还有“神话偏执狂”的封谥，我们也许不能幸免。然而到了“神话的研究”这重点章，读者就可以用它对前面几章痛加反思、批驳，或者筛汰、选择；各尽所能，各取所需。春蚕到死丝方尽。作品交出以后，就是公众的财产，任随读者处置。如果吐出的全是烂丝，被人唾弃，那也是笨蚕咎由自取，死而无怨。

然而，我们对诸家看法的介绍倒有些与众不同。除了最简单的交代和评断外，我们只讲其最重要的见解，而且着重讲它的优长、它的贡献，特别是讲今天它还有没有用、能不能用以及怎么样用，顺便介绍一下我们数十年来运用它们学习、研究神话的心得和教训（这也是我们列出旧著清单以供批评审择的缘由）。我们也知道，除了“后现代”之外，这些理论或方法多已老朽“过时”，但是我们觉得，其中还有许多珍贵和值得宝爱采择的东西。转益多师是汝师，不薄洋人爱古人。我们就始终属于“考证”-人类学派，始终提倡采用多样化的方法、多重性的证据，由语言文字或叙述层面的考据训释入手，逐层“破译”神话的“多元化”含义，建构原始性幻想故事“多次解”的近似值和开放性。我们觉得，前人的诸多遗产确实是取之不尽、用之不竭的思想资源、学术资源。破易立难，谨慎开发比简单丢弃可取。

不过要申明一点，这是一本科学普及性质的小书，借鉴、使用前人成果并不全都注出，简短者一般不注；列于注释者，多数是有雅兴者不妨找来翻翻的汉文参考书(所以不再列出“参考书目”)。本人接触原文书刊的机会极少,理论和外语水平很低;不要说原著,就是译本也读得晕头转向、磕磕绊绊,以致根本不敢谈什么现象学、符号学、解释学。大概由于有这一层痛苦的经验,我的书都尽可能写得浅显些。民俗神话学写作早就该恢复它鲜明生动有趣的本性,像歌星常说的,希望大家喜欢。几道讨论题本是为“通识教育”的教程预备的,保留以供各位消遣之余随意咀嚼。